O legado de Chandler

ABDI NAZEMIAN

O legado de Chandler

Tradução
Vitor Martins

Rio de Janeiro, 2022

Copyright © 2022 by Abdi Nazemian. Todos os direitos reservados.
Copyright da tradução © 2022 por Casa dos Livros Editora LTDA.
Título original: *The Chandler Legacies*

Todos os direitos desta publicação são reservados à Casa dos Livros Editora LTDA. Nenhuma parte desta obra pode ser apropriada e estocada em sistema de banco de dados ou processo similar, em qualquer forma ou meio, seja eletrônico, de fotocópia, gravação etc., sem a permissão do detentor do copyright.

Diretora editorial: *Raquel Cozer*
Gerente editorial: *Alice Mello*
Editores: *Lara Berruezo e Victor Almeida*
Assistência editorial: *Anna Clara Gonçalves e Camila Carneiro*
Copidesque: *Thaís Carvas*
Preparação de original: *Luíza Amelio*
Revisão: *Suelen Lopes e Isabela Sampaio*
Adaptação de capa: *Douglas Watanabe*
Ilustração: *Natalie Shaw*
Design de capa: *Corina Lupp*
Diagramação: *Abreu's System*

CIP-Brasil. Catalogação na Publicação
Sindicato Nacional dos Editores de Livros, RJ

Nazemian, Abdi
  O legado de Chandler / Abdi Nazemian; tradução Vitor Martins. – Rio de Janeiro: HarperCollins Brasil, 2022.

  Título original: Chandler legacies
  ISBN 978-65-5511-297-9

  1. Ficção juvenil 2. LGBT – Siglas I. Título.

22-100417   CDD-028.5

Cibele Maria Dias – Bibliotecária – CRB-8/9427

Os pontos de vista desta obra são de responsabilidade de seu autor, não refletindo necessariamente a posição da HarperCollins Brasil, da HarperCollins Publishers ou de sua equipe editorial.

HarperCollins Brasil é uma marca licenciada à Casa dos Livros Editora LTDA.
Todos os direitos reservados à Casa dos Livros Editora LTDA.
Rua da Quitanda, 86, sala 218 – Centro
Rio de Janeiro, RJ – CEP 20091-005
Tel.: (21) 3175-1030
www.harpercollins.com.br

*Para todos os amigos e mentores que conheci no colégio interno,
que me tiraram da escuridão e me trouxeram para a luz.
Vocês sempre serão minha família.*

Este livro contém descrições de violência, abuso sexual, homofobia e bullying. Tentei retratar essas questões com sensibilidade, mas, por favor, prossiga com atenção e cuidado. Espero que esta história ajude aqueles que vivenciaram esses traumas a se sentirem menos solitários. Se você precisa de ajuda, há uma lista de referências ao final do livro.

"Ninguém vai acreditar tanto nas suas mentiras quanto você mesmo. Por isso é importante encontrar pessoas de confiança. Elas te ajudarão a contar a verdade."
— Hattie Douglas, *Fatos suplementares*

PRÓLOGO
Janeiro de 2008

Se precisasse escolher entre dizer a verdade e magoar alguém que você ama ou manter um segredo que te consome, o que escolheria? Acho que a maioria das pessoas escolheria manter o segredo. Nós não somos como a maioria. Foi o que descobrimos nos últimos meses do século XX, os meses que mudaram nossa vida para sempre.

Há oito anos, logo depois da virada do século, cheguei ao campus antes de todo mundo para confrontar a professora Douglas. Havia nevado durante o feriado, e, sem nenhum aluno perambulando pelo pátio com botas da Timberland, o colégio inteiro parecia uma nuvem. Toda a imposição e o poder de Chandler de repente se tornaram inocência e frescor. Como se fosse um lugar de recomeços, coisa que eu já sabia que não era. Chandler era, e ainda é, um lugar soterrado pela história.

Havia tanta neve que chegava a cobrir o lema do colégio, escrito em todos os bancos e prédios do campus.

Veritas vos liberabit.

Era como se a natureza soubesse que, no final das contas, a verdade não vai nos libertar. A liberdade exige muito mais do que apenas a verdade. Exige atitudes.

Lembro-me de ter batido à porta de Douglas cinco vezes antes que ela finalmente me atendesse. Seu cabelo ruivo e tipicamente espetado parecia mais eletrocutado do que nunca. Tirei as páginas de debaixo do casaco e entreguei para ela. Douglas não pegou de imediato.

Eu a segui meio apreensivo, deixando minha mochila pesada no chão. Ela deve ter notado que havia algo errado, porque, de repente, olhou para as páginas em suas mãos como se fossem uma bomba-relógio.

— Então, qual é o tema? — perguntou ela.

— Bem, é pessoal — respondi. Ela esperou que eu continuasse. — É sobre cinco alunos que foram escolhidos para uma oficina de escrita por uma professora brilhante que...

Nunca terminei aquela frase. Era coisa demais para colocar num único pensamento. É assim até hoje. Talvez seja por isso que nós decidimos escrever.

Porque, às vezes, histórias são o único jeito de compreender emoções complicadas.

SETEMBRO DE 1999

BETH KRAMER

Se você pegar a interestadual de Nova York para Connecticut, talvez perceba que a poluição já começou a infestar nossas estradas — garrafas de refrigerante, maços de cigarro, embalagens de chiclete. Talvez perceba as árvores vermelhas no outono e verdes na primavera. Se for um bom observador, é provável que note as viaturas da polícia escondidas, sorrateiramente estacionadas perto das rampas de acesso, esperando para dar uma boa lição em carros de luxo velozes, já que Connecticut é a capital das violações às leis de trânsito.

— Mãe, a saída é ali — avisa Beth Kramer à mãe, Elizabeth, apontando para uma rampa que estava sem sinalização.

Beth e a mãe compartilham o mesmo nome e as duas são ruivas com sardas, mas, tirando isso, não têm quase nada em comum.

— Que confuso! — diz a mãe. — Eles não podem simplesmente colocar uma placa enorme como as pessoas normais fazem?

— Não, porque este não é um lugar de pessoas normais.

É o seguinte: em 1958, quando a interestadual foi construída, o diretor da Academia Chandler e a diretora do Colégio Plum (que ainda eram instituições separadas na época) fizeram uma petição ao estado por uma saída exclusiva na rodovia. A Saída 75. A questão é que eles queriam que fosse uma saída escondida, sem nenhuma sinalização. Beth não conta nada disso para a mãe, que odeia tudo que Chandler representa e com certeza perderia a paciência com o conceito de uma saída "secreta" da interestadual. Elizabeth perceberia, como Beth já sabia, que a Saída 75 só existe para evitar os moradores locais.

Beth é uma local e, ainda assim, aqui está ela, chegando para o segundo ano. Uma nova chance de convencer a todos e a si mesma de que ela pertence a esse lugar.

A mãe de Beth pega a saída escondida e dirige pelo quilômetro arborizado da Nova Inglaterra que separa a estrada do colégio. Não há vaga para parar ou estacionar até chegarem ao campus. Beth pensa em todos os segredos escondidos nessa floresta. Árvores marcadas com iniciais de jovens apaixonados. Décadas de guimbas de cigarro enterradas sob folhas e sujeira, porque tudo que acontece aqui permanece enterrado.

Mas qualquer coisa pode ser desenterrada.

Assim que a mãe estaciona no campus, Beth pega a mochila gigante no banco de trás.

— Beleza, valeu, mãe — diz ela.

— Posso te ajudar a se acomodar — oferece a mãe.

— Eu não sou mais uma *freshman* — responde Beth. — Seria bem vergonhoso uma *sophomore* pedir à mãe para colocar uma mantinha na cama.

— O que é *freshman* mesmo? — pergunta Elizabeth.

— Aluna do primeiro ano. Agora sou *sophomore*, ou seja, aluna do *segundo* ano.

A mãe balança a cabeça.

— Não sei por que essa escola não usa palavras normais como todo mundo.

Beth poderia repetir que é porque esse não é um lugar para pessoas normais, mas não diz nada.

— Estou vendo outras mães ajudando.

— São babás — corrige Beth com um meio sorriso.

— Tudo bem — responde a mãe, triste, dando de ombros. — Não conheço as regras deste lugar tão bem como você.

Beth põe a mochila no chão, do lado de fora do carro. Ela se inclina para dentro do veículo, esticando o corpo até conseguir beijar a mãe na bochecha.

— Te amo, mãe.

— Você vai ficar bem? — questiona a mãe. Uma pergunta capciosa.

Ela assente em vez de responder. Sabe que se der corda para a conversa, Elizabeth vai usá-la como mais uma oportunidade para sugerir terapia. Tudo bem, ela fica um pouquinho ansiosa às vezes. Mas não a ponto de *precisar de terapia*.

— Você vai conseguir achar o caminho de volta para a cidade? — pergunta Beth.

— Acho que sim. Sair daqui é bem mais fácil do que chegar.

Beth bate a porta do carro. Ela acena até perder o Volvo da mãe de vista. O veículo se destaca em meio aos outros automóveis de luxo. Ela imagina a mãe ziguezagueando até voltar à estrada. Beth pensa sobre como ela mesma é um pouquinho parecida com aquela saída escondida. Ninguém percebe sua existência.

E por que perceberiam? Olha só para esses alunos chegando ao campus. Novos cortes de cabelo. Vestidos de verão recém-passados, saídos diretamente das butiques sofisticadas de Nova York. Sorrisos brancos e brilhantes. Histórias sobre o verão no sul da França, estágios em bancos, revistas e estúdios de cinema. Todos os sinais de pertencimento que Beth ainda não conquistou porque, bem, não pode pagar por eles.

Ela sorri para algumas colegas de segundo ano, que conheceu no ano anterior. Amanda de Ravin. Sarah Summer. Rachel Katz. Todas a ignoram, como se ela fosse transparente.

Enquanto observa o campus, Beth se impressiona com o quanto sabe a respeito do lugar. Ela é basicamente uma enciclopédia de Chandler, sua obsessão de longa data pelo campus resultou em uma série de fatos inúteis acumulados em sua cabeça. Provavelmente ocupando um espaço que poderia ser usado para coisas mais importantes. Ela poderia ao menos ter se voluntariado para ser orientadora este ano, mas ficou com medo. É empenhada demais em permanecer invisível.

À distância, ela vê Brunson orientando uma nova família. O cabelo ondulado castanho e o sorriso forçado levam Beth direto para o ano anterior. Brunson veste uma camiseta cobre e dourada que diz "POSSO AJUDAR?", junto com jeans de caimento perfeito. É claro que ela é uma orientadora. Beth gostaria de ter essa autoconfiança.

Beth se pergunta se Brunson sabe tanto sobre a história do campus quanto ela. Por exemplo, será que Brunson sabe que o novo prédio de Matemática foi um presente de Moses Briggs, gerente de fundos mútuos da turma de 1964 que roubou as economias de inúmeras pessoas? A construção deveria se chamar Prédio Briggs. O nome foi substituído, claro, mas o colégio ficou com o dinheiro mesmo assim. Será que Brunson sabe que o gramado principal nem é de verdade, e que o colégio investiu numa grama artificial cara que parece natural e consegue aguentar as inúmeras partidas de frisbee e embaixadinha que os alunos jogam ali?

— Beth!

Surpresa, ela ergue a cabeça e vê alguém acenando em sua direção. E não é qualquer pessoa. É Amanda Priya Spencer. Spence.

— Oi, Beth! Como foi o verão? — pergunta Spence depois de sair do banco de trás de uma Mercedes.

A babá dirige o carro da família, e Beth não consegue deixar de notar que ela está com a roupa da Prada que Spence usou no Primeiro Baile do ano anterior.

Beth congela, cheia de perguntas na cabeça. Como Spence sabe quem ela é? Será que Spence só está sendo educada ou quer mesmo saber como ela passou o verão? Não é melhor sair correndo? Ou seria mais inteligente inventar uma história interessante sobre as férias?

Ela não faz nada disso. Apenas encara Spence por um momento longo e desconfortável. A garota já deve estar acostumada com os olhares, porque sua beleza é de parar o trânsito.

— Beth! — Spence chama novamente, enquanto amarra o cabelo preto e brilhante em seu típico rabo de cavalo alto, um penteado copiado por várias garotas que nunca conseguem ficar tão bonitas quanto ela. — Oi!

É como se existisse um ponto de exclamação depois de tudo que Spence diz. Ela é assim. Confiante. Otimista. Predestinada.

Beth analisa Spence do mesmo modo que fazia com cada aluna descolada de Chandler que via na cidade quando era criança. Aquela vez na sorveteria em que três garotas de short supercurto pediram uma única bola de chocolate com menta para dividir e a deixaram derreter enquanto discutiam sobre a bunda de um tal de Tucker que jogava lacrosse. Ou quando ela e a mãe foram à Mamma Mia comprar pizza e viram uma aluna de Chandler fumando um cigarro sozinha a uma mesa enquanto marcava furiosamente o livro *Grandes esperanças*.

— Ah, oi, tudo bem, desculpa — diz Beth. — Não sabia que você me conhecia.

Spence ri.

— Claro que conheço. Você trabalhou na iluminação de *Chorus Line* no ano passado, não foi?

— Sim, fui eu mesma.

Não é como se Beth tivesse se escondido durante todo o primeiro ano. Ela apenas escolhia atividades que a permitiam continuar invisível, como participar da parte técnica do musical do colégio.

— Bem, valeu por ter me deixado tão bonita — agradece Spence com um sorriso radiante. Como se precisasse de iluminação para ficar bonita. Fala sério. — E o verão? Foi bom?

— Hum, sim, tranquilo. — Por que ela precisa se esforçar tanto para responder uma pergunta tão simples? Talvez seja porque, diferente dos outros alunos, Beth ficou na cidade, trabalhando na sorveteria. — Mas aposto que o seu foi bem mais empolgante — continua Beth, gaguejando e nervosa. — Onde passou? Saint-Tropez? Biarritz? Gstaad? — Ela pronuncia cada palavra num sotaque rápido do meio-Atlântico que a faz soar como se estivesse em um quadro do *Saturday Night Live*, zombando dos alunos de Chandler.

Beth passou muito tempo observando os colegas de classe no ano anterior, e uma coisa que notou é como eles tiram sarro de si mesmos o tempo todo. Para se encaixar em Chandler, parece que você precisa fazer piada com seus trejeitos.

Spence ri.

— Você é hilária, Beth!

Tá, ela pode ser muitas coisas, mas hilária não é uma delas. Ainda assim, Beth se sente lisonjeada.

Enquanto Spence se afasta, Beth pensa no quanto sabe sobre a garota mesmo sem nunca ter interagido direito com ela. Tipo, sabe que o avô paterno de Spence estudou em Chandler e fez parte do time de canoagem, e sua avó paterna estudou em Plum e foi a protagonista da peça *Antígona*. Seus avós maternos, ambos médicos, mudaram-se da Índia para Nova York no final dos anos 1960, depois que uma nova lei de imigração foi aprovada. O pai, da turma de 1978, agora é um grande executivo de cinema, e a mãe é modelo e ativista. Ela *ainda* trabalha como modelo, apesar de já ter passado dos cinquenta. Esses são os tipos de gene que Spence herdou. Enquanto isso, a mãe de Beth passou a última década usando os mesmos jeans com elástico na cintura, e as pessoas sempre confundem seu pai com seu avô, de tão acabado.

Ela caminha em direção à Casa Carlton, seu dormitório do segundo ano, tentando não deixar os Mercedes, BMWs e Maseratis a intimidarem nem fazerem com que se sinta mal.

Às costas, ela ouve Spence cumprimentar Henny Dover.

— Oi, Henny! Como foi o verão?

Beth sente um leve aperto no peito, repentinamente se achando menos especial.

Ela leva o dedo até o couro cabeludo, mas se segura. Beth havia feito uma promessa de não puxar o cabelo em público. Então, corre em direção ao dormitório e cai de cara no chão, apoiando-se com as palmas das mãos.

Ela olha em volta, rezando para que ninguém tenha visto. Mas viram. É claro que viram. Tudo bem, então, podem rir. Beth leva um momento para sentir a dor. Ao menos é um lembrete de que está viva.

— Você está bem? — pergunta Henny.

Por sorte, Spence está indo embora. Talvez ela não tenha visto o que aconteceu.

— Sim, tudo bem — diz ela.

— Você é nova? — questiona Henny. — Meu nome é Henny Dover. Posso levá-la até o dormitório se...

— Já estudo aqui desde o ano passado — interrompe Beth. — A gente se conhece.

— Ah, sim — responde Henny, cerrando os olhos.

De certa forma, ser *desconhecida* por Henny a deixa mais tranquila do que ser conhecida por Spence. Isso só confirma a verdade absoluta sobre si mesma: ela é insignificante.

Beth se afasta, mastigando o cabelo. A droga do cabelo. Se pudesse mudar uma única coisa em si mesma, seriam as horas que ela gasta pensando no próprio cabelo.

A caminho da Casa Carlton, Beth observa o campus em toda a sua glória. Por anos, ela só viu o lugar em panfletos, apesar de ficar a apenas três quilômetros de casa. Os panfletos que ela colecionara não chegaram nem perto de capturar como aquele lugar realmente é. O site também não. As fotos em baixa resolução fazem o lugar perder toda a magia. Não há nada em baixa num lugar como este.

Ela conheceu a maioria das garotas no dormitório do segundo ano, Casa Carlton, no ano anterior. Mas nenhuma delas é sua amiga. Beth pode até ter sobrevivido por um ano como uma garota de Chandler, mas com certeza não fez amizades.

Pelo menos este ano terá um quarto individual. Sua colega de quarto do ano anterior, Sarah Brunson, evitou-a durante boa parte do período letivo. E por que não evitaria? Brunson era bonita e confiante o suficiente para se enturmar com as outras garotas. Fez amizades muito rápido. Encheu sua agenda de atividades sociais e extracurriculares, sem nunca convidar Beth para participar de nada. Quando Brunson e suas amigas se juntavam no quarto para comer doces e fazer as lições de casa, Beth colocava os fones de ouvido para abafá-las. É melhor ignorar do que ser ignorada. Não era uma existência ideal, mas funcionava.

Então Brunson arruinou tudo ao reclamar com a "mãe do dormitório" sobre como os cabelos ruivos de Beth se espalhavam pelo quarto.

Brunson falou para Beth que se solidarizava com sua perda de cabelo, o que é uma coisa bem esquisita de se dizer, mas também comentou que tinha nojo dos fios que encontrava na panela elétrica que elas dividiam. Durante uma reunião das duas com a mãe do dormitório, Brunson sugeriu que Beth usasse uma redinha de cabelo no quarto, e a única adulta na sala disse que aquilo parecia a solução perfeita.

Uma *redinha de cabelo*.

REDINHA. DE. CABELO.

Beth não respondeu. Apenas sorriu. E depois colocou a redinha como foi sugerido. Mas não apenas no quarto. Ela a usou em *todo lugar*, nas aulas, nos ensaios do musical, da capela até as reuniões do conselho estudantil. Quando alguém perguntava por que estava com a redinha de cabelo, ela apenas dava de ombros. Não precisava que os outros soubessem o motivo, apenas Brunson. Queria esfregar a crueldade mesquinha de Brunson na cara da colega.

No corredor do novo dormitório, Beth encontra Jane King, que deixou o cabelo fino crescer durante o verão e agora usa um rabo de cavalo alto tipo o da Spence.

— Oi — diz Jane. — O que *você* está fazendo aqui?

— Como assim? — pergunta Beth. — Aqui é meu dormitório.

— Não sabia que você era aluna residente — comenta Jane.

Beth suspira. Ela só queria ser como uma dessas garotas. Talvez, um dia, até namorar uma delas. Mas nunca a enxergam como uma residente. Porque ela é local. Essas garotas farejam isso de longe.

— Sou — diz Beth. — Quer dizer, meus pais moram perto, mas eu moro aqui.

— Foi mal — responde Jane.

Beth segue até seu quarto. No caminho, escuta outra segundanista, Paulina Lutz, sussurrando para uma aluna nova.

— Espera só até você ver o Freddy Bello. Ele ficou ainda mais gostoso durante o verão. Frede-rico Suave.

Beth revira os olhos e fecha a porta de seu quarto individual. Com um lugar só para si, ela terá liberdade para se espalhar. Sem redinhas de cabelo. Agora poderá deixar os fios que arranca da cabeça caírem onde quiserem.

Ela já consegue se sentir à vontade enquanto afunda a mão direita no couro cabelo, seus dedos finos buscando o fio perfeito para arrancar.

Puxa.

Beth observa o fio longo e ruivo em sua mão. Então o sopra para longe, em direção ao carpete muito, muito velho. Depois, volta a procurar. Ela se impressiona com o fato de que cada mecha de cabelo parece ter uma textura própria. Umas são suaves. Outras, mais ríspidas. Encontra a mais ríspida que consegue e...

Puxa.

Sopra.

Puxa.

Sopra.

Enquanto se empolga com aquele ritual, Beth pensa no ano à sua frente. Ela *precisa* ser escolhida este ano. Inscreveu-se no ano anterior, mas nem sequer conseguiu uma entrevista com a professora Douglas. Desta vez, precisa fazer a professora Douglas notar o quanto ela é especial, que sabe escrever, que tem algo único para dizer, algo que ninguém mais tem. Se Douglas aceitá-la no Círculo, os outros alunos finalmente verão que ela é muito mais do que apenas uma local. Vão entender que Beth recebeu a porra da bolsa de estudos porque é muito mais inteligente do que eles. Beth entrou porque *mereceu.*

Depois de puxar uma quantidade de fios que considerou satisfatória, ela sente brevemente a pele lisa do couro cabeludo. Ela ama aquela sensação. Novos folículos esperando por novos fios. Renovação. Assim como o colégio, sempre recebendo novos alunos, sua cabeça vai receber novos fios de cabelo.

Ela abre a mochila e pega seu livro favorito. *Fatos suplementares,* de Hattie Douglas. O único romance publicado pela professora Douglas (há vinte anos, difícil de encontrar, principalmente porque ela não permite que a biblioteca de Chandler o disponibilize). Beth tem tantas perguntas: primeiro sobre o livro (É autobiográfico?), mas também sobre a publicação (Foi difícil publicar um romance lésbico em 1979?).

Em seu ensaio de inscrição no Círculo, ela decidiu bajular o livro. Comparou-se com a protagonista do romance, uma mulher que mantém uma vida lésbica em segredo do marido no início dos anos 1970. É claro que não é segredo que a professora Douglas é lésbica, e que ela já foi casada (seu ex-marido continua sendo publicado, treze romances até o momento, e também quatro esposas). A professora Douglas é, na verdade, a única professora abertamente gay no campus. Alguns contam o padre Close, o sacerdote da escola, que cita Karen Carpenter em todos os sermões, mas ele é, bem, um padre. A análise de Beth do livro da professora Douglas tem percepções profundas porque ela vê muito de si na história.

Sem falar no título. *Fatos suplementares.* Ela ama o título. Pensa em todos os fatos suplementares que sabe sobre si mesma, e coloca todos eles no ensaio. Sobre qual é a sensação de ser uma local que insiste em ser residente. Ou o sentimento que borbulha em seu peito toda vez que ela observa o jeito como as garotas de Chandler patinam pela vida.

Antes de colocar o ensaio em um envelope de papel pardo e deixá-lo na sala de correio, ela cutuca o couro cabeludo e puxa o fio mais liso que consegue encontrar. Fecha os olhos e o sopra pelo ar. É sua pequena oferenda para os caprichos do universo.

Beth confere o conteúdo do envelope obsessivamente, certificando-se de que o ensaio continua ali dentro, como se ele pudesse desaparecer do nada se ela desviasse o olhar.

Então, sela o envelope.

AMANDA SPENCER

— Beleza — diz Spence para as garotas de Livingston sentadas ao seu redor em adoração. — Me contem tudo!

Spence escuta enquanto uma das colegas conta sobre a viagem pela Ásia com o pai diplomata, e outra compartilha histórias hilárias sobre trabalhar na The Body Shop.

— Quem se importa com a gente? — solta uma delas. — Nos conte sobre Strasberg.

— Ah, foi superintenso — responde Spence. — Fiz algumas cenas no mesmo teatro onde a Marilyn Monroe se apresentou.

Quando Spence fecha os olhos, retorna a Strasberg, o curso de atuação em que o sr. Sullivan a ajudou a entrar.

— E escrevi minhas próprias cenas — continua ela. — Aprendi muita coisa, tipo, construir uma narrativa, escrever diálogos e...

Spence para de falar ao perceber como as garotas parecem entediadas. Não se importam com essas histórias. Rapidamente, ela muda de assunto.

— E vocês não vão acreditar quem estava na plateia da minha apresentação — anuncia Spence. — Meg Ryan!

Agora sim as garotas se empolgam. Spence sabe que sua proximidade com celebridades é uma das coisas que as colegas mais gostam a seu respeito.

Como estava o cabelo dela?
— Muito Nouvelle Vague francesa.
O que ela estava vestindo?
— Um blazer preto sobre uma regata, chique sem se esforçar.
Ela disse alguma coisa pra você?
— Tipo, ela me perguntou onde ficava o banheiro.

Quando as garotas vão embora, Spence transforma seu quarto. Substitui a lixeira de plástico por um vaso de porcelana lindo que comprou na Bloomie's. Joga fora o sabonete barato fornecido pelo colégio e organiza seus produtos da Clarins. Pendura alguns quadros que trouxe este ano. Os pôsteres de Magritte e Escher, que comprou no Museu de Arte Moderna no ano anterior, são substituídos por um retrato da Marilyn Monroe que encontrou numa loja de decoração em Greenwich Village. Na foto, a atriz está lendo um livro chamado *Como desenvolver sua habilidade de pensar*, e Spence acha hilário de um jeito fofo, mas também um pouco triste. Ao lado da Marilyn, uma foto autografada e com dedicatória de Madhuri Dixit que ganhou da mãe no seu aniversário, há dois anos. Spence tem uma vaga lembrança de ser chamada de Bollywood quando estava no segundo ano. Aquele era o melhor elogio do mundo, porque Bollywood é incrível, e, ao mesmo tempo, super-racista. Para cada aluno que sabia quem eram os pais dela, havia outro que a encararia e perguntaria "Quem é você?". Ela sabia o real motivo da pergunta, mas sempre dava a mesma resposta: "Sou a Spence", com um sorriso largo. Uma hora, acabou pegando. E agora ela é a Spence.

Por fim, pendura na parede um autorretrato que desenhou com carvão. Na ilustração, ela se parece muito com sua pintura favorita, o *Retrato da Madame X*, de John Singer Sargent. Embora seja um retrato de uma mulher branca do século XIX, Spence se enxerga na imagem. Gosta de como retrata uma socialite que é muito mais complexa do que seu status poderia sugerir.

Então, abre seu diário. Spence vem anotando ideias para novas cenas e peças. Ela escreve as palavras "Madame X". Talvez escreva sobre a mulher que inspirou a pintura. Começa uma cena sobre Madame X, imaginando-se no papel. Spence sabe que se quiser continuar atuando depois de Chandler, terá que escrever seus próprios papéis ou se mudar para a Índia. Ela não será a fantasia exótica de ninguém, muito menos o alívio cômico. Enquanto escreve, sente-se grata pela política inclusiva de Sullivan. Porque ele é o diretor do Departamento de Teatro, e ela pode interpretar quem quiser, ser quem bem entender.

Spence escreve as palavras O CÍRCULO, em maiúsculo, numa página do diário, e então a arranca e pendura na parede ao lado da Marilyn e da Madame X.

Depois de se instalar, ela deixa o quarto e segue em direção à Casa Holmby, dormitório masculino de veteranos na área leste do campus. Ela atravessa o corredor do primeiro andar, sentindo o cheiro azedo de garotos adolescentes morando num espaço tão pequeno. Numa porta, lê os nomes Freddy Bello e Charles Cox. Através da porta entreaberta, ouve os dois colocando o papo em dia. Mas não fica ali por muito tempo. Em vez disso, vai direto até o fim do corredor, onde fica a sala do Sullivan. Ela bate à porta.

—Já vai!

Quando ele abre, está vestindo um blazer, camiseta e jeans. Está descalço. Durante o verão, Sullivan raspou o cabelo nas laterais e deixou o cavanhaque crescer.

— Nossa, gostei do novo visual! — provoca ela.

— Ah — diz ele, passando uma mão no queixo e a outra no cabelo. — Não fiquei parecendo idiota? Deixei crescer por causa de um papel que fiz naquele festival de teatro que comentei. Daí resolvi manter.

— Não ficou idiota. É estiloso. Ficou parecendo um dos Cães de Aluguel.

— E aí? — pergunta ele com um sorriso. — Strasberg foi tudo o que eu disse que seria?

— Sim! — responde ela. — Fiz aulas de atuação, canto, dança, improvisação e, além disso, nós escrevemos nossas próprias cenas, que foram apresentadas para os familiares no final do curso. Bem, para *alguns* familiares, porque, de última hora, meus pais não puderam comparecer. — Ela faz uma pausa e dá de ombros. — Os dois estavam viajando e superocupados.

— Você deveria ter me convidado — diz Sullivan.

— Ah, até parece. Você estava no seu festival de teatro!

— Era em Massachusetts. Não é tão longe de Nova York. Eu poderia ter aparecido.

Spence se sente lisonjeada por ele considerar fazer uma viagem só para vê-la. De fato, teria sido bem legal. Ter alguém na plateia, torcendo por ela. Ter o apoio de um adulto. Não é que seus pais não a apoiem, reflete ela. Spence sabe que a carreira dos dois exige certos sacrifícios.

— Agora já passou — afirma Sullivan. — Conte-me mais. Eles ainda deixam um assento vazio no teatro para o Lee Strasberg porque acreditam que o fantasma dele senta ali?

Ela ri.

— Sim, é tão bizarro! Eles falam como se o cara ainda estivesse *vivo*.

— Ele pode não estar vivo, mas é imortal — responde Sullivan com um ar melancólico.

Talvez seja verdade. Talvez seja por isso que ela quer tanto ser atriz. Para se tornar imortal. Porém, é mais que isso. Quando atua ou escreve, não sente a pressão de ser Amanda Priya Spencer, filha de George Everett Spencer e Shivani Lal. Ao se tornar outra pessoa, ela não se sente mais ofuscada pela fama e sucesso dos pais. É um sentimento tão bom.

— Quer entrar? — pergunta Sullivan. — Vou fazer um expresso.

Spence entra na pequena residência de Sullivan na Casa Holmby. Ela pausa para examinar a estante giratória de CDs e a prateleira de livros. Ele sempre apresenta as formas de arte mais interessantes para ela.

— Sabia que eu só conheci café expresso por sua causa? — conta ela.

— Sério? — pergunta ele, preparando uma xícara para cada um.

A máquina de expresso é barulhenta e ela não tem certeza se ele está escutando.

— Foi durante os ensaios de *Romeu e Julieta*, no primeiro ano. Eu estava cansada, daí você me deu um gole do seu expresso.

Ela consegue se lembrar de como ficou chocada com o sabor amargo.

— Ainda me arrependo de ter te dado o papel de Lady Montague — comenta ele. — Deveria ter seguido meus instintos e escolhido você para Julieta, mas uma novata no papel principal causaria certo alvoroço.

Ela pensa em todos os papéis em que Sullivan a dirigiu. Prudence em *Além da terapia*, Gypsy Rose Lee em *Gypsy*, e Estelle em *Entre quatro paredes*. Porém, seu papel favorito foi o do ano passado. Morales em *Chorus Line*. Quando ela cantou "What I Did For Love", não sobrou um par de olhos secos na plateia.

Sullivan serve os dois cafés e gesticula para que ela se sente. Ele tem apenas um sofá, e Spence se senta em uma ponta enquanto ele ocupa a outra.

— Então, podemos conversar sobre uma coisa? — pergunta ela.

Sullivan assente.

— Minha porta está sempre aberta para você.

— Bem, eu estava pensando... estou muito empolgada para as suas aulas de criação de cena este ano, porque escrever foi minha parte favorita do verão...

— Fico feliz em saber — comenta ele.

— Mas também estava pensando em me candidatar para o Círculo, então será que você pode... falar de mim para a professora Douglas?

Sullivan faz o gesto de sempre de quando está pensando. Tira os óculos e fecha os olhos. Coça a testa.

— O Círculo — sussurra ele.

Sim. O Círculo! Ela quer gritar, só para mostrar o quanto deseja isso. Há muitas formas de ser escolhida na Academia Chandler, mas o Círculo é a mais importante, e Spence sente a pressão de fazer jus ao exemplo brilhante dos pais. Ela já provou ser boa o suficiente ao conseguir papéis nas peças do colégio mesmo quando estava concorrendo com ex-atores mirins de séries de TV muito populares. Já provou ser boa o suficiente ao cantar com os Sandmen, o coral *a cappella* com nome confuso que resistiu à junção de Chandler e Plum em 1987, competindo contra cantores de ópera que haviam feito duetos com Pavarotti.

Agora, ela precisa provar ser boa o suficiente para participar do Círculo da professora Douglas.

— Acha que ela não vai me deixar entrar? — questiona Spence.

— Não, não, não é isso — diz ele.

— Você não me considera uma escritora boa o bastante? Porque passamos o verão inteiro escrevendo nossas próprias cenas.

Sullivan sorri.

— Tenho certeza de que ficaram ótimas.

— Então por que você está hesitante? — pergunta ela. — Se não acha que sou boa para o Círculo, me diz de uma vez para poupar meu tempo.

— Eu nunca subestimei você — aponta Sullivan carinhosamente.

Spence começa a se acalmar.

— Não mesmo — responde ela. Depois, num tom de brincadeira, acrescenta: — Exceto naquela vez em que me deu o papel de Baby June quando, na verdade, eu nasci para ser a Gypsy.

— Você acabou interpretando a Gypsy no fim das contas.

— Só porque a veterana que ganhou o papel foi expulsa por cheirar cocaína antes do ensaio técnico.

Sullivan balança a cabeça.

— Eu já disse uma vez, e vou repetir: drogas e álcool são os inimigos da criatividade. Fique longe disso.

— Pode deixar — diz ela, revirando os olhos. — Mas, então... o Círculo. Vai me ajudar?

Ele suspira.

— Eu só não queria que o Círculo distraísse você do seu último ano de teatro aqui.

— Não vai, eu juro. Olhando pelo lado positivo, já completei todos os créditos obrigatórios de Matemática e Ciências no ano passado, então minhas aulas serão moleza.

— O colégio permitiu que você parasse de estudar Matemática *e* Ciências?

— Bem, o reitor Fletcher ligou para o meu pai na Hungria e disse que eu jamais entraria na faculdade se fizesse isso. Quando não teve um retorno, ele ligou para a minha mãe no Lago de Como. Meus pais marcaram uma videochamada comigo para falar sobre a importância da vida acadêmica, e eu disse que, de todo modo, não me importo com faculdade, a não ser que seja, tipo, Julliard. Já sei o que quero fazer da vida. — Spence se pega falando muito rápido, como geralmente faz quando está empolgada. Ela queria falar muitas outras coisas, tipo como nunca poderia quebrar a tradição desse jeito se sua mãe já não tivesse feito isso antes. Mas não disse mais nada.

— Fico feliz que você esteja decidida a atuar. — Ele assente em aprovação. — Você é a aluna mais talentosa que já tive.

— Nossa! — diz ela. — Quer dizer, uau!

Sullivan abandonou uma carreira bem-sucedida como roteirista para lecionar em Chandler. Ele é professor há oito anos. Não é muito tempo, mas o elogio é bem grande levando em conta que uma de suas ex-alunas, Avery Lamb, da turma de 1995, já ganhou um Tony. Naquele exato momento, Spence vê uma foto emoldurada de Avery, assim como Sullivan a encarando.

Ele cruza as pernas e chega um pouco mais perto.

— Mas não é só com a atuação que estou empenhada. Quero escrever também. Prometo que não vou deixar nada me distrair do teatro — anuncia ela. — Além do mais, isso vai me tornar uma atriz ainda melhor, já que escrever é como mergulhar mais fundo na psicologia, né? Na compreensão de outras pessoas. Atuar é a mesma coisa. Você me ensinou.

— É verdade.

Spence está mais convencida do que nunca de que ser uma estrela significa escrever seus papéis. E ela precisa da professora Douglas para se tornar uma escritora excepcional. Mas, primeiro, precisa ser selecionada. E Douglas costuma selecionar alunos mais excêntricos. Ela precisa que Douglas leia sua inscrição com a mente aberta, que veja que ela é muito mais do que uma aluna mimada de família influente. Precisa que a professora entenda como ela está disposta a trabalhar duro e se esforçar.

— Então... você pode falar de mim para a Douglas? — insiste ela.

Sullivan assente.

— Obrigada! — diz Spence, batendo palmas. — Sério, sou muito grata mesmo.

Ela se levanta para ir até a porta. Dá meia-volta. Considera dar um abraço em Sullivan, mas isso lhe parece esquisito, então opta por um aperto de mãos.

— Sr. Sullivan — chama uma voz masculina.

Spence se vira e encontra Freddy Bello e Charles Cox na porta, ao lado dela.

— Ah! — exclama ela. — Oi, meninos. Vocês estão morando na Casa Holmby este ano?

— Afirmativo — responde Charles.

— Bem, vocês ficaram com o pai de dormitório mais legal de todos — diz ela, sorrindo para Sullivan.

Sullivan fica corado, mas afirma:

— Eu não gosto desse termo. Vocês já têm pais.

— É que conselheiro de instalação residencial é muito grande — explica Freddy.

— Falando em coisas legais — comenta Sullivan. — Que música é essa?

Ela ouve uma voz melancólica, que não reconhece, vindo do quarto de alguém.

— Elliott Smith — responde Freddy.

— Quero esse CD emprestado.

Sullivan é assim. Ele não apenas apresenta arte para os alunos. Também quer saber o que eles estão escutando. Spence gosta dessa característica dele.

— Sr. Sullivan, nós achamos que há ratos nas paredes — diz Charles.

Sullivan faz uma careta.

— Sério?

— A área comum está com um cheiro muito nojento. E nós ouvimos, tipo, uns passos de patinhas bem pequenas.

Charles leva Sullivan até a área comum, mas Freddy fica para trás.

— Que bom ver você de novo — diz ele.

Freddy está na frente dela, o braço erguido, apoiado na parede. Ele chega a ser ridículo de tão bonito. Não que ela esteja interessada nele desse jeito. Ela não precisa de mais um namorado de Chandler pelo qual não está apaixonada. Spence prometeu a si mesma que não cairia nessa este ano. Para começar, vai se formar em breve, e o término com quem quer que fosse seria inevitável. Além disso, garotos do ensino médio são comprovadamente imaturos e só pensam naquilo.

Ela percebe que Freddy está segurando uma edição de *O legado de Chandler*. Na primeira página, há um artigo sobre a professora Douglas deixando o cargo de diretora do Departamento de Inglês depois de duas décadas.

— Meio loucura a Douglas ter pedido demissão, né? — comenta Spence.

— Pois é — concorda ele. — Ela é diretora do Departamento de Inglês desde antes de nós nascermos.

Ela assente.

— O tempo é uma coisa esquisita.

— Nossa, que profundo — diz ele de brincadeira.

Ela pega o jornal da mão dele e o golpeia com o papel. Depois, lê uma citação da Douglas em voz alta.

— "Quero voltar a focar apenas em ser professora" — lê Spence. — "E, é claro, no Círculo." — Ela devolve o jornal para ele. — Eu estava pensando em me inscrever este ano.

O rosto de Freddy se ilumina.

— Sério? No Círculo? Eu também.

— Você? — pergunta Spence.

Freddy se encolhe. Spence queria poder retirar o que disse. Não é como se não acreditasse na inteligência dele. Mas Freddy é atleta. Salto com varas, ainda por cima. Deve ser muito ocupado.

— Acho melhor eu ir me ajeitar no quarto — diz ele.

— Está com o Charles Cox de novo, é? — pergunta Spence.

— Sim. — Freddy sopra uma mecha de cabelo que caiu sobre os olhos. — Se não quebrou, pra que consertar, né?

— Tem razão — comenta Spence.

Ela pensa em todas as coisas que não parecem estar quebradas mas, ainda assim, adoraria consertar. Como sua incapacidade de se apaixonar. Todo mundo no campus fofocou horrores sobre os motivos de seu término com Chip Whitney no ano anterior, criando teorias absurdas. Mas o motivo era simples. Ela não o amava. E suspeita de que não seja capaz de se apaixonar por ninguém.

— Você vai morar com alguém este ano? — pergunta Freddy.

— Não, peguei um quarto individual — diz ela. — Sou fastidiosa demais para ter colega de quarto. Elas vivem reclamando porque eu fico arrumando a bagunça delas. Acho que sou esquisita. — Ela dá de ombros.

— Bem, você acabou de usar a palavra fastidiosa numa conversa normal, então, sim, você é esquisita mesmo.

— Cala a boca — rebate ela, sorrindo. — Pelo menos sou limpinha. Vocês, garotos, mal chegaram e o dormitório já está fedendo. Não é à toa que os ratos apareceram. Vai tomar banho.

— Ano passado eu ouvi uns boatos de outras garotas sobre como seus banhos eram demorados. E parece que todas elas querem seus produtos chiques emprestados, ou alguma coisa assim.

— Isso não é justo! — comenta Spence. — Eu não sei nada sobre seus hábitos de higiene.

Uma energia desconfortável toma conta enquanto ela o imagina no chuveiro.

Freddy faz contato visual e suas bochechas ficam coradas.

— Eu... hum, te vejo depois — diz ele, antes de ir embora.

Spence deixa o fedor da Casa Holmby para trás. Na área comum, Sullivan e os demais veteranos procuram pelos ratos.

Ela abre caminho rumo ao ar fresco e começa a planejar o que vai entregar à Douglas. Independentemente do que for, precisa estar pronto antes do Dia do Trabalho, e entregue na caixa de correio da professora entre dezessete e vinte horas. O horário é crucial, assim como tudo a respeito de Douglas. Porque das dezoito às vinte horas é o único tempo livre que os alunos de Chandler têm. É quando podem ir ao Centro de Convivência Estudantil para jogar pingue-pongue ou futebol de mesa, ou assistir a *Friends*, ou ir à lanchonete para comer queijo-quente com batata frita e fofocar.

Spence está disposta a abrir mão de tudo isso para entregar um manuscrito da cena de sua peça sem título. Ela vai escrever aquela cena da Madame X. Será incrível. Precisa passar para a segunda etapa da seleção. Se Douglas se encontrar pessoalmente com ela, verá que Spence tem muito a dizer.

RAMIN GOLAFSHAR

— Posso ajudar? — pergunta uma garota de cabelo castanho, longo e ondulado.

Ramin e sua mãe encaram o mapa de Chandler, tentando encontrar o dormitório dele. Ramin estudou o mapa antes de chegar e, ainda assim, está perdido. Ele ergue a cabeça. A garota veste uma camiseta cobre e dourada com a frase "posso ajudar?" em letras garrafais.

— Hum, estamos procurando o Porão Wilton Blue — diz a mãe de Ramin com um sotaque carregado.

O sorriso reluzente da garota se transforma numa careta cômica.

— Ah, fica lá em cima! — Ela aponta para uma colina. — É só subir a colina, atravessar aquelas árvores, e vocês chegarão ao dormitório dos garotos do segundo ano.

— Certo — diz a mãe de Ramin. — Obrigada.

— Aliás, me chamo Sarah Brunson — informa a garota. — Estou na sua turma. Todo mundo me chama de Brunson. Basicamente, metade do campus se chama Amanda, Sarah, Jennifer, Matt ou Ben, então se você conhecer qualquer pessoa com um desses nomes, pode chamar pelo sobrenome ou por uma versão abreviada. Entendido?

— Entendido, Brunson — responde Ramin num tom seco.

— Espera, que falta de educação a minha! Qual é o seu nome? — pergunta para Ramin. Então, com um sorriso brilhante, acrescenta: — Creio que não seja Matt, Ben ou Jennifer.

Ele responde, mas pronuncia o nome como um estadunidense. "Rei-min" em vez do muito mais bonito "Rah-meen", e se sente idiota por permitir que a garota faça uma palestra sobre o nome *dele*, enquanto ele nem consegue dizer que a primeira sílaba de seu nome rima com "lá" e a segunda, com "sim".

— Bem, Ramin — diz Brunson. — Deixa eu te contar uma coisa. O Porão Wilton Blue não é tão ruim quanto dizem. Não dê ouvidos aos boatos, tá bem?

— Quais boatos? — pergunta ele, nervoso.

— Ah, sabe como é… — começa ela, e ele quer dizer que *não sabe*, e foi por isso que perguntou. Mas não diz nada e a menina continua: — Dizem que ser novato no segundo ano de Chandler é superdifícil.

— Ah. — Então, ele pergunta: — Porque a maioria dos alunos já se conhece do primeiro ano?

— Por aqui, chamamos os alunos do primeiro ano de *freshmen*, só para você saber. É meio confuso no começo.

— Beleza, obrigado — diz ele, impaciente para chegar ao dormitório.

— Enfim, começar num colégio onde todo mundo já se conhece é bem difícil — prossegue Brunson. — Mas o pior de ser um garoto do segundo ano é que o dormitório de vocês fica lá em cima. — Ela aponta para a colina novamente. — Quando Chandler se juntou a Plum, eles transformaram parte do campus de Plum em dormitórios para os garotos do segundo ano. Se quer saber, não acho justo. Vocês ficam longe demais da comida, da luz e da arquitetura moderna. Mas, olhando pelo lado positivo, os dormitórios melhoram muito nos anos seguintes.

Ele abre um sorriso forçado.

— Além do mais — continua ela —, fazer várias atividades extracurriculares é uma ótima desculpa para escapar dos dormitórios. Eu sou *sophomore* também. Segundo ano, quer dizer.

— Sim, você já me disse — rebate ele, cansado de mais uma palestra.

— Enfim, morar num dormitório bizarro pode até ser bom. Quanto menos tempo você passa no quarto, melhor. Vai te inspirar a fazer um monte de atividades. Eu sou conselheira estudantil, escrevo no *Legado de Chandler*, faço parte do comitê do anuário e...

— Brunson!

Felizmente, ela para de falar quando outra garota acena. E depois mais uma. Ele pensa em todas as formas que elas poderiam errar o sobrenome dele se tiverem a oportunidade.

— Tenho que ir agora — diz ele, mas Brunson não está mais prestando atenção. Ela conversa com outras garotas sobre um acidente infeliz de arco e fecha envolvendo um veterano.

— Espera, sério? — pergunta Brunson para as garotas. — Ainda bem que ele não se inscreveu nas aulas de tiro! — Então, ela vê um tímido aluno novo e, num piscar de olhos, pergunta: — Posso ajudar?

Ramin usa o mapa para levar sua mãe até a colina que Brunson indicou. Enquanto atravessam os prédios reluzentes onde os alunos estudam, ele se faz de guia para a mãe.

— Aquele é o Centro de Artes Harbon, o Refeitório Oxford, o Centro Científico Beckett, o Centro Jordan, que é o ginásio, e tem até uma pista de gelo!

— Como você sabe tudo isso? — questiona a mãe.

— Estudei o site — responde ele. — Ah, olha lá a capela.

A caminhada do campus principal até a colina dura uns dez minutos. Eles passam por grupos de garotas sentadas no gramado, comendo muffins e tomando sol. Garotos jogam frisbee e chutam uma bola de elástico pelo ar. Eles parecem não se preocupar com nada.

Ao chegarem, eles estão pingando de suor por causa da subida íngreme e do calor inacreditável para um primeiro fim de semana de setembro. Quando alcançam o topo da colina, Ramin consegue sentir a diferença gritante entre as duas partes do campus. O campus principal é um aglomerado espetacular de prédios, alguns deles centenários porém reformados, com outros construídos recentemente por uma arquiteta vencedora do Prêmio Nobel. Antigos ou novos, todos os prédios no campus principal de Chandler são impressionantes em tamanho e grandeza. Campos verdejantes por toda parte, pessoas alegres sobre a grama sintética. O sol brilha lá embaixo. Mas, aqui em cima, onde aparentemente ele vai morar, tudo é sombrio. As árvores não deixam a luz entrar.

Ele avista uma placa que diz WILTON BLUE.

— Lá está — indica ele, apontando para as escadas que levam ao porão.

Sua mãe balança a cabeça, desaprovando.

— Como você vai morar num porão? — pergunta ela. — Não bate nenhuma luz.

— Para com isso — implora ele. — Você sempre insiste em ver o lado negativo de tudo. Podemos focar na parte boa?

— Bem — diz ela, pegando as mãos do filho e dando um beijo nelas. — A parte boa é que estou muito orgulhosa de você. Eu e seu pai nem sabíamos da existência deste colégio.

Ramin sente um aperto no peito com a menção ao pai, que sempre foi uma inspiração. O pai nunca falhou ao cuidar da família em um país tão instável. Mas Ramin se pergunta se o pai está secretamente feliz por ver seu único filho se mudando para os Estados Unidos. Ao menos agora, seu pai não precisa mais lidar com a vergonha da família.

— Você encontrou este lugar — continua a mãe, impressionada com os arredores. — Nos convenceu a deixar que você se inscrevesse. E agora está aqui.

Rapidamente, ele puxa as mãos trêmulas do toque da mãe. Não quer pensar nos motivos pelos quais precisou fugir da vida que levava.

— Posso continuar sozinho daqui — diz ele.

— Quero ver onde você vai morar. Quero ajudá-lo a deixar com cara de casa.

— Não é uma casa.

Lágrimas se formam nos olhos de Ramin. Seu coração começa a partir. Ele *precisa* se despedir do lado de fora, onde os outros garotos não podem ver. Não pode deixar um grupo de novos colegas de classe vê-lo chorando enquanto dá um abraço de despedida na mãe.

— Tudo bem — responde ela. — Então, adeus por enquanto.

Ele assente com tristeza.

Ela o beija nas bochechas e dá um abraço apertado no filho. Como se tivesse medo de soltá-lo. Ele consegue sentir a ansiedade da mãe. Os homens da vida dela tendem a morrer quando a deixam. O pai morreu na Revolução. O irmão morreu na Guerra do Iraque. É óbvio que ela está ansiosa. A mãe deve ser capaz de sentir o medo de Ramin enquanto ele agarra o suéter de lã do ex-namorado num dia abafado como esse. Apesar do clima, precisou vestir o suéter. Precisou estar envolto em Arya hoje, mesmo que Arya tenha partido seu coração. E sua mãe deve saber que o suéter é de Arya, já que é ela quem compra todas as roupas do filho, e nunca comprou essa peça.

— Não se preocupe, você consegue — incentiva ela carinhosamente, percebendo a hesitação dele.

O que Ramin tinha na cabeça quando se matriculou num colégio como esse, trazendo toda a sua dor para um lugar tão cheio de sol e privilégio? Ele jamais vai se encaixar. Voltará para o Irã daqui a uns meses. Nunca será como um desses garotos passando por ele, cheios de sorrisos e potencial.

— Não sei — diz Ramin, agarrando a barra do suéter.

A brisa do verão parece soprar por todo o campus o perfume do tecido, do único amor que Ramin já experimentou. O suéter. Uma das únicas coisas de Arya que lhe restaram. Isso e os livros que ele tanto amava. Ramin fecha os olhos e faz um pedido silencioso, para que o cheiro de Arya nunca desapareça do suéter.

Quando Ramin chega ao porão, fica aliviado por sua mãe não ter visto o local. Escuro e sem janelas, só a deixaria mais preocupada e aflita. Sua mãe se preocupa com tudo, fazendo rituais supersticiosos estranhos que sempre deixam Ramin envergonhado. Ele sabe que ela não consegue se controlar, é da natureza dela. À qualquer menção de morte, doença ou azar, ela morde as duas mãos e finge cuspir no chão. E por mais que ele a ame mais do que tudo no mundo, a última coisa que precisa agora é que sua primeira impressão em Chandler seja afetada por sua mãe fingindo cuspir pelo quarto. Já é ruim o bastante chegar ao colégio no segundo ano, quando a maioria dos alunos se conhece e já construiu alianças e amizades. Já é ruim o bastante que seu colega de quarto seja Benji Pasternak, que escreveu para ele durante o verão num papel timbrado e selo de Antibes, onde Benji passou as férias com a mãe, que no ano anterior ganhou um Oscar pelo filme que produziu sobre a crise de reféns no Irã, uma coincidência infeliz.

Ele encontra o quarto sem dificuldades. Há duas estrelas coladas na porta, uma com o nome *Benji Pasternak*, outra com o nome *Rameen Golafshare*. Sim, erraram seu nome *e* sobrenome. Ele cogita pegar uma caneta e corrigir, mas não tem a energia necessária.

Ramin entra. Claramente, o colega de quarto já chegou, porque as coisas dele estão espalhadas por toda parte. Benji escolheu a cama de cima no beliche, cobrindo-a com um edredom cinza. Há um bastão de lacrosse apoiado ao lado da porta. E, também, pôsteres nas paredes: Dave Matthews Band, Jimi Hendrix, e um cartaz de *Reféns*, o filme que deu o Oscar à mãe dele. No cartaz, a cantora colombiana que protagoniza o longa usa um xador e lança um olhar malicioso para a câmera. Se Arya estivesse aqui, os dois estariam rindo disso. Mas, de certa forma, sem Arya ao seu lado, não há nada de engraçado no pôster.

Ele se senta na cama de baixo e abre o zíper lateral da mala, onde estão os livros dele. Os livros que leram um para o outro. Ele vasculha as obras até encontrar o que está procurando. O livro de poesias de Hafiz da mãe do Arya.

Porque a mulher que eu amo vive dentro de você.

"A mulher" fora rabiscada e substituída por "o homem" com a caligrafia de Arya.

Me inclino sobre seu corpo com minhas palavras como posso.

E penso em você o tempo todo, querida peregrina.

"Querida peregrina" fora rabiscada também. Substituída por "querido Ramin".

Porque meu amor vai contigo. Aonde quer que vás. Hafiz sempre estará por perto.

"Hafiz" fora rabiscado. Substituído pelo nome de Arya.

Seus olhos tremem. Ele toca as palavras na página, pensando em como foram as responsáveis por fazer com que ele saísse do Irã. Ramin acompanhava noticiários dos Estados Unidos sobre o Irã e sabia do que a narrativa estadunidense gostava. Queriam ser sua salvação. E ele queria sobreviver. Funcionaria perfeitamente. Então, ele escreveu um ensaio minucioso sobre tudo que vivera, nos mínimos terríveis detalhes. Ele havia se candidatado a doze colégios internos e sido aceito em três. Mas apenas Chandler ofereceu a bolsa de estudos de que precisava.

Ramin traz o livro para mais perto, seus olhos passeando pela letra de Arya da direita para a esquerda. Tão linda. Uma caligrafia perfeita. Ainda consegue sentir o momento em que Arya rabiscou aquelas palavras e substituiu por novas. Eles estavam nus. Estavam à beira do lago. O lago deles. Um lugar onde só havia estrelas, céu e ar. Um lugar intocado pela violência do homem.

Rapidamente, ele esconde o livro quando a maçaneta gira. Benji entra no quarto, cabelo loiro e membros esguios. Está segurando uma daquelas bolas de elástico esquisitas.

— Oi! — diz Benji, chutando a bola pelo ar enquanto fala. — Que prazer em finalmente conhecer você!

— O prazer é meu — responde ele, sorrindo.

— Tá bom, pronuncia seu nome para mim, por favor, porque quero falar certo — pede Benji, ainda chutando a bola.

Ele debate silenciosamente consigo mesmo. Será que ensina para Benji a pronúncia correta ou o jeito mais fácil para os americanos? Ele escolhe o jeito fácil.

Benji repete quatro vezes.

— Ramin, Ramin, Ramin, Ramin. — Então, com um sorrisão no rosto, continua: — Entendi. Sinceramente, gosto do seu nome. Muito melhor do que ter o mesmo nome que uma porra de um cachorro fictício.

Ramin ri, embora não conheça nenhum cachorro fictício, nem real. A maioria das pessoas não tem cachorros no Irã.

— Espero que tudo bem por você se eu ficar com a cama de cima — explica Benji. — A cama de baixo me deixa claustrofóbico.

— Ah, claro — diz Ramin, tentando agradar.

Um longo silêncio se arrasta entre os dois. Ele se pergunta como vai passar o tempo com Benji. O que os dois podem ter em comum?

Desesperado para preencher o vazio, Ramin aponta para o pôster de *Reféns*.

— Eu adorei esse filme — conta ele, torcendo para que Benji não faça mais nenhuma pergunta porque, é claro, ele não assistiu e nem pretende assistir.

— Nossa, que demais! — exclama Benji. — Porque o filme recebeu muitas críticas negativas de vários iranianos. Ou persas. Ou como você preferir ser chamado. Como quer que eu te chame?

— Pode me chamar do que quiser — diz ele.

— Preciso contar para minha mãe que você gostou — comenta Benji com um sorriso. — Não sei por que as pessoas implicaram tanto com uma mulher iraniana sendo interpretada por uma cantora colombiana. Vocês são todos parecidos mesmo, qual é a diferença, né?

— Pois é. — Ramin força um sorriso, odiando-se por isso.

— Além do mais, ela é gostosa demais, né?

— Pois é — repete ele, odiando-se ainda mais.

De noite, ele acompanha Benji até a área comum onde os garotos do Porão Wilton Blue — assim como em todos os outros dormitórios do campus — se sentam em círculo e se apresentam. Sr. Court, o conselheiro de instalação residencial muito velho e com problemas de audição, conduz a conversa.

— Muito bem, garotada, vamos nos apresentar e compartilhar um fato curioso. Eu começo. Sou o sr. Court. Sei que vocês gostam de chamar os conselheiros de instalação residencial de "pais do dormitório", mas já estou velho demais para isso.

— Ele é o nosso bisavô do dormitório — sussurra Benji para Ramin, que está distraído demais pensando no próprio "fato curioso" para rir.

Ele não consegue achar nenhum fato curioso sobre si mesmo. *Oi, meu nome é Ramin e meu namorado partiu meu coração. E, de onde eu venho, eu poderia ser morto por ser quem sou. E escreveram meu nome errado na porta do quarto. E a mãe do meu colega de quarto ganhou um prêmio por ter feito um filme racista sobre o meu país.* Todos os fatos se juntam para formar uma única emoção intensa, como uma nuvem de chuva pairando sobre ele.

— Que tal começarmos com os presidentes do dormitório? — sugere o sr. Court.

— Oi. Eu sou Toby King — diz um garoto enorme de cabelo raspado nas laterais e músculos que esticam suas roupas. — Jogo lacrosse e futebol, assim como meu camarada Seb. — Toby dá um soquinho em Seb. — Ah, e nada de me pedirem autógrafos do meu pai, beleza?

— Quem é o pai dele? — pergunta Ramin para Benji.

— Dã, Toby King é filho do Toby King. — Ao reparar na expressão vazia de Ramin, Benji completa: — O jogador de futebol. Porta-voz da Nike. O filantropo.

Ramin assente, fingindo que conhece, mas futebol americano não é muito popular no Irã.

O próximo presidente se apresenta. Ele é ainda maior que Toby e está sem camisa.

— Oi, me chamo Seb Parker. Eu sou PG, então também sou novato assim como alguns de vocês. Fiz meu primeiro ano aqui, passei os últimos três anos em Montgomery e agora estou de volta.

— O quê? Fala mais alto.

Ele aumenta o tom de voz.

— Eu disse que sou novato como alguns deles, mas...

— Ah! — diz o sr. Court. — Levanta a mão quem também é novo aqui em Chandler.

Ramin é o único a levantar a mão. Ótimo. Ele quer perguntar a Benji o que significa PG, mas o colega parece estar ocupado rindo de alguma coisa com outro aluno de camisa polo. Então, Ramin se vira para o colega do outro lado, um garoto japonês de franja comprida, vestindo uma camiseta do David Bowie.

— O que é PG? — pergunta ele.

— Pós-graduando — explica o garoto. — Geralmente, atletas que só tiraram notas péssimas no colégio anterior fazem uma PG aqui pra tentar entrar numa universidade melhor.

Bem, não é à toa que Seb parece tão velho. Ele já deveria estar na faculdade.

O garoto ao lado dele é o próximo.

— Oi, me chamo Hiro Fukuda. Sou de Tóquio. Ah! Sou alérgico a amendoim.

— Oi, me chamo Ramin Golafshar, e sou, hum, do Irã.

— Oi, sou Benji Park, e sou campeão de embaixadinha no colégio.

Como o sr. Court faz cada aluno repetir o que disse porque não consegue escutar direito, a turma começa a testar a audição dele, divertindo-se com a brincadeira.

— Me chamo Matt Mix, e sou dotado demais.

— Como? — pergunta o sr. Court.

— Me chamo Matt Mix, e amo os animais.

Todos os garotos riem, exceto Ramin e Hiro, que se entreolham como se estivessem presos numa versão compartilhada do inferno. Matt Mix levanta a mão e outros garotos batem em cumprimento.

Durante a noite, depois que todos já foram para a cama, Ramin escapa do quarto. É contra as regras sair do quarto se não for para ir ao banheiro, e é exatamente isso que ele pretende. Está assustado demais para usar o banheiro com outros garotos, e ainda mais assustado de tomar banho na frente deles. Os chuveiros nem sequer têm cortinas para dar privacidade. Só uma fileira de duchas e alguns sabonetes. O corredor está escuro e vazio. Ele caminha até o banheiro e empurra a porta. Quatro cabines reservadas. Quatro mictórios. Seis chuveiros. Tudo feito para ser compartilhado entre doze segundanistas e dois presidentes. A não ser que você tenha tanto medo de compartilhar o espaço que precise acordar no meio da noite para usar a privada e o chuveiro.

Ramin entra no banheiro segurando a toalha, feliz por encontrar o lugar vazio. Posiciona-se debaixo da ducha, finalmente se limpando. Ele fecha os olhos, respirando o vapor. Lembra-se dos banhos que tomou com Arya, a quem amava ensaboar até que os dois ficassem cobertos de espuma.

Ao terminar, enrola a toalha rente ao corpo. Antes de voltar para o corredor, ele dá uma espiada para conferir se está vazio. Está, mas quando volta para o quarto e toca a maçaneta da porta, encontra uma substância grudenta nela. Ramin recolhe a mão, em choque. Sente o cheiro. É inconfundível, um cheiro que ele conhece muito bem das vezes em que sentiu prazer sozinho e com Arya.

Seu coração acelera. Ele sabe muito bem como garotos podem ser brutos, mas acreditava estar fugindo disso ao vir estudar aqui. Porém, agora está diante de uma nova e triste realidade. Existe bullying em qualquer lugar. Com nojo, ele limpa a mão na toalha. Então, dá mais uma olhada no corredor, mas não há ninguém ali.

Naquela noite, ele não consegue dormir. Fica acordado lendo os livros de poesia dos dois, aqueles versos que passavam horas lendo um para o outro. Versos que eram a linguagem de amor deles.

No domingo, ele decide ser discreto e se mantém com a cara enfiada nos livros. Escreve uma carta para a família, dizendo que está tudo bem. O dia seguinte é feriado. Ramin e os garotos do Porão Wilton Blue caminham até o Centro de Artes Harbor para o primeiro evento escolar do ano. O zumbido dos alunos chegando no auditório é ensurdecedor, e os professores se esforçam para fazer com que todo mundo ocupe seus devidos lugares. Ramin acaba sentando entre Hiro e Benji, o que, para ele, é bom. Melhor do que se sentar ao lado de um daqueles presidentes brutamontes que parecem dez anos mais velhos e cem quilos maiores.

O diretor Berg é o primeiro a falar no microfone, e silencia a multidão com um discurso bem alto.

— Bem-vinda, comunidade Chandler! Como vocês já sabem, nosso estimado colégio foi fundado na virada do século, e estamos nos aproximando da virada de mais um. Daqui a um ano, Chandler será uma instituição centenária. Nada mal, né? — Os alunos aplaudem. — Estou muito animado com este ano, e espero que vocês também estejam. Temos vários anúncios empolgantes para hoje, mas antes, por favor, levantem-se para cantarmos o hino do colégio, que será conduzido pelo nosso coral, os Sandmen. — Todos ficam de pé.

Seis alunos — quatro garotos e duas garotas — sobem ao palco e começam a cantar o hino do colégio, que Ramin já conhece porque toca quando você entra no site. Ele canta junto, baixinho no começo, gostando de sentir sua voz desaparecendo.

— *Ao nosso campus verdejante e montanhoso* — canta ele. — *Onde a verdade libertará a todos nós. Cobre e dourado, nossa armadura. Cante alto, com bravura.*

Ele não está cantando alto, nem com bravura. Mas Sarah Brunson, a garota que usava a camiseta dizendo "posso ajudar?" e que o alertou sobre a tortura que é o dormitório dos garotos do segundo ano, certamente está. A garota se encontra na fileira atrás dele, e sua voz fora do tom ecoa.

— *Ao ouvir esta canção, responda com orgulho e gratidão!*

No palco, os Sandmen se aproximam do público para a parte intercalada do hino.

— *Oh, Chandler* — cantam.

— *Minha Chandler* — responde o público.

— *Oh, alma mater* — canta o coral.

— *Minha alma mater* — rebate a multidão.

Há algo libertador nesse vaivém. Ele percebe que no meio dessa cacofonia, sua voz vai desaparecer quer ele cante ou não, então é melhor cantar. O que ele faz no final grandioso do hino.

— *Pertencemos a ti. Apenas a ti. Sempre a ti. Para se-e-e-empre.* — O colégio inteiro pausa para respirar três vezes antes de entoar o fim. — *E sempre!*

Quando o hino termina, ele se senta junto com o restante dos alunos. Está impressionado com a garota que pega o microfone. Ela era uma das participantes do coral, porém se destacou dos demais cantores. Há um brilho nos olhos dela, e é difícil desviar o olhar do sorriso radiante em seu rosto.

— Oi, gente, eu sou Amanda Priya Spencer — diz ela.

Ramin sorri quando ela se apresenta, amando como a garota expressa a própria identidade com leveza e orgulho.

Metade do auditório começa a gritar.

— Spence! Spence! Spence!

Ela parece gostar.

— Beleza, mas calma lá, sei que estamos animados para festejar como se fosse 1999, já que *finalmente* é 1999. E é por isso que quero convidá-los a festejar com a gente, os Sandmen. — Spence gesticula para o grupo de cantores atrás dela, e todos fazem uma reverência. — Temos duas vagas abertas este ano, e queremos apenas as melhores vozes. E, por favor, garotas, não se sintam desencorajadas porque o grupo se chama Sand*men*. O nome é um resquício da época em que Chandler ainda era um colégio só para garotos.

Com a menção do colégio já ter sido exclusivo para garotos, um grupo de alunos vaia, incluindo Seb e Toby. Alguns até gritam:

— Garotas! Garotas! Garotas!

— Eu adoraria fazer parte de um grupo tão incrível como este — diz ela, ignorando os garotos. E então, usando um sotaque britânico, completa: — Posso garantir momentos esplêndidos a todos.

Porém, os garotos não param de gritar. Hiro chega mais perto de Ramin e sussurra:

— Garotos de colégio interno são tipo homens da caverna. Parece que a evolução humana parou aqui.

No palco, Spence não se deixa perturbar pelo barulho.

— Então, venham para os testes. Venham, sopranos, barítonos, tenores. Venham todos!

— Eu vou é dar uma gozada nela — diz Seb, e a maioria dos meninos acha graça.

— Não se eu gozar nela primeiro — responde Toby.

Todos os alunos do Porão Wilton Blue riem, exceto Ramin e Hiro. Ramin estremece com a ameaça que aquelas risadas representam. Ele se lembra da noite anterior, do gozo na maçaneta. Parece um pesadelo, algo impossível de ser verdade.

Atrás deles, Brunson se inclina para a frente.

— Vocês são uns nojentos do caralho — diz ela.

Ramin sorri para ela, agradecendo em silêncio. Talvez estivesse errado sobre a garota no dia anterior.

A reunião geral continua.

O padre do colégio dá um sermão sobre se abrir para novas experiências escolares ao longo do ano.

— Citando a grande Karen Carpenter — começa ele. — *Há maravilhas na maioria das coisas que vejo.*

Ramin observa os trejeitos exagerados do padre com fascínio.

Um professor chamado sr. Sullivan anuncia que a peça de inverno será *Anjos na América*.

— Aquela peça gay? — pergunta Toby, e os garotos riem de novo.

Ramin olha para o chão, desejando poder fugir daquele momento e também saber mais sobre a tal peça gay.

Uma professora chamada sra. Song anuncia que o Departamento de História organizou duas viagens para o semestre — uma para Roma e outra para o Cairo — e que as vagas limitadíssimas estão abertas apenas para os alunos do último ano.

— Porra! — exclama Toby. — As italianas são gostosas demais.

Mais anúncios se seguem, sobre os clubes estudantis e de atletismo e novos professores. Ramin tenta focar nas vastas opções que estão sendo apresentadas a ele, mas não consegue porque Seb e Toby parecem usar cada anúncio como uma oportunidade para fazer comentários sobre garotas serem gostosas e garotos serem gays.

No fim da tarde, ele comparece ao seu primeiro trabalho estudantil. Todo aluno tem uma tarefa, mesmo aqueles cujos pais doaram prédios para o colégio, e geralmente acontecem antes das aulas. Ele foi colocado para trabalhar na cozinha. Ao chegar lá, o cheiro de comida o deixa nauseado.

— Pra você — diz uma voz grave.

Ramin se vira e encontra um garoto alto, de cabelo longo e escuro, entregando um avental. Ele perde o fôlego.

— Pega — ordena o garoto.

Mas Ramin está paralisado. Embasbacado. Não é como se o garoto se parecesse com Arya, não exatamente. Ele é mais forte, tem o cabelo mais longo e o nariz mais arredondado. Mas os olhos. Aqueles olhos castanhos. Eles têm a mesma intensidade dos olhos de Arya, o brilho que fez Ramin querer mergulhar dentro do ex-namorado.

— Você está bem? — pergunta o garoto. — Sei que trabalhar na cozinha pode ser meio chocante de cara. É meio que o pior trabalho estudantil. — Com a voz mais firme, ele completa: — Mas constrói caráter.

Ramin ri, recompondo-se. Ele pega o avental.

— Eu sou Freddy, aliás. Freddy Bello.

— As pessoas te chamam de Bello? — indaga Ramin, nervoso.

Freddy ri.

— Não, essa coisa de sobrenome é só para pessoas com nomes genéricos. Sou o único Freddy do campus, mas meu nome mesmo é Frederico.

— E eu sou o único Ramin.

— Maneiro — diz Freddy. — Bem, prazer em conhecê-lo, Ramin. Boa sorte na cozinha. Não é tão ruim quanto parece. Basta jogar fora todas as sobras naquelas lixeiras e colocar os pratos e talheres nas caixas que ficam na esteira. Depois é só ir para casa e tomar banho.

Casa? O porão não é a casa dele.

— Prazer em conhecê-lo, Freddy — responde Ramin.

Freddy é um nome tão otimista. E Bello literalmente significa bonito. O nome Arya lhe lembrava as óperas tristes que sua mãe costumava ouvir. Talvez Ramin estivesse passando da tristeza para o otimismo.

Enquanto Freddy se afasta para retornar ao refeitório principal, Ramin o encara e, rapidamente, desvia o olhar, como se tivesse sido pego no flagra. Ele sabe muito bem o preço desse tipo de ato ilícito. O chefe da cozinha, um homem corpulento com tatuagens nos braços e no pescoço, se aproxima e dá a ele as mesmas instruções que Freddy passou.

Ramin pega as bandejas dos alunos e joga os restos de comida no lixo, e então coloca as bandejas, pratos e utensílios em caixas separadas, em duas esteiras. Ele faz isso por uma hora, até receber permissão para comer.

No refeitório principal, os pratos do dia apresentam informações sobre alergias e valor calórico. Ele encara as opções: frango à parmegiana, quinhentas calorias, contém lactose, glúten e frango. Ele avista Spence, que está conversando com Freddy enquanto o garoto monta seu segundo prato de comida.

— Legal, né? — comenta ela com Freddy, apontando para o menu. — Ano passado eu solicitei ao colégio que adicionasse as informações calóricas e os ingredientes de cada prato. Ajuda muito as pessoas que têm alergias.

— Muito útil. Eu não tinha ideia de que frango à parmegiana levava frango e contém lactose — responde Freddy, com um sorriso.

— Você é um babaca — diz Spence, claramente de brincadeira.

— Qual é a sopa do dia? — pergunta ele.

— Ah, sabe como é — diz ela. — A sopa é sempre as sobras de ontem misturadas na água quente.

— Que apetitoso.

Um grupo de garotas a chama.

— SPENCE! CARTA DE PAUS!

Ela volta para a mesa onde as garotas jogam baralho, e Ramin encara Freddy, que fica para trás, e se serve de comida. Ele se pergunta se Freddy vai olhar de volta para ele, mas isso não acontece.

Ramin coloca um pouco de frango e arroz numa bandeja e encontra uma mesa vazia na frente do salão. Numa mesa, estão Spence e suas amigas, jogando baralho em vez de comer. Em outra, está Freddy com alguns garotos, comendo em vez de conversar. Entre os garotos, estão Toby e Seb, o que deixa Ramin muito decepcionado. Freddy não pode ser como os outros garotos, pode?

Ele se aproxima da mesa vazia e está prestes a se sentar quando Toby o impede.

— Área dos formandos — diz ele.

— Ah. — Suas mãos tremem, forte o bastante para entornar um pouco do refrigerante apoiado na bandeja. — Não tem ninguém sentado aqui, então...

— Área dos formandos — repete Toby. — O que significa que só formandos podem sentar aqui. Você está no último ano?

— Não, sou novo no segun...

— Sei quem você é, porra. Sou seu presidente. Aprenda as regras.

— Pega leve, Mussolini — diz Freddy para Toby, e Ramin respira aliviado. Talvez Freddy seja diferente.

Ele segura sua bandeja e volta para os fundos. Atrás dele, ouve Toby dar um tapa na nuca de Freddy e dizer:

— Parece que alguém andou prestando atenção na aula sobre a Segunda Guerra Mundial ano passado.

Ele se senta na única mesa vazia que encontra. Já estava na metade do frango sem tempero quando uma mulher vestindo jaqueta de couro e jeans azuis se senta ao lado dele.

— Ramin Golafshar? — pergunta ela, e Ramin fica surpreso. Não pela aura da mulher, ou pelo cabelo espetado, ou a combinação de couro, jeans e botas de motociclismo, o que é bem chocante por si só. Mas ela é a primeira pessoa a pronunciar seu nome perfeitamente. — Você é o Ramin Golafshar, certo?

— Sim — diz ele. — Perdão, eu não posso sentar aqui?

Ela ri. Sua risada é rouca e cativante.

— Bem, tecnicamente essa é a área dos professores, mas eu não vou expulsar você, se quiser ficar. Nós não levamos nosso território tão a sério como os formandos.

— Obrigado — agradece ele, relaxando um pouquinho.

— A comida é péssima, né — diz ela. Não é uma pergunta.

Agora, é ele quem ri. Ela é a primeira pessoa com quem ele se sente confortável desde que chegou.

— Certamente não é o *khoreshteh gheymeh* da minha mãe.

— Eu amo *khoreshteh gheymeh* — confessa ela. Ramin mal pode acreditar que ela conhece o prato. — Tenho uma amiga persa que costumava fazer para mim. Ela pegava batata frita do McDonald's e colocava por cima do cozido. Aposto que sua mãe não faz isso.

Ramin ri.

— Bem, não. Seria meio impossível, já que não temos McDonald's em Teerã.

— Justo. Aliás, eu sou a professora Douglas. Hattie Douglas. Mas todo mundo me chama apenas de Douglas.

— E eu sou Ramin — diz ele, e acrescenta rapidamente: — Ah, você já sabe disso. Desculpa, mas como você me conhece?

Douglas empurra sua bandeja de comida para o lado.

— Eu gostaria de conversar com você sobre o ensaio que nos enviou na sua inscrição.

— Ah.

A última coisa que ele queria era conversar sobre o ensaio. Só escreveu porque sabia que o ajudaria a entrar num colégio como este. Mas nunca mais quer reviver ou debater sobre o que escreveu.

— Como você deve saber, eu era a diretora do Departamento de Inglês até ano passado. Liderar outras pessoas é um trabalho ingrato. Agora posso focar no Círculo. Imagino que você já tenha ouvido falar.

— O Círculo? — pergunta ele. — Que eu me lembre, não. Li os panfletos e o manual dos estudantes, e eu estava naquela reunião de hoje mais cedo, mas...

— Ah, nós não divulgamos o Círculo nesses meios. Não é esse tipo de experiência. Mas os alunos geralmente comentam a respeito, então achei que, a esta altura, você já deveria ter ouvido falar.

— Ninguém conversa muito comigo — afirma ele, o que não é totalmente verdade. Mas, com certeza, é assim que ele se sente.

— É bem menos misterioso do que parece — explica ela. — É uma oficina de escrita que, geralmente, se torna mais do que isso. Se torna, bem, uma família. Mas, acima de tudo, é um lugar para escrever e se expressar. Pelo seu ensaio, percebi que você é um escritor muito especial, e que tem muito a dizer.

Ele sorri. Estava com medo de que ela pedisse para que ele falasse sobre seu passado, mas, em vez disso, ela está oferecendo um futuro.

— Parece incrível!

Ele se choca ao ouvir a palavra *incrível* sair de sua boca. Já escutou Benji usando, mas a expressão não tem nada a ver com ele. Talvez Ramin esteja mudando.

— Os alunos devem entregar um texto para serem avaliados para o Círculo, mas se você estiver interessado, gostaria de avaliá-lo com base no seu ensaio de inscrição.

— É claro. Muito obrigado.

Se a maçaneta pegajosa da noite anterior foi um pesadelo, isso é um sonho. A oportunidade de escrever e fazer amigos. É tudo o que ele mais deseja.

— Pode me dizer sua data, horário e local de nascimento? — pergunta a professora Douglas.

Ele fica um pouco confuso com a pergunta, mas responde da melhor maneira que consegue.

— Dia 3 de março, em Teerã. Mas não sei o horário exato. Já perguntei para a minha mãe, e ela diz que não se lembra. Mas foi de manhã.

— Tudo bem. É o bastante para saber que você é pisciano.

Ele sorri.

— Eu tinha um amigo que era muito interessado em astrologia.

Ela se inclina para a frente e pergunta, carinhosamente:

— Aquele amigo sobre quem você escreveu no ensaio?

Ele assente. Conversar com Douglas é a coisa mais tranquila que ele já fez desde que chegou ao campus. Ramin torce desesperadamente que esta não seja a última vez.

— Confira sua caixa de correio amanhã de tarde, depois do seu primeiro dia de aula — explica ela. — E, por favor, independentemente da minha decisão, nunca pare de escrever.

Ele olha ao redor. Vê olhos brilhantes e ouve vozes felizes. Nas paredes, há placas de madeira com nomes de alunos que conquistaram coisas grandiosas. Medalhas atléticas e prêmios de arte. Ramin veio para este colégio para ser livre e, neste exato momento, pela primeira vez, acredita que isso possa de fato acontecer.

SARAH BRUNSON

— Vamos brincar de esconde-esconde! — pede o filho de três anos de madame Ardant, derrubando Brunson no chão com um abraço.

Geralmente é assim que ela é recebida quando chega ao trabalho estudantil na creche: com abraços e gritos animados de uma sala cheia de crianças que a amam. Se tem uma coisa para a qual ela leva jeito, é passar tempo com criancinhas. Também pudera, já que Brunson basicamente criou a irmã mais nova.

Antes que possa responder, a filha do sr. e da sra. Plain se junta à bagunça, gritando.

— Hora do chá! Hora do chá!

Ela ri.

— Tive uma ideia — diz ela. — Vamos brincar de esconde-esconde com chá. — Ela pega um jogo de chá de madeira em miniatura que parece tão velho quanto o colégio e explica as regras enquanto serve a bebida imaginária para as crianças. — Mas, atenção, tenham muito cuidado na hora de se esconderem — instrui ela. As crianças estão encantadas. — Esse é um chá oolong, é muito especial. — Ela prolonga o som do *o* em *oolong*, e as crianças se divertem repetindo a palavra.

Brunson se sente leve e feliz. O primeiro dia de aula foi espetacularmente bom. Retornando como segundanista, ela pôde escolher suas aulas e seus professores, e entrou em todas as suas primeiras opções. Isso não foi surpresa, já que se inscrevera para as aulas mais difíceis. Ela não é como outros alunos que correm atrás de professores que dão notas altas para qualquer um. Pegou estudos americanos com Colbert, Primeira Guerra Mundial com Song e trigonometria com Shilts.

Ao terminar o trabalho com as crianças, sente-se contagiada pela inocência e alegria delas. Em seguida, vai até o escritório do *Legado de Chandler* no segundo andar do prédio de Humanas, onde acontecem as aulas de inglês. Os corredores são cobertos por citações de livros que são leitura obrigatória para os alunos de Chandler. "Todos os animais são iguais, porém alguns são mais iguais que outros", de *A revolução dos bichos*. "Que eu não morra ingloriamente e sem lutar, mas, primeiro, permita-me fazer algo grandioso que será contado entre os homens daqui em diante", de *Ilíada*. "Não gosto de trabalhar — nenhum homem gosta — porém, gosto do que o trabalho proporciona — a chance de se encontrar", de O *coração das trevas*.

Enquanto passa por uma frase seguida da outra, percebe algo que nunca havia pensado antes. Todas as citações na parede foram escritas por homens brancos. Todos os livros obrigatórios no currículo de Chandler são de homens, em sua maioria, brancos. Claro, alguns professores até conseguem inserir uma autora aqui e ali. Douglas faz isso o tempo todo. E sim, todos os alunos leram Maya Angelou no ano anterior, antes que a autora viesse dar uma palestra no Dia da Diversidade. Mas aquilo foi um evento isolado. Brunson sonha com o dia em que aquelas paredes estarão cobertas de citações de mulheres como ela. E, se conseguir entrar no Círculo, talvez isso aconteça. Pode ser o começo do resto da sua vida.

E se não entrar, continuará aproveitando todas as oportunidades que o colégio pode lhe oferecer. Seu pai ainda está pagando as despesas hospitalares da mãe e, embora Brunson receba *muita* ajuda financeira, este colégio continua sendo a coisa mais custosa que a família dela já enfrentou, tirando o câncer. Se Brunson vai levar os pais à falência *e* perder os aniversários da irmã, precisa fazer os sacrifícios valerem a pena.

E, verdade seja dita, preencher a rotina com atividades infinitas e muitas aulas é o único jeito que ela conhece para evitar a onda de emoções em seu peito.

Ela entra no escritório do *Legado de Chandler*, onde seis estudantes estão debatendo sobre, dentre outras coisas, calças boca de sino.

— Desculpa, mas eu me recuso a aceitar essa moda, quem dirá escrever sobre ela — diz Brodie Banks, o repórter mais prolífico do jornal. — Além do mais, uma garota deveria escrever as matérias de moda, não eu.

A editora do jornal, Amanda Barman, aponta para Brunson com uma régua.

— Beleza, então. Brunson, você vai escrever.

— Escrever o quê? — pergunta ela, tirando papel e caneta de dentro da mochila.

— Uma matéria sobre essa nova moda de resgatar os anos 1970 que está tomando conta do campus.

Brunson solta um suspiro pesado.

— Sério mesmo?

— Ué — diz Barman. — Que som é esse? É o som de uma segundanista resmungando? Porque tenho uma fila de novatos querendo escrever para o *Legado*.

— Eu escrevo — anuncia ela. — Mas, quer dizer, não chega a ser uma moda, né? São só alguns alunos do grupo de teatro que gostam de se vestir como coadjuvantes de *Os embalos de sábado à noite*.

— Que seja — rebate Barman. — Você tem alguma sugestão melhor?

Nada vem à mente dela. Enfim, o *Legado* se resume a isso mesmo. Um jornal cheio de reportagens ridículas escritas e editadas por alunos que só querem listar "jornalismo" como uma das matérias extracurriculares em suas inscrições para a faculdade.

Quando Brunson termina seu trabalho, encontra Amanda de Ravin, Rachel Katz e Jane King do lado de fora do Centro de Convivência Estudantil ranqueando garotos no anuário do colégio.

— Gente, precisamos passar na sala do correio, né? — pergunta Brunson, totalmente desinteressada em ranquear garotos. Talvez se elas estivessem ranqueando garotas, até se permitiria participar da brincadeira. — As cartas já devem ter chegado.

Todas se inscreveram para o Círculo e foram entrevistadas pela Douglas. Elas entram na sala do correio e passam pelo mural de cortiça enorme com anúncios sobre atividades e, festas e, programas da rádio do colégio e, clubes estudantis e testes para *Anjos na América*. Um grande cartaz acima do mural diz: "Bote o cobre & dourado para jogo para a Noite do Lowell; 16 de outubro. Vamos deixar aquele bando de roxos comendo poeira!".

— A minha está vazia — diz Katz ao abrir sua minúscula caixa de correio de metal.

— A minha também — afirma Rav.

— O mesmo aqui — comenta Jane.

Ao ver sua caixa de correio também vazia, Brunson diz:

— Beleza, nada de pânico. Talvez as correspondências ainda não tenham sido entregues.

As quatro garotas caminham até o balcão principal da sala de correio.

— Olá?! — exclama Jane. — Tem alguém aí?

Dos fundos da sala, surge Beth, segurando uma pilha de catálogos e cartas.

— Ah, oi! — diz ela timidamente quando vê as garotas.

— Queríamos saber se os convites para o Círculo da professora Douglas já foram distribuídos — pergunta Brunson, forçando um sorriso.

— Não posso dar essa informação — responde Beth. Tentando fazer uma piada, ela completa: — Violar correspondências é um crime federal.

— Pode pelo menos nos dizer quantas pessoas entraram? — pede Brunson, desesperada. — Você sabe como são os convites, não sabe? São uns envelopes cor de creme com selos vermelhos. Eu vi um no ano passado.

Beth abaixa a cabeça, olhando para a pilha de catálogos da L.L. Bean e da J. Crew em suas mãos, e diz:

— Não vi convite nenhum. — Há um momento tenso de contato visual entre as duas, e então, Beth murmura: — Acho melhor eu voltar ao trabalho.

Beth deixa as garotas e volta a separar a correspondência.

— Bem, eu fiz as contas — diz Brunson para Katz, Jane e Rav. — Em média, o Círculo aceita quatro alunos. Mas em 1995, só dois foram convidados. O número máximo foi doze, em 1997, mas parece que foi meio bagunçado e a Douglas disse que nunca mais aceitaria tantos de uma vez.

Katz dá de ombros.

— Eu odeio a sala de correio. É tão estressante.

Ela tem razão. A sala de correio é estresse puro — alunos esperando por pacotes dos pais, ou cartas dos seus amores de verão, ou aguardando para saber em quais universidades de elite não entraram, ou decidindo qual cor de suéter vão pedir na L.L. Bean. Se sempre acabam escolhendo o verde militar, por que ainda perdem tanto tempo folheando o catálogo? Brunson puxa a barra do suéter verde militar da L.L. Bean enquanto esse pensamento lhe ocorre.

Ela e as amigas passam meia hora na loja do colégio ao lado do correio, olhando as camisetas de Chandler, canecas e materiais escolares. Os alunos fazem suas compras com um Código Chandler, porque não há dinheiro no campus. Só um código usado que é acrescentado à conta dos pais. Brunson não compra nada na loja do colégio. A última coisa que quer é que seus pais tenham que pagar *ainda mais* para mantê-la ali. Usar o código de outro aluno não seria tão difícil. A maioria dos pais de Chandler nem deve olhar as contas. Porém, Mary Crane foi pega fazendo isso no ano anterior, e foi expulsa na mesma hora. Roubar é uma das poucas infrações que resultam em expulsão imediata, sem direito de resposta.

Depois de passar tempo suficiente na loja, as meninas voltam para a sala de correio.

— Continua vazia — diz Jane.

— Aqui também — comenta Katz.

— Talvez ela ainda não tenha se decidido, né? — questiona Rav.

Porém, Brunson vê uma carta em sua caixa de correio, e seu coração se enche de orgulho. Ela destranca a caixa e puxa a correspondência para fora. Sim, é um envelope cor de creme. E tem um selo de cera vermelha.

— Gente! — Ela suspira. — Gente, puta merda!

— Brunson, você conseguiu! — grita Jane, genuinamente feliz pela amiga.

Brunson toma cuidado para não destruir o selo ao abrir a carta. Sabe que vai guardar aquilo pelo resto da vida. Ela conseguiu. Mal pode esperar para contar aos pais e à irmã. Ela sente tanta saudade deles, e espera que entendam o quão importante é esta conquista. Por um momento, pergunta-se se foi Beth quem colocou a carta em sua caixa de correio. E se Beth ficou surpresa ao perceber que Douglas havia escolhido Brunson.

— Nossa — diz. — Olhem só!

Ela deixa as garotas lerem a carta. Num papel timbrado creme, estava escrito: *Seja bem-vinda ao Círculo. Vamos nos encontrar neste domingo às dez da manhã. Primeiro andar da Casa MacMillan. Por favor, traga um caderno e uma caneta (nada de lápis).*

— Nada de lápis! — repete Katz com uma risada triste que deixa evidente como ela está decepcionada por não ter sido convidada. — Quem quer afogar as mágoas comendo batata frita na lanchonete?

As três garotas vão para a lanchonete se entupirem de gordura. Enquanto isso, Brunson continua na sala de correio, procurando por outros alunos com envelopes cor de creme e selos vermelhos. Rapidamente, avista Amanda Spencer segurando um. Ela não sabia que Spence era escritora, mas não é surpresa confirmar que a garota é brilhante em tudo a que se propõe.

Então, vê Freddy Bello rasgando a aba do envelope para abri-lo. Ela cerra os olhos, surpresa. Sempre achou que Freddy fosse mais atleta do que intelectual, mas tudo bem.

E, por fim, Brunson vê Beth, e sente um embrulho no estômago. Ela pensou que poderia deixar para trás seu horrível primeiro ano em

Chandler, mas participar do Círculo com Beth faz com que isso seja impossível.

Ela observa enquanto Spence, Freddy e Beth se juntam, mostrando suas cartas uns para os outros. Spence também segura um pacote enviado pelos pais.

— Nossa, então seremos nós quatro — diz Brunson, evitando o olhar de Beth enquanto se aproxima timidamente do grupo.

Nesse momento, Ramin aparece, também segurando uma carta. Ele não diz nada, só fica parado ali, todo sem jeito.

— Nós cinco — corrige Freddy. — Oi, Ramin! Lembra de mim? Freddy.

— Sim, me lembro. — Ramin acena. — Oi, gente!

— Oi de novo — diz Brunson para Ramin. — Nossa, que bom que você entrou. É super-raro ver alunos novos no Círculo. A maioria nem sabe do que se trata. Como você ficou sabendo?

— Ah, eu não conhecia — anuncia Ramin.

— Ué, então como você entrou? — pergunta Spence.

— A professora leu meu ensaio de inscrição — explica ele. — E decidiu... me convidar, sei lá.

— Nossa! — exclama Freddy, impressionado. — Que maneiro! Você entrou na primeira tentativa e nem precisou se inscrever!

— Sobre o que era o ensaio? — pergunta Brunson, curiosa.

— O respeito à privacidade mandou um beijo, né? — provoca Beth. — Você gostaria que todo mundo soubesse sobre o que foi o *seu* ensaio?

Brunson achou que havia feito uma pergunta inocente, mas agora está vermelha de vergonha. Ela *não quer* que os outros saibam o tema de seu ensaio de inscrição para Chandler. Falar sobre a doença da mãe é doloroso demais.

Antes que Brunson possa pedir desculpas a Ramin, Spence pergunta a ele:

— Você nem foi entrevistado por ela?

— Nós conversamos no refeitório ontem — responde Ramin. — Foi meio esquisito. Ela perguntou quando eu nasci. Até o horário certinho.

— Ela me perguntou a mesma coisa — comenta Spence. — Disse que tenho um monte de signos de água, e provavelmente é por isso que consigo acessar minhas emoções com tanta facilidade.

— Ela disse que eu sou de água também — diz Freddy. — Peixes.

— Escorpião — revela Spence.

— Câncer — anuncia Brunson. — Também de água.

— Eu também — diz Beth.

— Será que foi por isso que ela nos escolheu? — Brunson pensa em voz alta.

— Foi, e não porque nós cinco escrevemos bem — responde Beth com uma risada.

Brunson quer se retificar, mas ainda está nervosa demais com o jeito como Beth parece achar defeito em tudo o que ela diz. Talvez a garota ainda esteja magoada com o relacionamento complicado das duas no ano anterior e com o comentário horrível que Brunson fez sobre o cabelo dela. Brunson queria saber como se desculpar e resolver as coisas, mas não é boa com esse tipo de coisa nem com conflitos.

— E aí? O que tem no pacote? — pergunta ela para Spence, desesperada para mudar de assunto. Então, antes que Beth possa dizer qualquer coisa, ela acrescenta delicadamente: — Pode ignorar a pergunta se for invasão de privacidade.

Beth morde os lábios.

— Meus pais devem ter mandado algumas roupas para compensar o fato de não terem conseguido se despedir de mim — diz Spence enquanto rasga a caixa. Ela puxa um papel de seda rosa-bebê, revelando dois vestidos de grife lindos.

— Nossa! — exclama Brunson. — Dior?

— Gaultier — responde Spence. E então, como se estivesse envergonhada, completa: — Aposto que minha mãe ganhou esses vestidos.

Spence vai até o lixo jogar a caixa fora quando algo cai de dentro dela. A última edição da *Vogue*.

Brunson e Freddy se agacham ao mesmo tempo para pegar a revista. Ela pega primeiro, encarando a mãe de Spence na capa, com um vestido justo e vermelho de gola rolê.

— Meu Deus — diz Brunson. — Sua mãe é deslumbrante!

— Concordo. — Spence sorri, pegando a revista.

— Deve ser muito esquisito ter uma mãe famosa — afirma Brunson, pensando em como a própria mãe é o oposto de uma modelo famosa.

— Não sei como seria de outro jeito, então para mim é normal. — Há uma pontada de tristeza na voz de Spence quando ela completa: — A parte esquisita é como geralmente ela está em outro fuso horário, mas a gente se fala sempre que dá.

Quando Brunson está no colégio, sua mãe liga uma vez por semana, nas noites de segunda-feira. Ela nunca deixa de perguntar sobre as aulas, os amigos, as atividades. Mas Brunson não conta nada disso. Não quer que Spence se sinta mal. O que é bem estranho. A garota com a mãe que passou uma década lutando contra o câncer não quer fazer a filha de uma supermodelo se sentir mal.

— Enfim, podemos mudar de assunto, por favor? — pergunta Spence.

— Quer falar sobre como você não achou que eu entraria no Círculo? — questiona Freddy, com um sorriso provocador.

— O quê?! — exclama Spence. — Eu nunca disse isso.

— Você ficou chocada quando eu disse que me inscrevi — responde ele.

— Bem, sim, porque você é um medalhista de ouro nas Olimpíadas, não porque não é bom o bastante.

— Prata. — Ele sorri. — E foi com a equipe júnior.

— Ainda assim, impressionante. Enfim, é óbvio que nós todos somos bons o bastante. Afinal, aqui estamos.

Brunson olha para Beth, se perguntando se ela acredita que Brunson seja boa o bastante.

— Como foi seu primeiro dia na cozinha? — pergunta Freddy para Ramin.

— Tranquilo, acho — responde Ramin.

— Somos amigos de cozinha — Freddy explica ao grupo antes de levantar a mão para que Ramin dê um toquinho.

Ramin apenas encara a mão de Freddy.

— Toca aqui — diz Freddy com uma risada. — Alunos da cozinha são amigos para a vida toda.

Ramin bate na mão de Freddy e, depois, pergunta:

— Você não é parte persa, é?

— Não — responde Freddy. — Por quê?

— Ah, é que você lembra uma pessoa que eu conheço lá do Irã.

— Nascido e criado em Miami — conta Freddy. — Minha mãe é brasileira. Meu pai é cubano. E, por favor, não me peça para conseguir charutos.

— Não me diga que as pessoas pedem isso a você — comenta Spence.

Freddy começa a listar os nomes de todos os garotos que pediram para ele conseguir charutos Cohiba, geralmente como presente de Natal para os pais.

Quando Freddy termina, Ramin diz num espanhol impecável:

— Pelo menos ninguém me pediu para trazer um tapete na próxima vez que eu voltar para casa.

— Uau, como a sua pronúncia em espanhol é tão boa? — pergunta Freddy em inglês.

— Meu pai me fez aprender cinco idiomas — explica Ramin. — Ele diz que nunca se sabe quando um país ou uma civilização vai acabar, então é preciso estar preparado para se adaptar ao novo.

— Que inveja! — diz Spence. — Se eu falasse espanhol, poderia participar das peças em espanhol que a *señora* Reyes apresenta na capela. Fiquei sabendo que ela está montando Lorca este ano. Tipo, dá para imaginar? Performar *La Casa de Bernarda Alba* na língua original?

— Mas está na cara que você será a protagonista da peça de inverno — diz Beth. — Eu nunca vi *Anjos na América*, mas duvido que o Sullivan a teria escolhido se a peça não tivesse um papel incrível para você.

Brunson sente seu corpo inteiro ficar tenso. Em outro universo, adoraria fazer um teste para *Anjos na América*. Ela ama. Mas seu coração acelerado diz que ela não pode participar dessa peça. De nenhuma, na verdade.

O sino da capela toca.

— Preciso ir — anuncia Spence. — Está na hora do ensaio dos Sandmen. Ainda precisamos de mais duas vozes, então, se algum de vocês conseguir segurar uma nota...

— Negativo — responde Freddy.

Brunson bem que gostaria de saber cantar. Poderia ser uma chance de adicionar mais uma atividade ao seu cronograma, e também de passar mais tempo com Spence. Mas ela não sabe, então, responde:

— Preciso ir também. Aconselhamento de alunos.

— Isso é um trabalho estudantil? — pergunta Ramin.

— Não, meu trabalho estudantil é na creche — responde ela.

— Ah, que sorte a sua — diz Spence. — Parece divertido. Eu fiquei no correio de novo.

— Ei, eu também tô no correio! — exclama Beth. — Tenho que voltar para lá agora, inclusive.

— Amigas de correio! — replica Spence, imitando Freddy direitinho e fazendo todo mundo rir.

Beth ergue a mão e recebe um cumprimento entusiasmado de Spence. Brunson se pergunta onde estava *essa* Beth no ano anterior, quando vivia de fones de ouvido sem dizer uma palavra sequer. Então, pensa que se Beth tinha conseguido deixar para trás a pessoa que foi um dia, talvez ela conseguisse fazer o mesmo.

— Bem, vou encontrar uns caras para uma partida de frisbee no gramado — diz Freddy. Virando-se para Ramin, ele completa: — Se quiser participar, sinta-se convidado.

— Ah, eu... hum... — responde Ramin timidamente. — Não sei o que é isso. E... sei que você é amigo dos meus presidentes e, hum, eles não são muito legais.

— Quem são seus presidentes? — pergunta Freddy.

— Toby King e Sen, hum, não lembro o sobrenome dele. Está fazendo PG este ano e é um cara... grande.

— Eles não são meus amigos — explica Freddy, como se estivesse pensando a respeito. — Não de verdade.

— Enfim, preciso estudar — diz Ramin, indo embora.

Spence e Freddy saem em seguida. Até que Brunson fica sozinha com Beth.

— Isso é esquisito, né? — comenta Brunson.

Beth mastiga uma mecha de cabelo.

— Pois é.

— Mas não precisa ser!

Brunson sabe que seu sorriso é forçado.

— Com certeza não — responde Beth.

Brunson amarra o cabelo num coque.

— Bem, melhor eu voltar para o meu turno.

— Sim, eu também tenho que voltar para o correio.

Beth acena toda sem jeito enquanto se afasta.

Há apenas duas pessoas que Brunson gostaria de evitar ao longo do segundo ano: Beth é uma delas. Agora, ela terá que se esforçar ainda mais para evitar a outra pessoa.

Brunson atravessa o gramado da capela em direção à enfermaria, para seu turno no aconselhamento de alunos.

— Que blusa fofa, Brunson! — elogia Laurie Lamott, uma de suas colegas do grêmio estudantil.

— Obrigada, Laurie. Adorei a sua também.

— É verdade que você entrou no Círculo? Estão dizendo que você estava segurando um daqueles envelopes selados na sala de correio.

— Eu entrei. Doideira, né?

Ela sorri, bancando o papel de garota popular acima da média porém inofensiva, o personagem que ela tanto quer ser.

À distância, ela avista a professora Douglas conversando com o diretor Berg. As duas fazem contato visual, mas Douglas apenas assente antes de voltar a atenção para Berg. Eles estão sussurrando, mas a linguagem corporal deixa evidente que a conversa está acalorada. Mãos balançando pelo ar. Dedos apontados.

Ela pensa no artigo que escreveu no ano anterior para o jornal do colégio, sobre como todos os diretores que Chandler já teve tinham um sobrenome com apenas uma sílaba. *Jornalismo de encher linguiça*, pensa ela. Mas este ano será diferente. Ela veio para Chandler para ser importante, e todos os membros do Círculo são.

Quando o diretor se afasta de Douglas, a professora caminha até Brunson, que se dá conta de que passara os últimos minutos encarando os dois.

— E aí, como está se sentindo? — pergunta Douglas, olhando para a carta que Brunson segura.

— Empolgada! — responde ela. — E assustada. Parece que sou do signo certo, né?

— E escreveu um ensaio lindo — completa a professora.

Brunson sorri. No ano anterior, ela pegou *Fatos suplementares* da escrivaninha de Beth e leu durante uma das muitas noites em claro. Foi a primeira vez que ela se viu em um livro. Ficou assustada e emocionada. Mas não escreveu sobre *aquela* parte do livro; ainda não estava pronta para isso. Escreveu sobre outra parte que parece ter ficado tatuada em sua memória: o relacionamento da protagonista com a mãe doente. O jeito como a protagonista cuida dela. Como decide finalmente contar para a mãe, no hospital, que ama uma mulher, mas a mãe está medicada demais para responder. Brunson não mencionou a própria mãe doente no ensaio, mas sabe que escreveu sobre a doença com mais profundidade do que a maioria das garotas de sua idade seriam capazes.

— Câncer — sussurra Brunson. — É o meu signo e também o tema do meu ensaio. Engraçado, né?

— Não sei bem se *engraçado* é a palavra ideal para câncer — diz Douglas com empatia.

— Sinto muito — responde Brunson. — Sua mãe... — Ela fica quieta antes de terminar a pergunta.

— Câncer de colo do útero — diz Douglas, sem rodeios. — Tudo aconteceu muito rápido.

— Ela chegou a ler seu livro?

Douglas balança a cabeça.

— Queria que tivesse lido. — Brunson percebe uma pontada de tristeza na voz de Douglas, um pouco de emoção transparecendo em sua fachada de aço. — Quando ela foi diagnosticada, eu só tinha um primeiro rascunho, e não gosto de mostrar rascunhos para ninguém.

Ela consegue ouvir o arrependimento na voz da professora. Soa como seus próprios arrependimentos, por não ter contado nada para a própria mãe. Nada importante, pelo menos.

— Sinto muito — diz a garota.

— Já faz muito tempo — murmura Douglas, mas Brunson consegue perceber que não é bem assim que ela se sente.

— Pois é — comenta Brunson.

As duas caem num silêncio constrangedor.

— Preciso ir para o aconselhamento de alunos — diz ela. — Mas, sério, muito obrigada. Não vou te decepcionar.

— Isso não me interessa. — Douglas a encara. — Apenas não decepcione a si mesma.

Brunson ocupa o lugar de Rachel Katz no aconselhamento de alunos quando chega à enfermaria.

— Alguém apareceu? — pergunta ela para Katz.

— Não — responde Katz. — Alguém já apareceu para falar com você?

— Também não — responde Brunson. — Eu acho que não.

A questão é: nenhum aluno em crise procura o aconselhamento estudantil, e ela entende o motivo. Embora os aconselhamentos estudantis devam ser totalmente confidenciais, ainda assim são feitos por outros estudantes. E as pessoas amam uma fofoca. Por que um aluno iria se abrir com outro sabendo que o colégio inteiro pode acabar descobrindo? Especialmente quando o colégio tem um conselheiro profissional de verdade, o dr. Geller, que Brunson sabe, por experiência própria, que é muito bom no que faz.

Porém, ser uma conselheira estudantil pega bem nas inscrições para a faculdade, então lá está ela. Brunson passa todo o seu turno escrevendo o artigo bobo sobre calças boca de sino e camisas de boliche. Faz um rascunho geral e decide que no dia seguinte pode conseguir algumas declarações de estudantes que aderiram à moda.

Quando o turno acaba, ela finalmente volta para o novo quarto/porão que ocupa na casa da sra. Song. Diferente da maioria dos professores, a sra. Song não é uma mãe de dormitório. São apenas ela e a filha numa casa linda e, todo ano, uma aluna sortuda pode morar no porão. Brunson é uma das cinco alunas do campus que decidiram ocupar dormitórios este ano. São chamadas de "alunas hóspedes", porque ficam hospedadas na casa das professoras. A sra. Song e sua filha de onze anos, Millie, não são exatamente colegas de quarto, já que dormem dois andares acima, porém são companhias agradáveis depois de um dia cheio. E, além disso, sempre há *kimchi* e *bibimbap* na geladeira de Song. E, para falar a verdade, qualquer coisa seria melhor do que a tensão não dita em torno de sua moradia no primeiro ano.

— Quer jogar palavras cruzadas? — pergunta Millie quando ela chega ao porão.

— Só se você prometer não me vencer várias vezes — diz Brunson com um sorriso.

Num piscar de olhos, Millie organiza o jogo. Brunson começou o dia brincando com crianças e, agora, termina fazendo o mesmo. Ela não poderia estar mais feliz.

Na manhã de domingo, Brunson tenta todas as combinações possíveis de blusas, calças, meias e sapatos antes de escolher um visual simples com camiseta azul-marinho, jeans pretos e tamancos. Não quer parecer que está se esforçando demais para impressionar o Círculo.

A próxima decisão a ser tomada é se ela chega cedo, na hora ou atrasada. Se chegar cedo, corre o risco do climão de ficar sozinha com Beth, e isso não dá para aguentar. Se chegar atrasada, corre o risco de deixar Douglas ofendida. O que também é inaceitável. Ela observa os alunos perambulando pelo gramado, chutando bolas de elástico, pegando sol, lendo Homero, Shakespeare e Orwell. Alguém no terceiro andar da Casa MacMillan está com a janela aberta e a voz de Cat Stevens flutua através do campus.

Ela entra na MacMillan, mas espera o sino da capela soar às dez para bater na porta de Douglas. Para sua surpresa, ela é a última a chegar.

— Ah! — exclama Douglas, abrindo a porta e a recebendo. — Agora estamos todos aqui.

— Perdão — diz Brunson. — Achei que eu estava na hora certa.

— Você está.

Douglas se vira para o resto do grupo. Todos estão parados meio desengonçados na sala de estar da Douglas. Há apenas duas cadeiras e nenhum deles quer sentar primeiro.

— Podem se sentar, tá? Isso aqui não é um museu.

Douglas ocupa uma das cadeiras.

Freddy se senta no chão primeiro. Spence o acompanha, depois Beth e Ramin. Brunson, a última a chegar, também é a última a se sentar. Ela encara a cadeira vazia. Se ela sentar ali, ficará mais alta do que os outros alunos. Mas se não o fizer, uma cadeira continuará vazia na sala, o que seria meio estranho.

— Acho que vou me sentar no chão também — diz ela, ocupando um espaço o mais longe possível dos outros, separada dos colegas por uma pilha de livros bagunçados no chão. Brunson precisa empurrar um exemplar esfarrapado de *O quarto de Giovanni* para abrir espaço. Ela coloca a mochila no colo, torcendo para que isso abafe os roncos nervosos de seu estômago.

— Sejam bem-vindos ao Círculo — cumprimenta Douglas. — Estou muito animada com o grupo deste ano. Todos vocês são de signos de água, então, suspeito que vão se dar muito bem.

Beth é a única que ri da piadinha infame.

— Vamos começar discutindo o que o Círculo é, e o que não é. Por que vocês não me contam as coisas que já ouviram falar sobre este grupo, e eu digo se são verdadeiras ou falsas?

Ninguém diz nada.

— Ano passado peguei um grupo de signos de fogo e eles não conseguiam parar de falar — diz Douglas. — Vejo que as coisas serão diferentes este ano. Amanda Spencer ou Freddy Bello, já que são formandos, por que não começam?

— Bem, é uma oficina de escrita — afirma Freddy.

— Verdade — responde Douglas. — Mas aposto que isso não foi a única coisa que você ouviu por aí.

— No primeiro ano, um dos presidentes da minha classe disse que era um culto satânico. — Spence ri ao dizer isso.

— Falso. E obrigada pela sinceridade. — Douglas abre um sorriso breve antes de continuar. — Mas talvez seja um *coven*, porque criatividade é uma forma de praticar bruxaria. Foco em *praticar*.

— Beleza, vou continuar — anuncia Spence. — Também já ouvi que é tudo uma fachada para você converter alunos à Igreja da Cientologia.

Douglas arqueia as sobrancelhas.

— Essa é nova!

— Acho que o boato começou porque o Tom Cruise ia participar do filme do seu livro.

— Um filme que nunca existiu e um homem que eu nunca conheci — diz Douglas. — Mas, se está com medo de ser convertida, por favor, procure por L. Ron Hubbard nas minhas estantes.

Brunson olha em volta para os livros que cobrem as paredes do chão ao teto. Há estantes embutidas por toda parte, e livros transbordando pelo chão, montanhas de publicações que às vezes se entortam uma em direção à outra como torres caindo.

— Certo — continua Douglas. — Já estabelecemos que isso não é um culto e muito menos uma filial da Igreja da Cientologia. E também sabemos que é uma oficina de escrita. O que mais?

— É um espaço seguro — diz Beth, olhando diretamente para Brunson.

Douglas quase salta da cadeira ao ouvir isso.

— Arrá! — exclama. — Elabore, Beth.

— Hum — murmura Beth. — Quer dizer, sei lá. É só um lugar onde nós podemos nos sentir... seguros.

Ramin parece querer dizer alguma coisa, mas continua em silêncio, então é Brunson quem intervém.

— Um lugar para explorarmos quem nós somos sem medo de sermos interpretados do jeito errado, ou virarmos assunto de fofocas ou... — Ela hesita por um instante, encarando Douglas em busca de algum sinal de que está na direção certa. Porém, Douglas não solta um "Arrá!" encorajador como fizera com Beth, então, ela desiste de concluir o pensamento.

— Gostei disso. — Douglas se agacha ao lado de Brunson, e agora as duas estão face a face. — Explorar quem nós somos. Qual é a melhor maneira de explorar quem nós somos? — Um longo silêncio se segue, e Douglas o preenche ao dizer: — Aqui não nos importamos com respostas certas ou erradas. Podem falar o que vier à mente. Como vocês exploram quem são?

— Escrevendo? — pergunta Ramin, nervoso.

Douglas se levanta num salto e aponta para Ramin.

— Escrevendo. O que mais? Qualquer um de vocês.

— Bem, tudo que escrevemos é um reflexo de quem somos — diz Spence. — Assim como uma pintura diz mais sobre quem pintou do que sobre o que foi pintado.

— Hum — murmura Douglas. — Então, de certa forma, até ficção é não ficção, porque reflete a verdade do autor.

Brunson pensa no artigo ridículo que acabou de entregar sobre a moda disco no campus. De forma alguma aquilo refletia sua realidade ou explorava quem ela é. Não quer contradizer o grupo, mas acaba dizendo:

— A *boa* escrita explora quem somos. A escrita *autêntica*. Mas nem toda escrita é boa e autêntica. Tipo, eu acabei de escrever o artigo mais idiota do mundo para o *Legado* sobre alunos se vestindo como os Bee Gees. Isso não reflete a minha essência.

E agora, finalmente, Douglas se vira para ela com empolgação.

— Muito bem! Então, é por isso que estamos aqui. Não apenas pela escrita, mas para escrever de corpo e alma. Agora estamos chegando a algum lugar. — Douglas caminha pela sala enquanto fala. — Vocês vão escrever muito. Vão escrever durante as nossas sessões. Fora das nossas sessões. Vão escrever tanto que serão acordados no meio da noite pelas ideias, por frases que de repente descobriram como melhorar, por imagens que exigem serem transformadas em palavras.

Brunson observa seus parceiros do Círculo se entreolhando. Ela provavelmente seria capaz de escrever uma história inteira apenas sobre estes olhares e o que eles significam. Ou, mais especificamente, sobre o que ela *acha* que significam.

— Vamos começar a escrever agora mesmo. Creio que todos vocês trouxeram um caderno e uma caneta, certo?

Brunson tira o caderno e a caneta da mochila, e seus colegas fazem o mesmo.

— Antes de pularmos para a parte criativa, gostaria que cada um de vocês assinasse o código de honra do Círculo — anuncia Douglas. — Por favor, escrevam estas palavras a próprio punho, coloquem a data e assinem. *Eu me comprometo à criatividade e à autoexploração. Também me comprometo a respeitar meus colegas. Compreendo que tudo que acontece no Círculo fica no Círculo.* — Douglas fala lentamente para que todos consigam anotar. — Certo, agora assinem, coloquem a data e me entreguem as folhas.

Depois de recolher o código de honra de todos, Douglas pergunta:

— Por que vocês acham que eu pedi especificamente que trouxessem uma caneta, e não um lápis?

Os alunos se entreolham.

— Vocês do signo de água não gostam de falar, né? Sarah, por que você acha que eu odeio lápis?

— Eu, hum... — Pense, Brunson, pense. — Porque você não quer que a gente apague nosso trabalho enquanto escrevemos.

— Fantástico. Obrigada. E, Amanda, por que eu não quero que vocês apaguem enquanto escrevem?

— Acho que você não quer que a gente acabe se prendendo a uma palavra ou uma frase — responde Spence.

— A autoedição é a inimiga da criatividade — diz Douglas. — Sempre haverá tempo para editar e reescrever. Na verdade, essa é a melhor parte. Mas não dá para editar ou reescrever algo que não existe. E, acreditem, a escrita não vai existir se vocês ficarem editando enquanto escrevem. Precisam deixar fluir. É assim com qualquer processo. Você pratica, pratica, pratica, mas quando chega a hora de realizar a tarefa, deixa fluir e acredita em si mesmo. Não é assim, Freddy?

— Ah, eu não sei muito bem — responde Freddy. — Escrita ainda é novidade para mim. Sou apenas um atleta.

— *Apenas* um atleta? — repete Douglas. — Escrever é atletismo. É tocar um instrumento. É algo que requer treino sem fim e, também, a habilidade de deixar fluir. Acredito que você já tenha passado horas e horas treinando o salto com vara, Freddy.

Ele assente.

— Mas também acredito que quando chega a hora de competir, precisa esvaziar a mente e confiar nos seus instintos.

— É, acho que sim.

Douglas se vira para Spence.

— Amanda, creio que seja a mesma coisa com a atuação. Você ensaia e ensaia, mas na noite da apresentação, acredita que vai se lembrar das falas e deixa a emoção tomar conta.

— Isso, é exatamente assim — confirma Spence.

— Ok, escrever é a mesma coisa. Aqui, vocês vão escrever mais do que nunca. Vão treinar até ficarem afiados. Mas quando eu pedir para que escrevam, não quero que parem, nem questionem suas ideias, nem rabisquem qualquer palavra. É por isso que escrevemos de caneta. — Ela respira fundo. — Bem, cada um de vocês me entregou um texto. A escrita de vocês, no geral, é vibrante e comovente. É por isso que estão aqui. Mas, hoje, eu gostaria que vocês reescrevessem o texto que entregaram do zero. O objetivo não é me entregar uma cópia exata daquilo que eu já li. É descobrir qual será o destino desta jornada pela segunda vez.

Nervosa, Brunson se agita sem sair do lugar. Ela abraça o próprio corpo. Está tão focada em fazer tudo certo que não tem ideia de como repensar seu trabalho.

— Gosto de escrever ouvindo música — continua Douglas. — Então vou tocar alguns dos meus discos favoritos de agora em diante. Vocês têm uma hora, o que é bastante tempo quando se está focado.

Douglas caminha até seu toca-discos e coloca um álbum para tocar. *Little Earthquakes*, de Tori Amos. É claro que Douglas ainda ouve discos de vinil. Tudo na casa dela parece nostálgico. Brunson chegou a ouvir esse CD com outras garotas no ano anterior, mas, desta vez, as letras das músicas a atingem de um jeito diferente. *Just what God needs, one more victim*, canta Tori. "Deus só precisa de mais uma vítima." Brunson quer se sentir inspirada, mas não pensa em nada grandioso. Ela usa boa parte do tempo para olhar à sua volta. Douglas parece estar num estado de meditação enquanto escreve em um caderno. Spence deitou de barriga para baixo, as pernas cruzadas no ar ao escrever. Freddy jogou um suéter de Chandler sobre a cabeça para que ninguém o veja escrevendo. Ramin está sentado em uma almofada, curvado para a frente. E Beth mastiga tanto o cabelo quanto a caneta à medida que escreve.

A primeira música dá lugar à segunda e à terceira, e quando o Lado A termina, Douglas diz para continuarem escrevendo enquanto ela vira o disco. *Give me life, give me pain, give me myself again*, Tori canta na última música do álbum. "Me dê vida, me dê dor, me dê a mim mesma mais uma vez."

Finalmente, a última música termina, e Douglas solta o próprio caderno e se levanta.

— Soltem as canetas. Podem entregar os textos agora.

Brunson encara as palavras que conseguiu registrar. Douglas lhe disse para não decepcionar a si mesma, mas isso é exatamente o que ela acabou de fazer. Sente vergonha do próprio trabalho enquanto imita os outros e arranca a página do caderno, entregando-a para Douglas.

— Vou devolver na semana que vem — avisa a professora. — Até lá, quero que vocês se conheçam. Chandler pode ser um lugar difícil para os alunos. Todos vocês deixaram suas famílias. A partir de agora, quero que sejam a família uns dos outros. Tudo bem?

Brunson murmura "tudo bem" como resposta, mas não sabe ao certo como Beth poderia ser sua família depois de tudo o que aconteceu.

Ela pensou que o Círculo seria uma experiência transformadora e transcendente. Mas, depois da primeira sessão, começa a achar que talvez seja como *O legado de Chandler*, ou o aconselhamento de alunos, ou o anuário: só mais uma atividade extracurricular sem sentido para impressionar os departamentos de admissão das faculdades.

Talvez Chandler seja apenas uma parada rápida antes que sua vida, de fato, comece.

FREDDY BELLO

— Se um cara tem furo na orelha esquerda, significa que ele é gay — diz Seb.

Por instinto, Freddy passa a mão sob o cabelo cheio e aperta a pequena joia em sua orelha esquerda.

— É na direita — responde Bud Simosen. — Certeza que é na direita.

No final das contas, Freddy não sabe por que está pedalando até a cidade com esses garotos. Passar tempo com eles é sempre a mesma coisa. Eles debatem sobre qual aluna de Chandler é a mais gostosa, e qual aluno de Chandler é o mais gay e, quando não entram num consenso, se atracam no chão até um deles pedir arrego. Talvez seja por isso que estar no Círculo signifique tanto para Freddy. É uma chance de provar que ele é muito mais do que apenas um atleta que consegue saltar pelo ar com uma vara e objetificar garotas.

— Cara, é na esquerda — insiste Seb.

— Sem chance — rebate Charles. — É na orelha direita. Se o furo está na direita, o cara é gay.

Charles sorri para Freddy ao dizer isso. Como os dois são colegas de quarto, Charles sabe que Freddy furou a orelha esquerda durante o verão, então está defendendo o amigo. Não é como se o fato de ser gay seja algo que precise ser defendido. Nem como se Charles soubesse que

Freddy gosta de garotos e garotas, só acha que ele não namora ninguém porque prometeu aos pais que manteria o foco nos estudos e nos treinos. Na última vez que falhou numa competição, foi porque estava de coração partido. Isso não pode se repetir.

— É. Na. Esquerda — diz Seb, mais agressivo, empurrando Charles com tanta força que o garoto cai da bicicleta.

— Vai se foder! — exclama Charles enquanto monta de novo e pedala até alcançá-los.

Eles estão indo para a cidade num grupo de cinco. Freddy e Charles estão acompanhados por Toby King e Bud Simonsen. Foi Toby quem convidou Seb Parker.

Toby, alguns metros à frente do grupo, se vira e fala:

— O que eu quero saber é o que significa quando um cara fura as *duas* orelhas.

Eles nem precisam responder, porque a resposta é tão obviamente horrível que faz todo mundo cair na gargalhada.

— Talvez os brincos sejam tipo aqueles lenços — comenta Bud. — Os gays usam lenços de certas cores no bolso direito ou esquerdo dependendo do que eles, hum... preferem na cama.

— Ah, não fode! — diz Seb. — *Por que* você sabe uma coisa dessas?

Charles imediatamente sai em defesa de Bud.

— Bud é filho da Melody Simonsen, a estilista de moda. Cresceu no meio dos gays.

— Sabe no meio de quem eu também cresci? — pergunta Bud. — Modelos.

— Ai, porra — diz Seb. — Já viu a Cindy Crawford pelada?

Os garotos começam um debate sobre quem são as modelos mais gostosas, seguido rapidamente por uma discussão sobre as garotas mais gostosas do campus.

— Spence é a mais foda — opina Bud.

— A mãe dela é indiana? Ou é o pai? — pergunta Seb.

— Faz diferença? — questiona Freddy, lembrando-se de quando escutou algumas garotas o chamando de "amante latino" no ano anterior e se sentiu enojado.

— Ele só fez uma pergunta — rebate Toby. — Uma pergunta bem idiota, já que George Spencer é uma lenda de Chandler e Shivani Lal é modelo.

— Nenhuma pergunta é idiota! — Seb balança o dedo ao dizer.

— A mãe dela já modelou para a minha mãe — comenta Bud. — Ela é linda. Mas a Spence é bem mais gata.

Eles finalmente chegam ao destino. A mercearia do Mikey, na cidade. Então, travam as bicicletas do lado de fora.

— Podemos ser rápidos? — pergunta Charles. — A gente nem deveria estar aqui sem permissão.

— Ah, claro — diz Toby. — Como se eles fossem expulsar cinco atletas do colégio por comprarem Doritos. Sem a gente, eles podem dizer adeus a qualquer vitória de futebol ou lacrosse este ano.

— A Noite do Lowell vai ser um banho de sangue em Chandler — comenta Bud.

Eles só saíram por causa de Doritos. Estavam discutindo sobre como é um saco não ter Doritos no refeitório, nem na loja do colégio, nem na lanchonete, quando Doritos é o melhor salgadinho do mundo. Eles entram na mercearia do Mikey e vão direto até os salgadinhos. Cada um pega vários pacotes de Doritos até esvaziarem a prateleira.

— Ei, Mikey — diz Bud. — Tem mais Doritos no estoque? O picante é meu favorito.

— Ei, Mikey — chama Toby. — Você toparia vender aquelas revistas ali em cima pra gente? Aquelas embrulhadas no papel pardo.

— Vai sonhando, garoto. Quem vai pagar?

Freddy tem um pouco de dinheiro no bolso, mas não o bastante para pagar por tantos pacotes de salgadinho.

— É por minha conta — diz Charles, tirando uma nota de cem dólares do bolso como se não fosse nada.

Mikey coloca os pacotes de Doritos em sacolas plásticas, e os garotos já estão de saída quando o dono da loja os chama de volta.

— Ei, garotos!

— Que foi? — pergunta Charles.

— Podem devolver os cigarros.

Freddy olha para o grupo, confuso.

— Eu mandei devolver.

Bud dá um passo à frente, arrogante e ofendido.

— Desculpa, mas *você* está *nos* acusando de *roubo*?

Mikey pega o telefone.

— Posso ligar para Chandler, se preferirem. Aposto que algum reitor metido vai adorar saber que o colégio está cheio de trombadinhas...

— Não, por favor! — exclama Freddy. É a primeira coisa que ele diz desde que deixou o campus. Se isso não for um sinal de que está andando com as pessoas erradas, o que mais pode ser? Ele se vira para o grupo. — Gente, se algum de vocês... se alguém pegou alguma coisa, é só devolver.

Freddy está em pânico. O suor começa a se formar em sua testa. Ele não tem dinheiro nem poder para se safar de uma coisa dessas, e está morrendo de medo de ser expulso do colégio. Porém, mais importante ainda, está pensando que talvez possa ser expulso do Círculo.

— É só olhar para os cantos — diz Mikey, apontando para as câmeras de segurança escondidas.

— Merda — diz Toby, tirando dois maços de Camels da cueca.

Seb tira três maços de Marlboro Light do bolso da jaqueta e coloca sobre o balcão.

— Você sabia disso? — pergunta Freddy para Charles, porque realmente não quer acreditar que seu colega de quarto é um ladrão.

— Juro que não sabia — responde Charles.

Toby tira um bolo de dinheiro do bolso e tenta entregar para o dono da loja.

— Estamos quites?

Mikey balança a cabeça, enojado.

— Não quero esse dinheiro sujo — rebate ele. E, quando os garotos saem, ele grita: — O que eu quero é que a porra do colégio de vocês suma do mapa!

O clima muda enquanto eles pedalam de volta para o campus. Menos papo. Apenas o som crepitante dos pneus amassando as folhas, e

Doritos sendo mastigados. Conforme se aproximam do colégio, Freddy finalmente se pronuncia.

— Isso foi muito idiota, sabiam?

Toby dá de ombros.

— Que seja, não aconteceu nada com a gente. E agora nós sabemos das câmeras.

Eles atravessam a entrada do campus e guardam as bicicletas. Acenam e cumprimentam seus amigos. Freddy avista Ramin sentado numa parte tranquila do gramado, escrevendo em um diário. A mão dele se move da direita para a esquerda, então Freddy presume que esteja escrevendo em farsi.

— Oi, Ramin — cumprimenta ele.

— Ah, oi! — responde Ramin rapidamente, antes de voltar à escrita.

— Nos vemos no próximo encontro do Círculo? — pergunta Freddy.

Ramin nem sequer olha para ele para responder.

— Claro.

— Está tudo bem? — indaga Freddy.

Ele percebe que os olhos de Ramin estão fixos em Seb e Toby. Freddy se lembra de quando disse a Ramin que não eram seus amigos, mas lá estava ele com os dois de novo. Talvez devesse ter dito que *gostaria* que os meninos não fossem seus amigos, mas que não fazia ideia de quem mais poderia ser. Ele chegara no ano anterior, um novato no terceiro ano, e foi mais fácil se aproximar dos outros atletas.

Enquanto os garotos se afastam, Toby pergunta:

— Você conhece aquele panaca?

— Eles estão no Círculo juntos — diz Charles.

— O culto lésbico da Douglas? — pergunta Seb com uma risada.

— É só uma oficina de escrita — rebate Freddy, na defensiva.

— Poxa, que pena — diz Seb. — Culto lésbico parece bem mais divertido.

— Preciso encontrar o treinador Stade — comenta Freddy. — Até mais.

— Até — responde Bud, sem nem se dar ao trabalho de dizer a frase inteira.

★ ★ ★

Stade está sentado do lado de fora do Centro Jordan, esperando por ele.

— Está atrasado — diz o treinador, apontando para o pulso como se houvesse um relógio.

— Desculpa — responde Freddy com a boca cheia de Doritos.

— E está comendo porcaria. Qual é, Freddy? Tem que manter o foco.

Ele já ouviu essa frase da boca de muitos treinadores, e o foco é uma medalha Olímpica. Houve um tempo em que ele queria uma medalha mais do que qualquer coisa. Foi Freddy quem convenceu os pais a deixarem que praticasse salto com vara, afinal. A família reorganizou toda a vida em prol daquele sonho de criança que acabou se tornando sua identidade.

Ele se troca no vestiário vazio. Stade já preparou a vara de salto na quadra de basquete, junto com os obstáculos e a barra. Tudo de que ele precisa.

— Se alonga primeiro — instrui Stade. — Tem que relaxar esses tendões.

Seus tendões já deram problema antes. Freddy sente câimbra com muita facilidade. Também precisa melhorar a extensão do braço ao apoiar a vara. Provavelmente passarão uma hora inteira só trabalhando nisso hoje. Correr, estender, apoiar, saltar, cair, repetir. Ele pensa em Seb, Toby, Charles e Bud enquanto Stade explica o treino.

— Tem que explodir, explodir, explodir! — exclama Stade.

A diferença é que todos esses garotos praticam esportes de equipe. Lacrosse, remo, futebol. Ele é considerado parte do grupo porque é atleta, porém seu esporte é solitário. Freddy sempre treinou sozinho, e em Chandler não é diferente, porque ninguém mais pratica salto com vara no campus. Às vezes, ele faz o aquecimento com a equipe de corrida, que também é treinada por Stade, mas geralmente são só ele e o treinador.

— Vamos para a barra fixa — comanda Stade. — Pode começar com flexões em L e em I.

Ele corre até a barra e ergue as pernas para fazer a forma de um L, e depois se estica para fazer a forma de um I.

Até aquele momento, estava acostumado a usar o corpo para formar letras. Mas talvez agora consiga usar o cérebro para transformar letras em histórias.

— Mais pressão — grita Stade. — Quero mais força, Freddy!

Treinar sozinho é um saco. Ele nunca se sentiu parte de um grupo antes. Mas, talvez, com o Círculo, isso finalmente possa mudar.

No domingo de manhã, o grupo se reúne no chão da professora Douglas, na Casa MacMillan, para a segunda reunião do Círculo.

— Sejam bem-vindos de volta.

Ela devolve os textos da semana anterior.

Freddy pega sua folha, torcendo por elogios. Em vez disso, encontra o ensaio quase inteiramente rabiscado com uma caneta preta tão grossa que as palavras somem atrás da tinta. Ele sente um frio na barriga. Apenas uma palavra permaneceu intacta: *pertencer*. Está circulada toda vez que aparece, cinco no total. *Pertencer, pertencer, pertencer, pertencer, pertencer.* Ele escreveu sobre como vem pensando em desistir do salto com vara, e como isso o assusta porque, sem o esporte, não sabe a qual lugar pertence. Engole em seco ao olhar o ensaio, se perguntando se foi o único que decepcionou tanto a professora a ponto de ter todas as palavras cortadas em grande parte do texto.

Freddy olha para Spence, que segura seu manuscrito, também coberto de caneta preta. Apenas uma palavra visível: *perfeita*. Circulada toda vez que aparece.

Ele vê o texto de Ramin, também rabiscado, exceto por uma palavra: *medo*.

A palavra de Brunson: *sobrevivência*.

A palavra de Beth: *perdão*.

— Todos vocês fizeram um ótimo trabalho na primeira tarefa — diz Douglas.

Spence ri.

— Foi por isso que você riscou quase todas as palavras? Isso aqui parece um documento censurado pela CIA!

Talvez Spence tenha pensado que Douglas fosse rir, mas não é o que acontece. Em vez disso, ela pergunta:

— Você achou mesmo que sua primeira tentativa seria... perfeita?

Spence dá de ombros, olhando para o papel onde a palavra foi circulada muitas vezes.

— Acho que não — murmura ela.

— Seus textos são ótimos. Já sei que vocês sabem escrever. Mas ninguém foi a fundo *o bastante* — explica Douglas. — Vocês não foram livres. Não contaram toda a verdade.

Freddy olha para seus colegas. Estão todos se entreolhando.

— Mas o interessante foi o que eu encontrei por trás de cada texto. Esse é o motivo da oficina. Encontrar a mensagem que está enterrada lá no fundo e dar voz a ela.

— Como você faz isso? — pergunta Brunson com a voz trêmula.

— Bem... — responde Douglas, saindo da cadeira para se sentar no chão, ficando no mesmo nível que os alunos. — Para começar, meu trabalho é descobrir o que consome vocês. Li cada ensaio várias vezes e comecei a procurar por padrões de repetição. Em cada caso, havia uma palavra que se repetia mais do que as outras. Vocês podem ver que ela está circulada toda vez que aparece.

Freddy olha para sua palavra em destaque mais uma vez. *Pertencer*. Ele achou que estava sendo verdadeiro em sua escrita. De fato pensa em abandonar o salto com vara às vezes. Mas, talvez, existam outras coisas que ele não colocou no papel. Por exemplo, como sente que não pertence a lugar nenhum porque seus pais vêm de culturas diferentes, e cresceu aprendendo três idiomas. Ou como acha que não pertence a lugar nenhum porque sente atração por garotos e garotas, e com quem ele poderia conversar sobre isso?

— E aí? O que nós fazemos com essas palavras? — pergunta Spence.

— Você descobre que essa é a palavra que te consome — explica Douglas. — E cava mais fundo para descobrir o *porquê*.

— Beleza, mas você disse que nós não fomos livres — diz Spence. — Só que eu me senti livre enquanto escrevia. De verdade.

Douglas assente.

— E eu acredito em você. Talvez isso não tenha transpassado para o papel. Sentir algo e transformar esses sentimentos em palavras são duas coisas muito diferentes. E é isso que vamos aprender juntos. Como dar voz aos sentimentos que ficam enterrados lá no fundo. Sentimentos tão complicados que não temos costume de dar forma a eles.

— Tá, mas como a gente faz isso? — pergunta Beth.

— Para começar, praticando — diz Douglas. — Como eu disse, vocês vão escrever juntos todo domingo. Mas eu também darei ferramentas para que escrevam entre um encontro e outro.

A professora tira cinco pacotes de fichas pautadas de dentro da bolsa. Ela entrega um para cada aluno.

— Gostaria que vocês sempre carregassem essas fichas para onde forem, junto com uma caneta. São pequenas o bastante para caberem no bolso, então não há desculpa. — Ela se levanta e gesticula com as mãos enquanto fala. — Escrevam qualquer observação que parecer interessante. Qualquer pensamento que surgir na cabeça de vocês, principalmente os que se referirem às suas palavras. Escrevam as coisas que não querem que os outros saibam. Os pensamentos passageiros. Os pensamentos horríveis. Cavem até não conseguirem cavar mais. Entenderam?

— Acho que sim — diz Freddy, sem ter muita certeza.

— Cada um de nós tem um jeito diferente de se sentir livre. Não há um jeito certo ou errado de ser criativo. A criatividade é o nosso único e verdadeiro propósito. É o nosso poder, e nós temos o dever de usá-la com responsabilidade.

Ele ouve as palavras da professora, mas não consegue deixar de pensar que ter todas as palavras rabiscadas em sua primeira tarefa é muito errado. Como os jurados decidindo que não te darão pontos depois de um salto.

— Alguma pergunta? — indaga Douglas.

Ninguém diz nada.

— Muito bem, vamos escrever! Hoje, eu gostaria que vocês explorassem a forma como cada um de nós pode receber o mesmo estímulo e ainda assim ter experiências muito diferentes. Duas pessoas nunca vão contar a mesma história.

— Então por que todo filme a que assisto parece o mesmo que vi antes? — pergunta Spence.

Douglas aponta para a aluna.

— Arrá! — exclama ela. — Excelente ponto. Duas pessoas não podem contar a mesma história, mas pessoas podem copiar histórias dos outros. E estilos. E vozes. Quando a criatividade se torna uma indústria, você verá várias cópias daquilo que já fez sucesso no passado.

— E isso é ruim? — indaga Brunson. — Escrever para se encaixar?

— Não necessariamente — diz Douglas. — Mas você prefere ter sucesso por ser autêntica ou por copiar outra pessoa?

Freddy pensa nos atletas com quem sempre anda. O jeito como eles aprendem comportamentos uns com os outros até que estejam fazendo piada das mesmas coisas e desejando as mesmas garotas e vestindo os mesmos suéteres de lã.

— Não vai chegar uma hora em que todas as histórias já terão sido contadas? — questiona Beth.

— Quantas notas existem num piano? — rebate Douglas.

— Oitenta e oito — responde Spence, orgulhosa.

— Correto, e ainda assim os compositores estão há séculos encontrando novas melodias. Agora, me diga: quantas palavras existem na língua inglesa?

Todos os alunos riem, percebendo aonde ela quer chegar.

— Viu só? — diz a professora. — Se compositores conseguem encontrar novas histórias para contar com apenas 88 teclas, então nós, escritores, não temos desculpa. Então, vamos escrever. Hoje, eu quero um voluntário.

Freddy fecha os olhos e torce para que ela não o chame. Ele se sente um impostor nesse lugar.

— Ah, tá bom — diz Spence, ficando de pé. — Posso ser a rata de laboratório. O que eu preciso fazer?

Douglas sorri.

— Feche os olhos e pegue um livro na estante.

Spence fecha os olhos e cambaleia em direção a uma das estantes que permeiam as paredes. No caminho, quase tropeça em um dos livros no chão, mas Freddy rapidamente o tira do caminho. Quando ela alcança a estante, passa os dedos pelas lombadas até encontrar um que lhe parece certo.

— Este aqui — diz ela, tirando o livro da prateleira.

— Certo — anuncia Douglas. — Agora, abra os olhos e leia a primeira frase do livro pra gente.

Spence abre os olhos. Está segurando *Anna Karênina*, de Tolstói. Ela abre na primeira página.

— Famílias felizes são todas iguais; toda família infeliz é infeliz à sua própria maneira.

— Muito bem! — Douglas pega o livro das mãos da aluna. — Pode se sentar, Amanda.

Spence se senta ao lado de Freddy, tão perto que ele consegue sentir o aroma frutado do shampoo dela.

— Vou ler a primeira frase do livro mais uma vez, e quero que vocês a escrevam enquanto eu leio. — Todos anotam a frase enquanto Douglas lê e, depois, ela continua: — Durante a próxima hora, escrevam um texto que comece com essa frase. Pode ser o que vocês quiserem. E, mais para a frente, por favor, estejam preparados para compartilharem o que foi escrito com o resto do grupo.

Douglas coloca mais um disco para tocar. Desta vez, é *Court and Spark*, da Joni Mitchell. Conforme o álbum toca, Freddy se vê escrevendo uma história pela perspectiva dos pais. Seu pai sacrificou muito pelos treinos e viagens de Freddy, enquanto a mãe trabalhava incessantemente para pagar todas as despesas. Quanto mais fundo avança nesse ponto de vista, mais percebe que *jamais* poderá desistir do salto com vara. Isso desperdiçaria todos os sacrifícios.

A hora passa tão rápido que ele nem acredita quando Douglas diz:

— Soltem as canetas. Me entreguem o que escreveram.

Todos arrancam as páginas e entregam para a professora.

— Vejo vocês no domingo que vem — anuncia ela. — Quero que passem a semana preenchendo aquelas fichas. Carreguem por toda parte. Sabem o que eu mais gosto nesse tipo de ficha?

— Elas são pequenas? — sugere Beth.

— Exatamente! — exclama Douglas. — Numa ficha, não há pressão para continuar escrevendo. Você preenche e acabou! É um ótimo jeito de praticar escrita. Como uma sessão rápida. Nem toda sessão de escrita precisa ser uma maratona.

Ela olha para Freddy enquanto diz isso, e ele se pergunta se a professora sempre compara escrita com esportes, ou se esse é o jeito dela de deixá-lo mais confortável com a experiência. Ou de ajudá-lo a pertencer.

Os alunos se levantam para ir embora, mas Douglas os impede.

— Mais uma tarefa — diz ela. — Gostaria que vocês passassem um tempo juntos. Os cinco.

— Fazendo o quê? — questiona Brunson, surpresa.

— O que quiserem — responde Douglas. — Mas levem suas fichas. Quero que pensem em um tema de escrita para sugerir aos amigos. Pode ser qualquer coisa. Podem pedir que o grupo escreva sobre suas cores favoritas, seus filmes favoritos. Podem pedir para que escrevam uma história que comece com uma determinada palavra, ou sobre uma estação do ano. Não é preciso me entregar esses textos, mas, por favor, levem o exercício a sério. Agora sim, podem ir.

Do lado de fora da MacMillan, os cinco continuam juntos.

— E se fizermos o exercício agora? — sugere Freddy. — Podemos ir para o CCE ou para a lanchonete, sei lá.

— Não posso — anuncia Brunson. — O Brodie Banks foi para Londres neste fim de semana para um casamento de família, e eu prometi ficar no lugar dele na rádio do colégio.

— Odeio ter que recusar batata frita da lanchonete — diz Spence. — Mas os testes para a peça de inverno são hoje à tarde, e preciso me preparar.

Eles debatem sobre suas agendas e descobrem que a próxima manhã de sábado é o único horário em que todos estarão livres, em grande parte por causa das atividades extracurriculares de Spence e Brunson.

— Podemos pedalar até a cidade — propõe Freddy, pensando em como preferiria ir à cidade com esse grupo, não com os garotos que geralmente o acompanham.

— Eu não tenho bicicleta — diz Ramin timidamente.

— Nem eu — explica Beth.

— Eu consigo uma emprestada — diz Spence.

— Eu também — continua Freddy.

Eles combinam de se encontrar na capela no próximo sábado de manhã. Ramin assente e vai embora primeiro. Brunson e Beth fazem o mesmo, deixando Freddy e Spence sozinhos.

— Está indo para o Holmby? — pergunta Spence. — É para lá que eu vou.

Ele ia ver se alguém estava jogando frisbee no pátio principal, mas, de repente, decide mudar os planos, só para passar um pouquinho mais de tempo com Spence.

— Por que está indo para o Holmby?

— Ah, só para ver o Sullivan — explica ela.

Freddy acha muito esquisito como Spence visita Sullivan como se ele fosse um amigo e não um professor, mas não diz nada a respeito. Além do mais, eles acabaram de deixar a residência estudantil da Douglas. A vida em Chandler é assim.

— Preciso decidir para qual papel de *Anjos na América* vou fazer o teste. Quer dizer, Harper é a protagonista, mas alguns dos alunos de teatro estavam comentando que talvez ele escolha uma única pessoa para interpretar Hannah *e* Angel, e isso seria um ótimo desafio. E, tipo, quando eu terei outra oportunidade de interpretar uma mãe mórmon de meia-idade *e* um anjo gago?

— Eu literalmente não entendi nada do que você acabou de dizer, mas me parece interessante — diz ele com um tom de ironia.

Spence chuta a canela dele conforme os dois se aproximam do destino.

— Você já nasceu espertinho assim ou aprendeu com o tempo?

— Vou te dar o número da minha mãe — provoca ele com um sorriso. — Aposto que ela vai saber responder.

Quando eles entram na Casa Holmby e Freddy avista a porta de Sullivan no fim do corredor, ele se lembra de algo que Bud disse na lanchonete no ano anterior. Que talvez Spence tenha terminado com

Chip Whitney porque ela tinha um *caso* com o professor. Os garotos que estavam presentes acharam muito engraçado, mas Freddy disse a Bud que ele não deveria fazer uma acusação dessas sem provas. Bud mandou Freddy procurar a porra do senso de humor dele, e mudaram de assunto em seguida.

Mas, naquele momento, caminhando com Spence pelo corredor da Holmby, Freddy não consegue deixar de imaginar.

— Ei, você nunca me disse o que rolou com os ratos na área comum — comenta ela.

— Ah! — exclama Freddy. — Não eram ratos. No fim das contas, algum morador do ano passado escondia comida no forro do teto. E a comida ficou lá até apodrecer.

— Que nojo! — Ela faz uma careta.

— Pois é, quer dizer, por sorte não eram ratos, só sanduíches podres. E quer saber a melhor parte?

— Qual?

— O pão estava sem as cascas. Imagina ter todo esse trabalho só para deixar o lanche apodrecer!

Ela ri.

— Depois dessa eu me despeço — anuncia ela, sumindo corredor abaixo e batendo à porta do Sullivan.

Freddy observa Sullivan abrir a porta para recebê-la. Spence entra no quarto e ele fecha a porta. Freddy se força a esquecer aquelas ideias. Alunos visitam professores nas salas de aula e escritórios o tempo todo. Encontram-se com orientadores, conselheiros estudantis e treinadores. Sullivan é tipo o treinador da Spence. Quantas vezes Freddy já ficou sozinho com Stade?

Mas, ainda assim, há um detalhe que ele não consegue tirar da cabeça. Sullivan estava descalço quando abriu a porta.

E isso foi rapidamente seguido por outro pensamento: será que esse ciúme é porque *Freddy* quer ficar sozinho com ela?

BETH KRAMER

— Fala sério, ninguém recebe mais encomendas da família do que o Bud Simonsen — diz Spence. — Olha esse aqui.

Beth olha para o pacote que Spence está segurando. Está endereçado para Bud, com o logotipo de uma marca da qual ela nunca ouvira falar. Bang & Olufsen. Ela quer perguntar do que se trata, mas não gostaria de revelar a própria ignorância.

— É a cara dos pais do Bud Simonsen mandar as caixas de som mais caras do mundo para ele — continua Spence, como se os pais dela não tivessem dinheiro para fazer o mesmo.

Beth coloca um bilhete laranja na caixa de correio do Bud para que ele saiba que há um pacote esperando no balcão principal. Então, ela olha para Spence por cima do ombro e diz:

— Bang & Olufsen parece o nome de um estúdio pornô nórdico.

Spence solta uma risada maquiavélica. Ao se aproximar de Beth, ela comenta:

— Vamos ter que perguntar isso para o Dean Fletcher. Fiquei sabendo que ele tem uma coleção enorme de pornografia.

— Mentira! — diz Beth, com o coração acelerado.

Ela tenta se manter focada em separar as correspondências. E não em mastigar o próprio cabelo. Precisa aproveitar esse momento. Não apenas seu turno no correio coincidiu com o turno da Spence nesta manhã, mas o grupo vai se encontrar depois do trabalho. Tudo isso seria impensável no ano anterior.

Spence pega os catálogos da J.Crew e começa a enrolá-los para que caibam nas caixas de correio.

— Eu só sei disso porque a Whistler foi babá do filho dele uma vez, e a criança ficava implorando para assistir a *101 Dálmatas*, daí ela foi procurar pelo DVD e, bem, já dá para imaginar o resto...

Beth não consegue parar de rir.

— Acho que a lição que fica é: *nunca* olhe os pertences de qualquer membro do corpo docente, porque não se sabe o que vai encontrar.

— Eu nunca assisti pornô — comenta Spence. — Você já?

O rosto de Beth fica quente. A pergunta parece uma pegadinha, do tipo "você é virgem", o que, obviamente, ela é. Será que não está na cara que ela não sabe nada sobre sexo? Beth nem sabe se é possível uma garota perder a virgindade com outra. E para quem ela poderia perguntar uma coisa dessas?

— Não — sussurra ela. — Me parece meio nojento.

— *Obrigada* — diz Spence. — Sinceramente, eu admiro demais o cinema e a atuação para assistir a uma coisa dessas. Tipo, pornô para mim é assistir a um filme do Satyajit Ray.

— Legal — responde ela, porque nunca ouviu falar sobre essa pessoa.

Já é péssimo ela não conhecer as caixas de som luxuosas. Beth estudou sobre esse lugar a vida toda e, ainda assim, tem muito a aprender.

— Vamos para a capela logo? — pergunta Spence ao ver que já são quase dez horas. — Peguei a bicicleta da Rooney emprestada para você.

— Claro — responde Beth.

Ela percebe que Jane King chegou para o próximo turno do correio, então faz questão de andar bem perto da Spence enquanto entrega a pilha de correspondências para Jane.

— Oi, Jane — diz ela.

— Ah, oi, Beth.

— Você conhece a Spence? — pergunta Beth, saboreando cada palavra que sai de sua boca.

— Hum, acho que nunca fomos apresentadas — responde Jane. — Adorei você no musical do ano passado!

— Jane mora na Casa Carlton comigo.

Beth não consegue conter o sorriso. Jane achava que ela era uma aluna externa. Bem, agora ela não vai mais esquecer.

— Que sorte a sua morar com a Beth! — diz Spence. E então, ela passa o braço ao redor dos ombros de Beth, que mal consegue acreditar. — Ela é a melhor!

Beth nunca pensou em si mesma como a melhor em alguma coisa. Mas talvez isso mude a partir de agora. Não apenas fora escolhida por Douglas, mas Spence também parece gostar dela.

As garotas sobem nas bicicletas e pedalam em direção à capela. Todos no caminho cumprimentam Spence ou parecem distraídos pela presença dela. Beth não se sente mais tão invisível.

No gramado principal, encontram o sr. Plain, que armou uma barraca na frente do prédio de Humanas.

— O que você está fazendo? — pergunta Spence.

O sr. Plain ergue os braços esculturais na direção do topo da barraca. Ela ficou sabendo que alguns alunos chamam o sr. e a sra. Plain de "professor Ken e professora Barbie", por conta do visual jovem e californiano dos dois.

— Quero que os alunos de Chandler pensem sobre seus privilégios — explica o sr. Plain. — Então, vou dormir aqui fora para conscientizar a todos sobre a situação dos sem-teto.

Ela não quer apontar o quão ridículo é aquilo sem saber a opinião de Spence antes.

— Poxa, que legal — comenta Spence.

Elas sobem nas bicicletas novamente e chegam na capela, onde Beth experiencia sua parte favorita do dia até o momento. A cara da Brunson ao ver que *ela* chegou com Spence.

— Estamos todos aqui — anuncia Freddy. — Para onde vamos?

— Melhor irmos em direção à cidade, certo? — pergunta Brunson.

— Sim, de lá a gente decide o que fazer — confirma Spence.

Eles pedalam por um quilômetro pela floresta até a cidade, e ela nunca se sentiu tão livre. Mas aquela sensação evapora no exato momento em que chegam à cidadezinha de onde ela veio. A nova pessoa que se tornou ao andar com Spence desaparece. Ali, ela é filha da mãe dela, a garotinha do papai. É uma local.

— Vamos na sorveteria — diz Spence, prendendo a bicicleta na frente do correio da cidade.

— Só abre meio-dia — avisa Beth.

Ela sabe muito bem disso. Abriu a loja todos os dias durante o verão, e no verão anterior também. A última coisa da qual ela precisa é lembrar como costumava servir sorvete para as alunas de Chandler.

— Se a gente puder evitar a mercearia do Mikey, seria ótimo — diz Freddy.

— Tá, tem uma história aí — responde Spence. — E a gente vai arrancar de você.

— Não tem história nenhuma — rebate Freddy, meio sem graça. Ele é um péssimo mentiroso. — Uma vez eu passei mal por causa do sanduíche de lá, só isso.

Ela poderia dizer muita coisa sobre Mikey e a mercearia, já que o homem joga pôquer com o pai dela. Porém, Beth não diz nada. É impossível falar sobre sua cidade sem revelar que todos os moradores odeiam a Academia Chandler e tudo o que ela representa.

— Não é melhor a Beth nos guiar? — sugere Brunson. — Afinal, ela é daqui, né?

Beth sente o rosto queimar. Brunson *tinha* que apontar que ela é uma local?

— Quase tudo está fechado — responde ela, sentindo um desejo desesperador de arrancar um fio de cabelo. — Talvez seja melhor voltarmos para o campus.

— O campus é cheio de distrações — afirma Spence.

— Sim, é difícil se sentir livre como a Douglas pediu quando estamos cercados de tanta gente conhecida — comenta Freddy.

Mas a questão é: *ela* conhece todo mundo na cidade. A maioria dos colegas do antigo colégio público que ela frequentava trabalha nas lojas da cidade, entregando pizza, servindo sorvete ou empacotando compras. Eles aparam gramados no verão, recolhem folhas no outono e limpam a neve no inverno. É para isso que servem as estações do ano ali. Oportunidades de trabalho. Em Chandler, as estações significam moda, programas de TV ou viagens de férias, já que "feriar" é um verbo usado no campus.

— Se estivéssemos na Filadélfia — diz Brunson, eu levaria vocês para comerem o melhor sanduíche da vida!

— Se estivéssemos em Nova York, eu levaria vocês para comer sushi — comenta Spence.

— Eu nunca comi sushi. — É a primeira coisa que Ramin diz. Ele é tão calado.

— Ai, meu Deus, é tudo de bom! — Spence sorri. — Tem um lugar no centro da cidade onde você nem faz um pedido. Só come o que o chef serve. E se um dia nós formos para lá juntos, eu levo vocês. Por minha conta.

E lá está ele. O dinheiro. Um dos motivos pelos quais Beth gosta de Chandler é que não existe dinheiro no campus. Não dinheiro físico, pelo menos. Apenas os códigos de Chandler. Mas não dá para usar os códigos na cidade, e isso é um lembrete doloroso de que Beth não é como eles. Ela nem consegue imaginar o valor da conta de cinco pessoas no restaurante de sushi favorito da Spence. Provavelmente muito mais do que ela ganhou servindo sorvete o verão inteiro.

— Se estivéssemos em Miami — continua Freddy —, vocês comeriam a melhor refeição cubana que já experimentaram.

— Também nunca fui a um restaurante cubano — comenta Ramin.

— Não estou falando de restaurante — responde Freddy. — Estou falando da minha casa. Por sorte, meu pai deixou o machismo de lado e aceitou seu papel como chef lá em casa.

— Meu pai também cozinha pra gente — diz Brunson.

— Mas ele faz *ropa vieja* e beijinho? — brinca Freddy.

— Beijinho? — repete Ramin, corando.

Freddy ri.

— É a melhor sobremesa brasileira! Meu pai aprendeu a fazer todos os pratos favoritos da infância da minha mãe. Os homens da família Bello são assim.

— Abaixa a bola — diz Spence, antes de voltar sua atenção para Ramin. — Aonde você nos levaria se estivéssemos em Teerã?

— Ah. — Ramin gagueja ao responder. — Bem, hum, vocês *nunca* iriam para Teerã, iriam?

Percebendo a tristeza em Ramin, Beth se sente menos sozinha. Ela não é a única que não se encaixa.

Spence surpreende a todos ao dizer:

— Na verdade, meu pai já foi para Teerã, e eu adoraria ir também. Ele tentou, sem sucesso, convencer o Kiarostami a dirigir um filme para Hollywood, e conseguiu um visto para visitar o país. Disse que é um dos lugares mais lindos e hospitaleiros que ele já conheceu.

— E é mesmo — concorda Ramin. — Há muita beleza lá. A comida, a música, os pontos históricos. — Está na cara que ele quer falar mais, porém fica quieto.

— Gente, podemos ir para algum lugar? — pergunta Brunson, limpando o suor da testa. É quase fim de setembro e, ainda assim, o calor está escaldante.

— Vamos para a pizzaria — sugere Freddy. — Sei que está aberta e seria legal comer um daqueles calzones como café da manhã.

— Eu nunca digo não para pizza — anuncia Spence enquanto ela e Freddy indicam o caminho até a Mamma Mia.

O cheiro do restaurante leva Beth de volta à infância. Pelo menos uma vez por semana, sua mãe levava Beth para buscar pizza para o jantar.

— Olha lá, uma cabine! — diz Brunson, correndo para ocupar o lugar.

Todos se acomodam na cabine. Beth entra por último, só para poder ficar longe de Brunson.

Depois de acomodados, Freddy pergunta:

— O que vocês estão achando do Círculo até agora?

— É meio esquisito passar a maior parte das sessões escrevendo — responde Spence. — Tipo, ela não deveria passar mais tempo *ensinando*?

— Talvez o que ela esteja fazendo é justamente nos ensinar a escrever — brinca Freddy.

— Espertinho — responde Spence antes de continuar. — Estou matriculada na aula de Roteiro com o Sullivan e não se parece nem um pouco com o Círculo. Ele passa a maior parte do tempo nos ensinando sobre cenas e peças diferentes, e como elas funcionam. E nós escrevemos depois, no nosso próprio ritmo.

— Talvez essa seja a diferença entre um professor e uma professora — analisa Brunson. — Ele quer escutar o que *ele* tem a dizer, ela quer escutar o que *nós* temos a dizer.

Spence ri.

— Acho meio exagero, mas tudo bem.

— Ele já ensinou sobre peças escritas por alguma mulher? — pergunta Brunson.

Spence balança a cabeça com tristeza. O silêncio é interrompido por Bobby Rinaldi, vestindo um avental da Mamma Mia por cima de uma camiseta do Nirvana.

— O que gostariam de pedir? — pergunta ele.

Todos fazem seus pedidos e quando chega a vez de Beth, ela tira o cabelo da frente do rosto e diz:

— Estou de boa, Bobby. Vou querer só uma água mesmo.

— Ei, espera! — exclama Bobby. — Eu conheço você?

Ela afunda ainda mais no assento, tentando escapar dessa prova insuportável de que era tão anônima no ensino fundamental quanto é em Chandler.

— Sim — diz ela. — Beth Kramer. Eu estudei na...

— Ah, lembrei! — diz ele. — Você entrou na Chandler, né?

Ela assente timidamente, percebendo que está tão envergonhada com seus amigos de Chandler conhecendo o lugar de onde veio quanto está envergonhada com seu antigo colega de classe descobrindo que ela agora é uma aluna de Chandler.

Quando Bobby deixa a mesa, Brunson se vira para Beth.

— Você tem sorte de estar tão perto de casa. Queria poder ver meus pais e minha irmã com mais frequência.

Beth força um sorriso. Brunson não vai parar de lembrar ao grupo que ela é uma local, né?

— Não é culpa do Sullivan o fato de que não existem tantas dramaturgas mulheres — afirma Spence.

— Nossa, do nada — provoca Freddy.

— Só estou respondendo à pergunta da Brunson, cabeção — rebate Spence. — Sobre as aulas do Sullivan. Porque ela está certa, e eu queria que não estivesse. Mas, também, não existem muitas dramaturgas mulheres por aí, o que é péssimo, só que...

Brunson se inclina para a frente e interrompe.

— Lorraine Hansberry, Lillian Hellman, Wendy Wasserstein. Hum, tenho certeza de que tem mais.

— Nossa — diz Spence. — Eu não sabia que você gostava tanto de teatro. Você participou dos testes para *Anjos*?

Beth percebe como Brunson aperta os lábios enquanto diz que não com a cabeça.

— Falando em escritoras fodas — comenta Freddy. — Por que vocês acham que a Douglas escreveu um livro e depois parou?

— Sei lá — responde Spence.

— Talvez tenha sido uma experiência ruim? — sugere Ramin. — Ou, às vezes, ela prefere apenas lecionar.

— Vocês sabem por que o filme do livro dela nunca foi feito? — pergunta Spence. Ninguém responde, então ela continua: — Eu perguntei para o meu pai. Ele conhece o produtor que estava tentando fazer o filme acontecer. Parece que só iriam aprovar o projeto se transformassem a protagonista numa mulher hétero, o que é muito idiota já que a história é justamente *sobre* a experiência lésbica.

Beth se encolhe ao ouvir as palavras *experiência lésbica* saírem da boca de Spence.

— Bem, é um livro brilhante — diz Brunson. — Vocês já leram?

— Não! — responde Spence. — É superdifícil de achar. Não tem na biblioteca de Chandler. E está esgotado. Como você conseguiu um exemplar?

Olhando para Beth com um sorriso tímido, Brunson diz:

— Minha colega de quarto do primeiro ano tinha um.

— Você leu o meu? — pergunta Beth, tensionando os músculos.

— Que foi? Qual é o problema? — questiona Brunson na defensiva. — Não é como se eu tivesse lido seu diário. É só um livro.

Bobby chega com os pratos e as bebidas, organizando tudo no meio da mesa junto com uma pizza extra de pepperoni.

— Falei para o meu pai que você está aqui, Beth, e ele insistiu em mandar uma pizza por conta da casa.

Spence estende o braço e pega uma fatia.

— Obrigada — responde Beth, comovida. — E agradeça ao seu pai também.

— Puta merda, tá quente! — anuncia Freddy, depois de dar a primeira mordida num calzone. Queijo e ovos escorrem até o prato.

— Sempre achei esses sanduíches de café da manhã meio nojentos — comenta Spence. — Tipo, café da manhã é uma coisa, almoço é outra, sabe?

— Bem, muito obrigado por julgar minha comida enquanto estou comendo — diz Freddy.

Beth repara na facilidade com que Freddy e Spence se provocam. Ela queria voltar a ser alegre e divertida assim. Mas carrega muito ressentimento dentro de si. Como Brunson pode ter lido um de seus livros sem se dar conta de como isso é falta de educação? Beth sublinha seus livros. Escreve anotações nas margens. Então, de certa forma, é *sim* como ler seu diário. É invasão de privacidade. Por instinto, ela leva a mão até o couro cabeludo. Mas não pode puxar um fio na frente de todo mundo. Eles vão notar. Vão achar que ela é uma aberração.

— Por que não pegamos nossas fichas? — sugere Freddy. — Foi por isso que viemos aqui, né?

— Boa! — diz Spence. — Tive uma ideia para o primeiro exercício. Por que não escrevemos sobre as nossas principais birras bobas?

— Ter minha privacidade invadida — anuncia Beth, emburrada. — Essa é a minha maior birra.

— Beth, me desculpa, tá? — implora Brunson. — Foi só um livro. Não sabia que era confidencial. Eu nunca teria lido se soubesse disso. Juro.

— Sabe o que eu odeio? — diz Spence, tentando amenizar o clima. — Músicas com nomes próprios no título. Não sei por quê.

Freddy parece chocado.

— Hum, e "Martha My Dear"? Sem essa, vai. É impossível odiar os Beatles.

— Eu não odeio os Beatles! — argumenta Spence. — Só odeio essa música.

— Beleza, "My Sharona" — responde Freddy.

Agora é Brunson quem opina.

— Você já reparou na letra? *Eu sempre me acendo com o toque mais jovem?* É basicamente uma música sobre pedofilia!

— Ah — diz Freddy, arrependido. — Acho que nunca reparei na letra, na real.

— Vocês não escutam música desta década? — questiona Ramin com um sorriso.

— Seja bem-vindo ao colégio interno — comenta Spence. — Roqueiros velhos e brancos é tudo o que existe por aqui.

— Engraçado... — responde Ramin. — Eu tinha um amigo no Irã que comprou um monte de CDs novos para a gente no mercado clandestino. Lauryn Hill. Ricky Martin. Destiny's Child. A qualidade do som nem sempre era a melhor, e as capas eram todas xerocadas, mas eu amei as músicas.

— Isso me parece uma ótima história — diz Spence. — Vamos escrever?

Todos a obedecem. Ela lidera com facilidade. Beth segura a caneta com força. No topo da ficha, escreve as palavras *birra boba*. Há tanto que ela poderia escrever. Se tem uma coisa que Beth acumula, são birras bobas. Mas seus pensamentos simplesmente não conseguem sair da mente e chegar à mão. As palavras estão presas dentro dela. Enquanto isso, seus colegas do Círculo escrevem sem parar.

— Acabei — anuncia Brunson.

— Eu também — diz Ramin.

Freddy solta a caneta. Spence faz o mesmo. As fichas dos quatro estão cobertas de palavras. Apenas a de Beth permanece em branco.

— E agora? A gente compartilha o que escreveu ou parte para a próxima? — pergunta Freddy.

— Não sei se vocês vão querer me ouvir falando em voz alta sobre o meu ódio por comida molenga — diz Brunson. — Sério, só de pensar em bananas maduras eu passo mal.

— Eca — diz Spence.

Beth levanta a cabeça e avista o pai de Bobby saindo da cozinha e caminhando em direção a eles. Ela não aguenta mais. Não consegue lidar com essa sensação de estar presa entre dois mundos, sem pertencer a nenhum deles. Rapidamente, coloca as fichas na mochila e se levanta.

— Gente, não estou me sentindo muito bem — anuncia ela.

— Ah não, o que houve? — pergunta Spence.

— Eu só... acho que preciso voltar para o quarto. Depois devolvo a bicicleta, Spence.

Enquanto seus colegas demonstram preocupação, ela caminha até a saída. Sentar na ponta da cabine definitivamente foi a decisão certa. Ela garantiu uma fuga fácil.

Quando chega do lado de fora, ela sobe na bicicleta que Spence pegou emprestada e começa a pedalar de volta para o campus. Mas, de repente, se vê virando na direção oposta. Já assinou sua saída da escola o dia inteiro. Tem permissão para estar na cidade. E sua casa fica a apenas alguns quarteirões de distância.

Seu pai trabalha nos fins de semana, mas a mãe está em casa quando ela chega.

— Beth! — exclama ela ao ver a filha. — Que surpresa boa!

A garota desce da bicicleta e corre para os braços da mãe, abraçando-a com força.

— Ei, o que aconteceu? — pergunta a mãe.

Mas Beth não quer falar a respeito. O que ela diria, afinal? Que sua ex-colega de quarto, com quem mal conversou no ano anterior, é mestre em insultos passivo-agressivos? Que ela não se encaixa e talvez nunca vá se encaixar? Que ela acreditava ter um futuro na escrita, mas agora nem isso consegue fazer? Porque não é apenas sua sexualidade que está no armário. Suas emoções também estão.

— Nada de mais — mente Beth. — Só esqueci umas coisas importantes no meu quarto.

— Bem, eu poderia ter levado até o colégio. Do que você precisa?

Ela entra em casa, seguida pela mãe.

— O que houve, Beth? — insiste Elizabeth, preocupada. — Eu conheço você.

— Nada, eu juro. Por favor, para de ficar em cima de mim — implora Beth.

Não dará à mãe a oportunidade de listar tudo o que ela odeia em Chandler. Seus pais odeiam a existência do colégio. Odeiam que os alunos entrem na cidade olhando para todos com desdém. Odeiam que o colégio receba redução de impostos quando, na verdade, deveria pagar *mais*.

Beth não sabe ao certo qual será seu próximo passo. Talvez deva desistir do Círculo. Ou desistir do colégio. Quando chega ao quarto, vê todos os panfletos de Chandler na parede. Ela os colou ali para se inspirar, na época em que estudar lá era apenas um objetivo distante, e não uma realidade. Beth leva a mão ao couro cabeludo. Cada fio que puxa a deixa um pouquinho mais relaxada. Ela fecha os olhos, e... só pode estar sonhando, porque pensa ter escutado a voz da Spence.

Ela segue o som e encontra Spence conversando com a mãe no corredor coberto de fotos vergonhosas da infância de Beth.

— Oi — diz Beth com um sorriso trêmulo.

— Oi! — Spence acena. — Eu só... eu tentei te seguir, mas você foi rápida demais. Daí eu vi a bicicleta do lado de fora dessa casa, decidi bater na porta e aqui está você.

— Aqui estou eu — diz Beth. Seu coração bate rápido. — Esta é a minha casa. E essa é a minha mãe.

— Elizabeth Kramer. — A mãe estende a mão e Spence a cumprimenta.

— Que casa linda — comenta Spence.

Ai, faz favor. Beth sabe exatamente como é a casa da Spence porque apareceu na revista *Architectural Digest*. É deslumbrante, assim como a mãe dela.

— Meninas, querem que eu prepare um lanchinho? — oferece a mãe de Beth.

— Nós acabamos de comer pizza — explica Spence educadamente.

— Pizza às dez da manhã. Essas garotas de colégio interno adoram viver perigosamente, hein?

— Na verdade, a gente já estava voltando para o colégio — diz Beth, respirando fundo. O que deu na cabeça dela ao pensar em fugir do Círculo, de Chandler, da Spence?

— Pelo menos me deixe mandar alguns biscoitos Kramer com vocês.

— Mãe, não precisa.

— Eu acabei de fazer uma fornada. São seus favoritos.

— Obrigada, mãe — diz Beth, nervosa, enquanto observa Spence para se certificar de que a colega não está entediada.

— Não sei o que é um biscoito Kramer — comenta Spence. — Mas não tem um biscoito no mundo que eu não goste, então...

A mãe sorri.

— Já vi que temos muito em comum. — Então, virando-se para Beth, ela diz: — Eu comecei a organizar tudo para a próxima vez que você voltasse para casa, mas não estava esperando que seria tão cedo, então... — Ela tira um pedaço de papel de dentro da lista telefônica e entrega para Beth. — Sua primeira pista. Boa sorte.

— O que é isso? — pergunta Spence.

— Uma caça ao tesouro. É uma coisa que a gente fazia quando eu era criança — responde Beth, sentindo-se um pouco envergonhada.

— A tradição começou no aniversário de sete anos dela. Eu organizei uma caça ao tesouro para que ela encontrasse o presente, e Beth acabou amando a brincadeira.

— Sim — diz Beth, corando.

A mãe da Spence provavelmente a leva para alguma estreia de filme exclusiva no aniversário dela.

A mãe de Beth sai da sala enquanto ela lê a primeira pista. *Lascado não é quebrado.* Spence lê por cima do ombro de Beth.

— Lascado não é quebrado? — pergunta ela.

— É a caneca favorita do meu pai — explica. — Está lascada e a gente vive dizendo que ele vai cortar o lábio, mas ele se recusa a jogar fora.

Ela leva Spence até a caneca lascada, onde encontra a próxima pista. Depois a próxima, e mais uma, até que as pistas as levam a uma sacola hermética cheia de biscoitos. Enquanto Beth entrega a sacola para Spence, ela sussurra:

— Você não tem obrigação de ser legal com a minha mãe, tá?

Spence sorri.

— A *minha* mãe me ensinou boas maneiras.

— É só aveia, passas e gotas de chocolate — explica Beth. — E canela. E coco.

A mãe retorna.

— Vocês acharam! — exclama ela, radiante. — Muito bem!

— Obrigada, sra. Kramer — diz Spence. — Foi muito legal ver onde a Beth cresceu.

Beth sorri, surpresa. Ela nunca pensou na própria casa como o lugar onde cresceu, apenas como o lugar que deixou.

Depois de se despedirem e subirem nas bicicletas, Spence pergunta:

— Você está bem?

Beth assente.

— Sim, é só que...

— Pode se abrir comigo — diz Spence. — Estamos juntas no Círculo.

— É só que... — Ela está prestes a contar para Spence tudo sobre Brunson. Como elas mal conversaram no ano anterior. Como tudo culminou naquela ideia absurda da redinha de cabelo. Como é estranho rever Brunson agora. Mas aí percebe que, se for contar toda a verdade para Spence, terá que contar que ela arranca o próprio cabelo por causa dessa ansiedade que nunca some. E ela não está pronta para falar disso. Então, apenas diz: — Só estava muito mal do estômago.

Spence ri.

— Ai, meu Deus, se eu tivesse que fazer o número dois num restaurante e minha casa estivesse pertinho assim, eu *com certeza* teria feito a mesma coisa.

Beth ri.

Enquanto atravessam o portão do campus, Beth se sente relaxada ao voltar para sua nova vida. Está finalmente começando a sentir que pertence a este lugar.

AMANDA SPENCER

— Quer ir ao Centro de Artes comigo? — pergunta Spence quando elas chegam ao campus. — Sullivan vai revelar a lista do elenco de *Anjos* e eu estou morrendo de ansiedade.

— É óbvio que você vai pegar o papel principal — tranquiliza Beth.

— Na real, eu pedi para que ele *não* me desse a protagonista. Sempre prefiro um papel interessante a um papel grande — explica Spence enquanto pedala até o Centro de Artes no exato momento em que Sullivan cola a lista do elenco na porta de vidro da entrada.

Os alunos de teatro se aglomeram em volta da porta, impossibilitando que ela veja seu papel. Spence ouve alguns alunos comemorando no meio da multidão. Connor Emerson, que veste uma camisa de boliche e calça boca de sino, grita:

— Puta merda, sou o Prior Walter! O protagonista! Puta merda! Meu Deus!

Sloane Zimmerman não parece nada feliz.

— Cara, que injustiça! — exclama ela. — A peça já tem, tipo, três vezes mais papéis masculinos do que femininos. Escalar duas pessoas para o mesmo papel feminino não faz sentido nenhum!

Dallas Thompson sorri.

— Ei, Connor, vamos interpretar um casal. — Dallas e Connor se aproximam. Com a mão na frente da boca, eles fingem se beijar.

— Ó, Prior — diz Dallas.

— Ó, Louis — geme Connor.

— Cresçam! — diz Jennifer Whistler. E então, após espiar a lista do elenco, comenta: — Puta merda.

Alunos infelizes vão embora com seus sapatos de plataforma, muitos aos prantos. Beth se vira para Spence.

— A revelação do elenco da peça do colégio é sempre tão dramática?

— Não se chama *drama*turgia por acaso, né? — responde Spence, em tom de brincadeira.

— Prazer, sou Belize — diz Fuad Sani. Ele sobe em um banco e começa a recitar um trecho da peça, mantendo-se no personagem.

— *O branquelo que escreveu o hino nacional sabia muito bem o que estava fazendo. Ele colocou a palavra* livre *numa nota tão alta que ninguém consegue alcançar.*

Vários estudantes aplaudem Fuad, incluindo Wrigley Overstreet, que diz:

— Gente, eu vou interpretar o Roy Cohn. Meu pai conhecia o verdadeiro Roy Cohn. Que esquisito, né?

Whistler se aproxima de Spence.

— Ei! — diz ela. — Só quero que você saiba que eu estava esperando pegar um dos papéis secundários. Você merecia ser a Harper.

Spence se aproxima da lista, finalmente conseguindo ler. Ao lado de seu nome, há dois papéis. Hannah Pitt e o Anjo. Ela conseguiu o que queria.

— Parabéns! — diz para Whistler. — Você é a protagonista feminina.

Mas, secretamente, Spence está parabenizando a si mesma. Ela pediu esses dois papéis para Sullivan. Quer se desafiar.

— Serei seu marido, Whistler — diz Finneas Worthington.

— Nossa, que sorte a minha! — brinca Whistler.

Enquanto pedalam de volta, Spence se vira para Beth.

— Preciso ir para a aula de Dança dos formandos agora, então acho que a gente se despede por aqui. Posso empurrar a bicicleta de volta até Livingston se você quiser.

— Ah, claro — murmura Beth, descendo da bicicleta. — Ou eu posso levar, mas se for mais fácil, você leva, ou...

— Beth, fui eu quem pegou emprestada. Deixa que eu devolvo. — Spence desce da bicicleta também. Ela segura as duas *bikes*. — Obrigada pela companhia — diz ela.

Beth ri de nervoso.

— Ah, quer dizer, obrigada *você*.

Spence segura a sacola cheia de biscoitos.

— Tem certeza de que não quer levar alguns? Pode dividir entre as garotas da Casa Carlton.

— Sinceramente — diz Beth —, eu adoro esses biscoitos. Mas eles me lembram muito de casa. E eu estou aqui para, sabe como é...

— Ser uma nova pessoa? — Spence completa a frase.

Beth fica atordoada.

— Exatamente.

— Bem — diz Spence —, não mude muito, porque a Beth Kramer já é bem interessante.

— Interessante? — repete Beth. — As revistas *National Geographic* são *interessantes*. Os sermões do padre Close são *interessantes*.

— Tá bom, tá bom, você é mais do que interessante — afirma ela com uma risada. — Você é...

— Diferente? Única? Esquisita?

— Para! — exclama Spence. — Você é legal. Só não sabe disso ainda.

— Ah, não sei não, hein... — diz Beth. Mas ela está sorrindo.

A turma de formandos já está reunida no Centro Jordan quando Spence chega. Whistler caminha em sua direção ao avistá-la.

— Ei, você não está chateada, né?

Spence poderia contar para Whistler que pediu pelos papéis que conseguiu, mas não quer estragar o momento de glória da colega.

— Whistler, sério mesmo? Eu estou superfeliz por você. E vou poder interpretar dois papéis incríveis.

— Beleza, estava só me certificando. Pelo menos teremos algumas cenas juntas.

Spence assente. À distância, ela vê Freddy no meio de um grupo de atletas. Bud, Toby, Charles e aquele PG novo que parece o Jean-Claude Van Damme. Ela não consegue escutar o que estão dizendo, mas, por algum motivo, Toby derruba Freddy no chão.

— Atenção, formandos — anuncia Sullivan, batendo no microfone para se certificar de que está funcionando.

— FORMANDOS! — grita Charles, zombando de Sullivan antes de pular em cima de Toby e Freddy.

— Ok, pessoal! Sei que vocês estão muito empolgados para dançar, mas vamos nos acalmar primeiro, rapazes — diz Sullivan.

— RAPAZES! — grita Laird Tyson, juntando-se à pilha humana.

Então, todo o time de lacrosse o acompanha, depois o time de remo, e o time de futebol, até parecer que todos os garotos formandos do colégio estão jogados em cima do pobre Freddy.

Sullivan solta uma risada forçada e, então, diz:

— Pronto, já acabaram com a brincadeirinha?

— NÃO! — gritam os garotos em uníssono, exceto Freddy, que parece arrasado.

— Certo — responde Sullivan. — Então vou escolher ignorar vocês e conversar apenas com o sexo mais sofisticado.

— SEXO! — grita metade dos garotos.

Spence assente para Sullivan em apoio, como se estivesse se desculpando em nome de todos os garotos da idade dela.

— DETENÇÃO NO DOMINGO — brada Sullivan, e os garotos entendem o recado. Rapidamente se separam uns dos outros até estarem todos sentados no chão.

— Ah, o som do silêncio! — Sullivan suspira. — Muito bem, como vocês provavelmente já sabem, é uma tradição em Chandler oferecer aulas de dança formal para os formandos uma vez por mês. No fim do ano, vocês dançarão em pares no Último Baile. Um grupo de jurados, formado por mim, o reitor Fletcher, a sra. Plain e a madame Ardant, dará um tapinha no ombro de vocês caso sejam eliminados.

Whistler, ainda perto de Spence, sussurra:

— É como em *Grease*, não é? Sabe, aquela cena com a Cha Cha, a melhor dançarina do St. Bernadette's.

— Com a *pior* reputação — respondem Spence e Whistler ao mesmo tempo.

— Este ano, vamos aprender cinco danças. Foxtrote, valsa, swing, rumba e chá-chá-chá.

Spence e Whistler dão uma risadinha com a palavra *chá-chá-chá*.

— Vamos começar com o foxtrote. Peço que observem enquanto eu e madame Ardant fazemos uma demonstração.

Madame Ardant, que estava escondida num canto até aquele momento, se junta a Sullivan.

Quando eles terminam um foxtrote impecável, ela pega o microfone.

— Então, os passos básicos são fáceis. O difícil é manter a sincronia com seu parceiro de dança.

Sullivan pega o microfone de volta.

— Certo, vamos começar. Quero todas as garotas alinhadas de um lado da quadra. Os garotos do outro. Ao meu sinal, vocês atravessam a quadra em linha reta e dançam com a primeira pessoa que encontrarem. Quando eu disser "troca", mudem para o parceiro mais próximo.

Spence se levanta e fica na fila. Do outro lado, os garotos se alinham ombro a ombro. Vê-los agrupados desse jeito a deixa tonta. Ela passou os últimos três anos eliminando totalmente a possibilidade de namorar qualquer um deles com base em alguma coisa idiota ou cruel que disseram.

À sua esquerda, Amira Khan e Lashawn Alvarez conversam animadas.

— Sério mesmo, eu nem consegui acreditar — diz Amira.

— Um comportamento típico do professor Ken — comenta Lashawn.

— Imagina só acreditar que dormir numa barraca no meio *deste* campus é o mesmo que ser um sem-teto.

Ah, o assunto é o sr. Plain.

— Mas, tipo, falando sério, a melhor parte é que eu vi a sra. Plain levando comida para ele num Tupperware quando eu estava vindo para cá.

Amira não consegue parar de rir.

— Espera só o inverno chegar. Aposto que ele vai voltar correndo para o conforto de Livingstone assim que esfriar.

Spence sabe que não deveria se meter na conversa. Ela odeia quando os outros fazem isso. Porém, gosta de Amira e Lashawn. Elas eram próximas no primeiro ano, e Amira é a única aluna do campus que também é indiana-americana. Então, Spence acaba dizendo:

— Gente, as intenções do sr. Plain são boas. — Amira e Lashawn a encaram. Não dizem nada, fazendo com que Spence sinta que precisa continuar falando para preencher o vazio. — Quer dizer, tá bom, eu entendo. De verdade. Mas, tipo, se ele fizer uma pessoa pensar sobre o que significa não ter uma casa, talvez esteja fazendo algo bom, né?

Os olhares irritados das garotas dizem tudo.

— Sabe o que eu acho? — diz Amira.

Spence quer que a dança comece logo, mas os garotos estão levando uma eternidade para se organizar.

— Acho que todo mundo neste colégio sente muita culpa por existir — explica Amira. — Daí fazem de tudo para aliviar esse sentimento. O sr. Plain não está dormindo lá fora numa barraca para conscientizar ninguém. É só para se sentir melhor com o fato de parecer um boneco Ken e dar aula num lugar como este. Sinceramente, o colégio inteiro precisa mudar de perspectiva, e isso não vai acontecer só porque um professor está acampando no pátio.

— Ativismo performático — afirma Lashawn.

Spence tem um pensamento horrível. Será que ela só está sendo gentil com Beth para se sentir bem consigo mesma? Ela consegue notar como a colega fica feliz quando está ao seu lado. Mas Spence realmente gosta de Beth. Talvez seja um pouquinho das duas coisas.

— Eu só acho que ele tem boas intenções — diz Spence baixinho.

— Todo mundo aqui é cheio de boas intenções. Seu amigo Sullivan é muito bem intencionado com a política de elenco que "não vê cor", mas, na maioria das vezes, só coloca *uma* pessoa não branca por peça — diz Amira, com um toque de amargura. Suavizando, ela completa: — Não estou dizendo que você não merece seus papéis.

Spence sente o rosto queimar.

— Olha, eu odeio ser a única não branca numa peça. Me sinto muito pressionada e isolada. Fico feliz que esse não será o caso em *Anjos na América*. Mas ainda acho que somos sortudas de termos o Sullivan como professor.

— Que ótimo saber que vai ser diferente em *Anjos*, mas é só uma peça. Seríamos sortudas mesmo se Sullivan se desse conta de que distribuir papéis sem ver a cor vai muito além de ganhar créditos em cima do talento de uma garota indiana e ainda assim continuar colocando alunos brancos em todos os outros papéis.

Spence sabe que ela está certa. Ela se lembra de Amira fazendo o teste para *Romeu e Julieta* no primeiro ano. A garota era muito boa, mas não passou. Mas, até aí, novatos nunca são escalados. Exceto Spence, é claro. Ela nunca mais viu Amira nos testes depois disso, e Spence pode apostar que Amira teria conseguido um papel se continuasse tentando.

— Desculpa — diz Amira. — Sei o quanto você gosta desse cara.

Spence não gosta de como a frase soa, mas não insiste. Sabe que, se fizer isso, acabará parecendo ainda mais na defensiva. Aprendeu com a mãe, que ignora todos os boatos absurdos que os tabloides publicam a seu respeito.

Felizmente, Sullivan e madame Ardant gritam no microfone ao mesmo tempo.

— VALENDO!

Garotas e garotos caminham ao encontro uns dos outros, muitos evitando a pessoa que está na sua direção. Então, aquele cara PG para na frente de Spence.

— Parece que seremos parceiros — diz ele, num tom de flerte.

— Oi, sou a Spence — apresenta-se ela.

— Eu sei quem você é — afirma ele. — Seb. Estudei aqui no primeiro ano, mas isso foi antes do seu reinado.

— Meu *reinado*? — questiona ela.

— Você é a rainha de Chandler — responde ele. — Quem vai ser seu marajá?

Ele diz a palavra como se tivesse orgulho de seu vasto vocabulário, quando, na verdade, tudo que fez foi tratar Spence como um objeto exótico. O garoto coloca a mão ao redor da cintura dela, que rapidamente se encolhe e se afasta.

— Não estou procurando um namorado.

— E que tal um cara para se divertir de vez em quando?

Ela nem se dá ao trabalho de responder. Apenas segura as mãos dele, certificando-se de que seus corpos estão distantes o bastante para não se encostarem, enquanto espera pelo momento em que Sullivan e madame Ardant gritam "troca".

Desta vez, Spence faz dupla com Aiden Cameron, um garoto do laboratório de computação. Ele é o oposto de Seb. Em vez de tentar puxá-la para mais perto, ele parece ter medo de se aproximar dela.

— Dancem, crianças, dancem! — grita Sullivan.

Aiden tropeça nos próprios pés na maior parte da dança enquanto ela gentilmente o guia.

A alguns metros de distância, estão Freddy e Whistler. Ela faz contato visual com ele, enquanto o garoto desliza com Whistler pelo salão. Ele assente para ela. Spence percebe que, dentre todos os que estão ali, ele é o único com quem ela *realmente* quer dançar. Então, quando os professores gritam "troca" mais uma vez, ela caminha até ele, apesar de Freddy não ser o parceiro mais próximo.

Ele segura as mãos dela e a conduz com habilidade.

— Quem diria que você sabe *dançar*, sr. Bello? — comenta ela.

— Muito obrigado, srta. Spencer — responde ele. — Acho que todos esses anos de salto com vara me ensinaram um pouquinho sobre coordenação motora.

Ela sorri.

— Já percebeu como a gente geralmente tira o sr. e sra. quando estamos falando dos professores? Tipo, a gente diz "Sullivan" e "Song" em vez de "sr. Sullivan" e "sra. Song".

— Todo mundo em Chandler diz "madame Ardant" e "*señora* Reyes" — comenta Freddy. — E não "Ardant" ou "Reyes".

— Isso porque as pessoas adoram dizer palavras em outros idiomas — explica ela, lembrando de Seb pedindo para ser o marajá dela.

Spence gosta de como é fácil conversar com Freddy.

— A Beth está bem? — pergunta ele. — Foi uma manhã bem esquisita.

— Sim, ela vai ficar bem. — Spence percebe que se aproximou um pouquinho dele. Ela gosta do calor do corpo de Freddy. Torce para que Sullivan e madame Ardant não mandem trocar de par tão cedo. — A gente deveria reunir o Círculo de novo ainda hoje, né? Não terminamos a tarefa.

— Bem, a Sabrina Lockhart vai dar uma festa hoje à noite — comenta Freddy. — Podemos ir todos juntos. Talvez seja um jeito melhor de quebrar o gelo.

— Você está sugerindo que a gente ensine três alunos do segundo ano a fugir do campus depois do toque de recolher?

Freddy fica corado.

— Sou uma má influência para a juventude americana?

Ela ri.

— Podemos garantir momentos esplêndidos para todos? — pergunta ela com sotaque britânico.

— Mas, falando sério, quer ir à festa?

Ele a encara enquanto espera uma resposta.

As noites de sábado da Spence são sempre muito requisitadas. Henny Dover a convidou para jogar baralho no refeitório. Marianne Levinson a chamou para a exibição de *Mulheres à beira de um ataque de nervos*, na capela. E os Sandmen vão se reunir para decidirem quais canções natalinas vão cantar no Festival de Cantigas Natalinas em dezembro. Mas Spence já sabe que vai rejeitar todos esses convites para ir a uma festa com Freddy.

— Quero — diz ela. — Vamos nessa.

RAMIN GOLAFSHAR

— Camarões no corredor! — grita Toby, do lado de fora.

Ramin está sentado na cama de baixo do beliche lendo uma apostila de História Americana, e bate a cabeça no colchão de Benji.

— Camarões no corredor!

Benji salta da cama de cima, apoiando-se com as mãos no chão.

— Anda logo — diz Benji. — Camarões no corredor.

— Camarões o quê? — pergunta Ramin.

Benji ri.

— *Nós* somos os camarões.

Ele segue Benji até o corredor, onde Seb e Toby pedem que os garotos se alinhem junto à parede. Ramin percebe que as portas dos dormitórios começaram a ganhar personalidades próprias. Hiro cobriu sua porta com um cartaz pintado à mão que diz "proibido animais rurais" em letras garrafais, cercadas por desenhos muito bem feitos de garotos de Chandler vestindo camisetas com rostos de animais. Matt Mix e seu colega de quarto cobriram a porta com fotos de modelos de biquíni de uma revista de esportes, só que substituíram os rostos das modelos por fotos de alunas do último ano, como Spence, Rooney e Whistler. E, numa foto especialmente sugestiva, colaram o rosto de madame Ardant.

— Temos um problema — anuncia Toby. Ele caminha entre os alunos como se fosse o sargento de um pelotão, e então para na frente de Ramin antes de continuar. — Eu e Seb já vimos todos vocês, magricelos do segundo ano, tomando banho.

— É triste de ver — diz Seb. — Por que vocês são tão fracotes?

Seb termina a pergunta flexionando seu torso nu com arrogância. Está vestindo nada além de calças de moletom.

Ramin engole em seco. Ele não ousa dizer nada. Duvida que alguém vá se pronunciar, até que Hiro se arrisca.

— A pergunta não é por que *nós* somos tão fracotes — diz ele. — E sim, por que *você* é tão grande.

— O que você disse? — questiona Seb, aproximando-se de Hiro.

— E a resposta é porque você repetiu o último ano, já que suas notas obviamente não foram boas o bastante para que pudesse entrar numa faculdade. Por que você saiu de Chandler depois do primeiro ano e foi para Montgomery, o colégio preparatório mais fácil da região? Aposto que não conseguiu aguentar o ensino daqui.

— Hiro, cala a boca, porra — sussurra Benji.

Mas Hiro não para.

— Tecnicamente, você já deve estar no *sétimo* ano, uma série que nem existe!

— Hiro, por favor — implora Benji.

Seb agarra a camisa do pijama de Hiro, puxando o tecido até conseguir erguer o garoto do chão.

— Repete.

— Qual parte? — pergunta Hiro. — A parte sobre você ser *velho* ou a outra, sobre você ser *burro*?

— Eu vou matar você. — Seb joga Hiro contra a parede com tanta força que Ramin sente a dor do colega.

Para a surpresa de Ramin, Toby segura Seb por trás e o afasta de Hiro.

— Relaxa. Estamos aqui pra falar dos banhos, lembra?

A fúria no olhar de Seb é perversa.

— Sim, os banhos — diz ele, recuperando o fôlego.

Toby se aproxima de Ramin novamente.

— O problema é o seguinte — anuncia ele. — Um de vocês não toma banho. — Ele aponta para Ramin e alguns garotos riem. — Qual é o seu nome mesmo? — pergunta Toby.

Ele gostaria de conseguir responder com a mesma confiança de Hiro. Mas ouve sua voz gaguejar ao dizer:

— Ra-Ramin.

— É tão difícil de lembrar — diz Toby, como se tivesse nojo do nome. — Podemos chamá-lo de outra coisa? Tipo Rambo?

— A diferença é que o Rambo não é um fracote — zomba Seb.

— Sim, e o Hiro está longe de ser um herói — comenta Toby, gargalhando.

Ramin troca um olhar de compaixão com Hiro.

— Então, Ramoon, pode nos dizer por que nós nunca vimos você tomando banho?

— Ah, é que... eu tomo banho de noite, depois que as luzes se apagam.

Por que sua voz não para de oscilar? Ele odeia não poder confiar na própria voz.

— Não sei se acredito em você — diz Toby. Ele chega ainda mais perto e cheira Ramin. — Benji, você é o colega de quarto dele. Ramoon toma banho?

— Acho que sim — responde Benji. — Mas meu sono é pesado.

— Ele fede? — pergunta Seb.

— Acho... acho que não. — Benji olha para Ramin com remorso. Obviamente não é corajoso o bastante para defendê-lo.

— Fala, Ramoon — ordena Seb.

— Falar o quê? — pergunta Ramin.

— Fala que não vai deixar o dormitório fedendo.

Ele hesita, e depois repete com a voz esganiçada:

— Eu não vou deixar o dormitório fedendo.

Então, Seb cheira o cabelo de Ramin e engasga como se fosse vomitar.

— Certo, meninos, podem voltar para o quarto — comanda Toby, e todos os alunos se dispersam, gratos pelo fim da brutalidade da noite.

Quando voltam para o quarto, Benji diz:

— Não liga para o Seb e para o Toby. É comum os presidentes pegarem no pé dos alunos aqui em Chandler, principalmente no Porão Wilton Blue. Aposto que daqui a pouco vai ser comigo.

Ramin assente e solta uma risada forçada.

— Eu entendo — diz ele. — Tá tudo bem.

Enquanto registra cada detalhe do que aconteceu no seu diário em farsi, ele pensa na visita que recebeu de Freddy e Spence logo antes das luzes se apagarem. Eles disseram que o Círculo iria a uma festa, que se encontrariam na torre d'água. Ramin argumentou que não sabia se aquela era uma boa ideia. Não pode arriscar ser suspenso ou expulso. Muito menos chamar a atenção dos presidentes. Mas enquanto escreve no diário, sente um pico de energia desafiadora, como se a escrita o enchesse de coragem. Ele não veio para este colégio para se esconder. Veio para viver. Então, silenciosamente, sai da cama na ponta dos pés, veste sua melhor camisa de botão e uma calça jeans, e abre a porta.

Ramin já está com uma perna para fora do dormitório quando ouve a voz de Hiro.

— O que você está fazendo? — sussurra Hiro.

Ele congela nessa posição desengonçada.

— Eu, hum, só... preciso pegar um ar fresco.

Hiro ri.

— Não vou te colocar em encrenca.

— Tudo bem. — Ele respira fundo. — Vou para uma festa. Por favor, não conta para ninguém.

— Não conto — promete Hiro. E, com um grande sorriso, completa: — Mas você vai ter que me levar.

Ele não tem escolha, tem? E, de qualquer forma, Ramin gosta de Hiro. O garoto nem precisa se trocar para ir à festa, afinal, seu pijama é de seda e lã e mais parece com uma roupa de sair do que de dormir.

— Aonde nós vamos? — pergunta Hiro, aproveitando a primeira brisa de ar fresco.

— Para a torre d'água. Meus amigos disseram que fica no topo do campus, depois das árvores e...

— Eu sei onde fica a torre — afirma Hiro. — Estudo aqui desde o ano passado, lembra?

— Certo. — Eles caminham pela floresta em silêncio. Por fim, Ramin não consegue mais segurar a pergunta. — Como você consegue enfrentá-los daquele jeito?

Hiro dá de ombros.

— Sei lá. Percebi que se eu ficar quieto, eles nos humilham. Se eu falar, nos humilham também. Então é melhor falar, né?

— Falando assim até parece fácil — comenta Ramin.

— Você é novo. Vai aprender a revidar.

Ele assente, mas não sabe se concorda. Claro, ele sobreviveu a muitas provocações no Irã, mas os garotos de seu país não tinham pais famosos nem corpos de personagens dos filmes de ação. As coisas aqui parecem diferentes. Além do mais, ele acredita que Hiro foi criado para ser confiante, por pais que o encorajaram a se manifestar em vez de se esconder.

— Hiro, por que você saiu do Japão e veio pra cá? — pergunta Ramin num sussurro.

Hiro dá de ombros.

— Não foi uma escolha minha, na real. Meu pai queria que eu tivesse uma educação melhor e aprendesse a falar inglês fluentemente, então decidiu que Chandler era o que ele procurava.

— O que seus pais fazem?

— Minha mãe é jornalista e meu pai é bancário. — Hiro hesita brevemente antes de se corrigir. — Bem, ele é dono de um banco.

— Ah, então você é rico — solta Ramin.

Ele já percebeu que não deve falar sobre dinheiro em voz alta, então se arrepende de imediato. Talvez tenha presumido que todos os alunos estrangeiros fossem iguais a ele, fugindo de uma vida horrível com a ajuda de uma bolsa de estudos em Chandler. Obviamente, não é o caso de Hiro. Ao mesmo tempo, Ramin não se surpreende ao descobrir que o colega vem de uma família rica. Talvez seja por isso que consiga enfrentar as provocações. Porque sabe que também é poderoso.

Ele se sente muito mais relaxado quando os dois chegam à torre d'água, onde um grupo de alunos já está reunido. Na escuridão, Ramin vê as silhuetas de seus quatro colegas do Círculo. Freddy acena.

— Oi, Ramin!

Ele e Hiro se aproximam do grupo.

— Oi, gente. Esse é o Hiro. Espero que não tenha problema se ele for com a gente.

— Esse pijama é daquela edição limitada da Comme des Garçons? — pergunta Spence.

— É, sim — responde Hiro.

Enquanto Spence e Hiro conversam sobre o tecido do pijama, Freddy explica o que vai acontecer para Ramin, Beth e Brunson.

— Então, resumindo, alguns alunos externos se ofereceram para nos levar até a casa da Sabrina.

— Estou nervosa — anuncia Brunson. — Nunca fugi do campus.

Spence se vira para o grupo.

— Existe uma regra não oficial para as festas — explica ela. — Basicamente, o colégio não pode expulsar cem alunos de uma vez no meio do ano letivo. Seria um desastre para o orçamento deles. Então eles fingem que as festas não acontecem.

Um carro se aproxima e Ramin fecha os olhos para protegê-los do brilho dos faróis.

— Pelo amor de Deus, Myers, abaixa esse farol! — diz Freddy, acenando para chamar a atenção do motorista.

— Eu não sei como faz isso — justifica o motorista, o que deixa Ramin um pouco tenso de entrar no carro. — Aprendi a dirigir no ano passado.

Freddy pula do banco do carona e desliga o farol alto.

— Todo mundo para o banco de trás, gente — diz ele.

Todos entram no carro.

— Olha, vai ficar apertado demais aqui — comenta Spence. — Vou na frente com o Freddy.

Ela pula no colo do Freddy e Ramin sente uma pontada de inveja.

Beth se senta numa ponta do banco de trás, ao lado de Hiro. Brunson ocupa a outra ponta, ao lado de Ramin. As garotas olham pelas janelas, e Ramin não consegue deixar de imaginar qual é o lance entre as duas.

O motorista, que Freddy apresenta como Ben Myers, dá a partida enquanto Spence mexe no rádio até sintonizar numa estação em que o apresentador está lendo a dedicatória de uma ouvinte.

— A próxima música é um pedido da Belinda. Ela diz: "Oi, Joey, meu marido, Patrick, está no hospital, precisando de ânimo. Você pode tocar 'Homeward Bound', do Simon & Garfunkel, para ele e dizer que as crianças sabem que ele voltará pra casa em breve?"

— Eu amo essas dedicatórias — comenta Spence antes de começar a cantar junto com o rádio.

Quando a música termina, Myers estaciona o carro na frente de uma residência pequena na cidade. Eles saem do veículo e entram na casa. Uma garota empolgada de cabelo loiro-escuro e rabo de cavalo os recebe na porta.

— Bem-vindos a Chez Sabrina — diz ela.

Spence apresenta o grupo para a anfitriã.

— Ah, vocês são a turma do Círculo deste ano? — pergunta Sabrina.

— Eu não — explica Hiro, levantando a mão.

— Bem, parabéns para os outros! Eu já me inscrevi quatro anos seguidos e fui rejeitada por... que rufem os tambores... quatro anos seguidos!

— A rejeição nos fortalece — afirma Hiro.

— Ah, você também se inscreveu? — pergunta Sabrina.

— Não — responde ele. — Só estava tentando animar você.

Sabrina solta uma risadinha provocativa, e depois, com um olhar supersério, diz:

— Meus pais só voltam na segunda, então aproveitem, mas é proibido entrar nos quartos, e estou falando sério. E, se quebrarem alguma coisa, eu mato vocês. — Depois, com um sorriso, ela levanta os braços e exclama: — Divirtam-se!

Ramin segue Freddy e Spence, que guiam o grupo até a cozinha. Os alunos estão reunidos ao redor de duas tigelas de ponche, que eles servem em copos de plástico com uma concha.

— SPENCE! — grita uma garota.

— Oi, Rooney! — diz Spence antes de apresentar o resto do grupo.

Em menos de meia hora, Ramin bebe um copo inteiro de ponche e é apresentado a uma dúzia de pessoas, todos formandos. Cada um deles parece impressionado com o grupo por estarem no Círculo. Ele gostaria que mandassem seus presidentes ficarem impressionados também. Talvez isso pudesse dar um fim ao bullying.

Enquanto aceita mais um copo de ponche oferecido por Freddy, Ramin se pergunta se isso o ajudará a escapar da sensação assustadora de que será atacado quando voltar para o dormitório.

Sabrina coloca uma música para tocar no aparelho de som e canta junto.

— *Snoop Doggy Do-o-og!*

Todos estão amontoados no espaço vazio da sala de estar, dançando. Spence e Freddy puxam Ramin, Brunson e Beth para a pista.

— Ah, eu não danço — anuncia Beth.

— Todo mundo dança — responde Spence. — Dançar é como respirar e comer.

— E dormir e fazer cocô — completa Freddy. — Todo mundo faz cocô.

— Você precisava acabar com a minha analogia, né? — diz Spence, rindo.

O ponche deve estar subindo à cabeça de Ramin, porque ele está dançando ao som da música. Balançando o corpo ao lado dos novos amigos. Ele se sente tão solto que levanta os braços como Arya costumava fazer quando os dois dançavam. Gira os ombros para trás com leveza enquanto se lembra de todas aquelas noites inocentes e proibidas com Arya, ouvindo música norte-americana, mas dançando como tias persas.

— Ei, gente, olha como o Ramin arrasa dançando! — exclama Spence.

Todos olham para ele, batendo palmas e gritando seu nome enquanto formam uma roda com Ramin no centro.

— É assim que as pessoas dançam no Irã — diz ele. — Olha, a mão se move em círculos, os ombros giram para trás. Mas a parte mais importante é o rosto. Tem que fazer umas caras esquisitas e extasiadas o tempo todo, tipo assim...

Ele abre a boca e grunhe para demonstrar seu rosto de dançarino persa.

— Amei. — Freddy ri.

Todos começam a dançar como persas na batida de uma música de hip-hop.

— Gente — anuncia ele por cima da música. — A pronúncia do meu nome é *Rá-mim*. O *Ra* rima com *lá*, ou *pá*, ou...

Beth sorri.

— Só *agora* você avisa? — diz ela.

A roda formada ao seu redor fica mais apertada. Todos gritam o nome de Ramin novamente, mas, desta vez, pronunciam do jeito certo.

FREDDY BELLO

— Bem, vocês trouxeram suas fichas, certo? — diz ele, tirando um bolo de papéis do bolso esquerdo.

— Desculpa, mas... — diz Spence, tirando seus cartões da bolsa. — Isso aí são fichas no seu bolso ou você está feliz em me ver?

Ele fica corado. Os cinco estão na varanda de Sabrina, depois de dançarem até cansar. Freddy e Spence estão sentados num sofá de vime branco. Brunson está numa cadeira de balanço. Beth e Ramin estão no chão, recostados numa cerca de madeira que parece meio bamba. De dentro da casa, ecoa o som da música alta, onde uns dez formandos cantam cada palavra de "No Scrubs", do TLC.

— As duas coisas — diz Freddy com um sorriso tímido.

Spence ergue o copo.

— Um brinde ao Círculo!

Beth e Brunson levantam seus copos, relutantes. Todos brindam, e Freddy toma um grande gole de ponche. O álcool vai para a cabeça rapidamente. Ele não tem o costume de beber. Se preocupa demais em cuidar do corpo. Seu corpo representa sua vida inteira. É o que faz os sacrifícios dos pais valerem a pena. A não ser que ele desista.

— Beleza, quem vai escolher o tema da nossa próxima ficha? — pergunta Spence. — Da última vez fui eu.

Enquanto Freddy bebe mais um gole, consegue ouvir o treinador Stade e todos os seus treinadores do passado lhe dizendo que o álcool já arruinou a jornada de muitos atletas olímpicos em busca do ouro.

— Eu tenho uma sugestão — anuncia Freddy. — Vamos escrever sobre o que nos levou a Chandler.

— Ei, gente, precisamos de dinheiro para a pizza — avisa Finneas Worthington colocando a cabeça para fora da porta. — Cinco dólares por pessoa, se quiserem comer.

Freddy coloca a mão no bolso, aliviado por ter trazido dinheiro. Ao levantar a cabeça, percebe que Beth, Brunson e Ramin parecem envergonhados por não terem trazido nem uma moeda.

— Aqui — diz Spence, pegando a nota de cinco da mão dele e adicionando mais vinte. — Somos formandos. É nosso dever cuidar de vocês. — Enquanto Finneas vai embora com o dinheiro, Spence grita: — Se pedirem um monte de pizza com abacaxi eu acabo com você, Finneas! — Olhando de volta para o grupo, ela pergunta: — Então, onde paramos?

— Eu tinha sugerido de escrevermos sobre por que viemos para Chandler — explica Freddy.

— Gostei desse tema — diz Spence.

Dentro da casa, a música passa de TLC para "Lipstick Vogue", do Elvis Costello. Freddy segura a caneta com força enquanto escreve sobre a decisão de estudar em Chandler. Claro, um dos motivos foi porque o colégio ofereceu uma bolsa de estudos *e* o treinador de atletismo, Byron State, por acaso já tinha experiência em salto com vara. Mas esse não é o real motivo, e sim seu desejo de estar em um lugar onde pudesse explorar *outras* partes de si mesmo. Onde pudesse decidir se ser um atleta olímpico é mesmo o caminho certo para ele. Freddy escreve com uma caligrafia pequena, porque tem muito a dizer. Um a um, ele vê seus colegas do Círculo soltando as canetas. Por fim, ele faz o mesmo.

— Alguém quer compartilhar o que escreveu? — pergunta Spence.

— Achei que não precisava — responde Ramin, nervoso.

— Não precisa — diz ela. — Só achei que... quer dizer, acho que a Douglas quer que a gente se conheça melhor.

— Não consigo ler minha própria letra — explica Beth, encarando a ficha. — Escrevi rápido demais.

Freddy espia a ficha da Beth.

— Acho que *ninguém* consegue ler sua letra.

Spence decide ler.

— Eu nem queria ter vindo. Amava a minha cidade. Mas Chandler é muito importante para o meu pai. Ele queria que sua única filha estudasse no mesmo colégio que ele, e acho que só vim para deixá-lo feliz.

Ela respira fundo.

— Também sou filha única — diz Beth, sorrindo para Spence.

— Eu também — comenta Freddy.

— Eu sempre quis uma irmã — diz Ramin. — Mas não tenho. Nem irmão. É muita pressão, né? Ser o único filho.

— Que loucura! — exclama Beth. — Coincidência esquisita.

— Menos eu, que tenho uma irmã — anuncia Brunson, sentindo-se deixada de lado. Então, seu rosto se ilumina com o sorriso mais caloroso que Freddy já viu nela. — Minha irmã tem nove anos. É a melhor pessoa do mundo. Sinto tanta saudade dela.

Henny Dover coloca a cabeça para fora da casa.

— Ei, piranhas, alguém aí quer um corte de cabelo?

— Cuidado! — alerta Spence. — Ela cortou meu cabelo ano passado e eu fiquei parecendo um Lulu.

— Lulu? — pergunta Ramin.

— Lulu da Pomerânia — responde Spence, rindo. — Mas, parando para pensar, eles são superfofos, né?

— Onde a gente estava mesmo? — diz Freddy, depois que Henny volta para dentro.

— Spence estava nos contando sobre como foi obrigada a vir pra Chandler — resume Beth.

— Ai, meu Deus, que vergonha — comenta Spence. — Mas, enfim, eu gosto daqui, então acabou dando tudo certo.

Freddy olha para ela, curioso.

— Vai sentir saudade depois que for embora?

— Não sei — responde ela. — Vou sentir saudade das pessoas, é claro. E de ganhar papéis em todas as peças. Não sei se estou pronta para a rejeição do mundo real.

— Como se você não fosse ser escolhida em todas as peças da faculdade, independentemente de qual seja a instituição — diz Beth.

Para a surpresa de Freddy, Spence responde:

— Acho que não vou para a faculdade. Quero atuar, então, para que adiar o começo da minha carreira?

— Também não me decidi ainda quanto à faculdade — comenta ele. — Quer dizer, posso até ir e continuar saltando, mas também queria poder focar no treino, ou... sei lá. A real é que você vai pular a faculdade porque sabe *exatamente* quem você é. E eu vou pular porque estou paralisado sem conseguir decidir quem eu sou.

Spence inclina a cabeça.

— Quem disse que eu sei quem eu sou? Só falei que quero atuar. Isso significa justamente que eu não faço *ideia* de quem sou.

— Ah, faz favor — provoca ele, fechando os olhos. — O que você faz no palco... — Ele se enrola com as palavras. — Ser capaz de fazer o público sentir as emoções que você está sentindo. Bem que eu queria uma habilidade dessas.

— Obrigada — sussurra ela. — Acho que me sinto mais confortável sendo outras pessoas.

— Ser outra pessoa me parece divertido — diz Ramin.

— Sim, é divertido pra caralho.

— Ei, gente, preciso dizer uma coisa. — Brunson se inclina para a frente e a cadeira de balanço vai para trás enquanto ela fala. — Não quero bancar a professora, mas vocês sabem por que eu vim para Chandler? Para entrar numa faculdade renomada. É por isso que eu faço esse monte de atividades. É por isso que eu me esforço tanto nas aulas. Talvez seja por isso que eu me inscrevi no Círculo, porque uma carta de recomendação da Douglas ajuda muito nas inscrições...

— Boa sorte tentando — diz Spence. — Fiquei sabendo que ela é bem chatinha com cartas de recomendação. Até mesmo para membros do Círculo.

— Tá, que seja — responde Brunson. — Mas o que eu quero dizer é: por que você não quer ir para a faculdade? Você pode atuar pelo resto da vida. E só pode ir para a faculdade *uma* vez. Além disso, vocês são inteligentes demais para não irem.

Freddy gostaria de acreditar nisso, mas não tem certeza se consegue. Passou tantos anos focando no corpo em vez do cérebro. Acordando cedo. Contando calorias. Viajando de cidade em cidade para competições. Evitando romances, com uma única maldita exceção, só para manter o foco.

— Não sei se sou inteligente — argumenta Freddy. — Só entrei em Chandler por causa do esporte. Não pertenço a este colégio do mesmo jeito que vocês.

Ele nem acredita que disse aquilo em voz alta. Porém, sente-se bem em poder fazer isso.

— Essa não foi a sua palavra? — pergunta Ramin. — *Pertencer*?

Freddy assente.

— Sim. E qual foi a sua?

— *Medo*. — Ramin cora ao responder.

— E do que você tem medo? — pergunta Spence, antes de acrescentar rapidamente: — Desculpa, não precisa responder se não quiser.

— Do que *você* tem medo? — Ramin devolve a pergunta para Spence.

Ela sorri.

— Bem, minha palavra foi *perfeita*, então acho que tenho medo de não ser perfeita.

— Você sabe que todo mundo chamava você e o Chip Whitney de "O Casal Perfeito" no ano passado, né? — diz Beth.

— Ai, para — responde ela.

Freddy está imaginando coisas, ou ela está olhando diretamente para ele agora?

— Eu não falo com o Chip desde que ele entrou em Princeton. E, sinceramente, eu nunca o amei — confessa ela.

O coração de Freddy está a mil.

— Mais ponche? — pergunta Spence, levantando-se. — Vem comigo, Freddy.

Só quando ela o ajuda a se levantar é que ele percebe como o ponche já subiu à cabeça. Talvez seja porque ele não tem o costume de beber. Mas não é uma sensação ruim. Na verdade, é até bem legal. Ele se sente leve e bobo.

Na sala de estar, Whistler coloca um CD do Little Richard para tocar. "Jenny, Jenny" ecoa das caixas de som, e ela grita:

— Chegou a hora da dança da Jennifer. Dance até se acabar, mas *apenas* se seu nome for Jennifer!

Spence atravessa a sala de estar puxando Freddy, enquanto Whistler, Sumpter, Rooney e Harrison dançam.

— Isso deve estar sendo um inferno para você — diz ele.

— Por quê? Eu amo essas garotas — responde ela.

— Não, quer dizer... estão tocando uma música que tem não apenas um, mas *dois* nomes próprios no título.

Ela ri.

— Bem, tecnicamente é o mesmo nome duas vezes, mas você merece uma medalha de ouro por se lembrar da minha birra boba.

— A medalha mais importante que já ganhei até agora — diz ele, amando a facilidade com que consegue flertar.

— E aí? Mais ponche? — pergunta Spence.

— Acho que preciso de *qualquer coisa* exceto mais ponche — responde ele, ainda tonto e quente de tudo o que já bebeu.

— Sinceramente, também não sou de beber muito — comenta ela. — Minha mãe diz que faz mal para a pele e te deixa inchada. E Sullivan diz que drogas e álcool são os inimigos da criatividade.

Freddy se pergunta por que ela sempre fala de Sullivan. E para onde ela está o levando agora? Spence abre uma porta e, de repente, os dois estão na garagem.

— Hum, vamos roubar um carro? — brinca ele.

— Vai zoar minha fantasia de Bonnie e Clyde agora, é? — pergunta Spence, virando-se para encará-lo.

A garagem está escura e tem cheiro de borracha. Mas nada disso importa, porque eles estão se encarando, tão próximos que Freddy consegue sentir o aroma de menta e álcool no hálito dela. Ele sabe que deve beijá-la. Só pode ser por *isso* que ela o trouxe até aqui.

— Tudo bem? — pergunta ela. — A gente pode voltar, se...

— Não, tá tudo bem — diz ele. — Só estou... nervoso.

— Normal — diz Spence, aproximando-se de Freddy.

E, num piscar de olhos, os dois estão se beijando. Parece aquele milésimo de segundo durante um salto, quando se está no ponto mais alto. Mas a sensação nunca dura muito tempo. Inevitavelmente, ele cai com força no tatame. Com o beijo, é a mesma coisa. Assim que sua mente assume o controle, ele não consegue mais aproveitar a sensação. Tudo o que sente é ansiedade. Como ele pode se comparar a Chip Whitney? E se os boatos sobre Spence e Sullivan forem verdade? E se ele arruinar todo o seu trabalho árduo e permitir que uma paixão o distraia? Seus pensamentos não param. Freddy se lembra da primeira e única vez que namorou. De como o término resultou na sua pior performance no salto com vara. A promessa que fez aos pais e a si mesmo, de não se deixar distrair com romances até chegar nas Olimpíadas. Pensamentos rodopiam em sua mente até que ele a afasta.

— Eu... eu sinto muito — diz Freddy. — Acho melhor irmos ver como o resto do grupo está, porque eles são mais novos...

— Ei, eu li os sinais errados? — pergunta ela. — Porque geralmente sou muito boa nisso.

Geralmente? Quantos caras ela já beijou?

— Não é você — responde ele. — Juro. O problema sou eu.

Ela não o olha.

— Bem, agora fiquei meio sem graça. Além do mais, essa garagem é, tipo, o lugar menos romântico do mundo. O que deu na minha cabeça?

— Spence, eu... — Freddy quer dizer que ela não estava errada. Que sente algo por ela. Mas é tarde demais.

— Só não vamos deixar esse climão afetar os outros, tá? — diz Spence ao sair da garagem. — Vamos ficar de boa.

— Ah, claro, de boa — concorda ele, morrendo de vergonha.

Ele a segue de volta para a varanda, onde Ramin, Beth e Brunson estão sentados em silêncio.

— O que rolou enquanto a gente estava fora? — pergunta ele.

— Nada — responde Brunson.

— Não é bem assim — diz Beth. — Binnie Teel saiu correndo aos prantos depois que a Henny vomitou em seu cabelo enquanto o cortava.

— Momentos esplêndidos garantidos a todos — diz Brunson, sarcasticamente. — Agora, podemos terminar as fichas?

— Ah, claro — diz Freddy, olhando para Spence. — Vamos continuar ou vocês já estão cansados?

Ele pergunta isso para oferecer uma saída à Spence, caso ela queira ir embora, mas a garota não demonstra nenhuma evidência do que acabou de acontecer na garagem. A única diferença é que, antes, ela não parava de olhar para ele e, agora, finge que Freddy nem existe.

— A gente podia ir para um lugar mais tranquilo, onde seja só a gente — sugere Brunson.

Freddy percebe que o copo de ponche da Brunson continua cheio. Ela não bebeu um gole sequer. Ele a respeita por não se sentir pressionada a beber, e também sente uma culpa repentina por ter sugerido que todos viessem à festa. É claro que os segundanistas iriam se sentir deslocados ao lado desse monte de alunos mais velhos. Porém, ele tem uma ideia que pode dar um jeito nas coisas.

— Conheço o lugar perfeito para irmos — diz Freddy.

— Onde? — pergunta Brunson.

— Eu não posso deixar o Hiro aqui sozinho — diz Ramin.

— Acho que o Hiro está de boa. — Brunson aponta para a janela da cozinha. Recostados na geladeira, ele e Sabrina estão se pegando furiosamente.

— Ah — diz Ramin, levantando-se para ver. — Nossa.

Myers deixa o grupo de volta nos arredores do campus, e Freddy guia todo mundo pela floresta enquanto as folhas farfalham sob seus pés, cada barulho evidenciando ainda mais o silêncio entre eles. Freddy vira ao avistar o rio, e vira novamente ao chegar no tronco caído. Vendo que Spence está andando na frente, ele a alcança e sussurra:

— Ei, podemos conversar?

— Sério, tá tudo bem — responde ela. — Juro. É só você não ficar esquisito. Daí eu não fico esquisita. E todo mundo fica feliz.

— Tá bom — diz ele.

Freddy não tem muita certeza de que todo mundo está feliz, porém sente uma onda de empolgação quando escuta o som suave do riacho. Ele ama este lugar e, pela primeira vez, está empolgado de estar ali com amigos.

Só mais uma curva e eles chegam ao lago.

— Tcha-rãm! — exclama ele com um sorriso.

Todos encaram a água escura, pouco impressionados.

— Sei que não é grande coisa — diz ele. — Mas é o meu lugar preferido.

De repente, Freddy começa a se questionar se deveria ter trazido o grupo até ali.

— Você nada neste lago? — pergunta Ramin.

— Nem pensar — diz ele. — É cheio de algas.

— Então, você só vem aqui e… — Beth não termina a pergunta.

— Sei lá — responde ele. Como explicar? Será que os amigos enxergam a beleza dali? Ou só sentem o fedor das algas? — Acho que quando encontrei este lugar, me senti menos sozinho.

— Sei como é — diz Beth.

— Acho que esse lago parece comigo — completa ele. E depois, olhando para Spence, acrescenta: — Porque pode não aparentar ser muito convidativo de primeira, mas à segunda vista é bem mais acolhedor. Faz sentido?

Ela finalmente olha para ele de novo.

— Faz, sim — diz ela com um sorriso.

— Que bom — responde ele.

Então, ele se senta e todos o acompanham, um por um, formando um círculo.

SARAH BRUNSON

— Tá bom, eu tenho um tema — diz Ramin, com as fichas no colo. — O que você mais gosta em Chandler?

Todos começam a escrever em suas fichas. Mas ela não, não imediatamente. Respira fundo o ar do lago. Seria mais fácil escrever sobre o que ela *menos* gosta em Chandler, mas a pergunta não é essa. E ela não está pronta para compartilhar esse assunto com o grupo. Além disso, prometeu a si mesma que afastaria aquilo da memória. Encheu tanto sua agenda que mal sobra tempo para pensar a respeito. Brunson sabe que o propósito do Círculo é ser verdadeira e livre, mas algumas coisas não foram feitas para serem compartilhadas. Então, ela escreve com a cabeça e não com o coração.

— Alguém quer compartilhar? — pergunta Spence depois que todos terminam.

— Bem, não sei se isso é mesmo o que eu *mais* gosto — começa Freddy. — Mas é o que me veio à cabeça. Os nomes. Eu amo os nomes aqui. Amo que metade dos alunos tem sobrenomes que parecem um museu. Whitney. Guggenheim. Frick. Sabe, fala sério.

— Ei, não se esqueça do Museu Kramer — diz Beth, brincando.

Brunson ri, desejando poder voltar no tempo e ter *essa* Beth como colega de quarto no ano anterior.

— Minha parte favorita são as oportunidades — diz Brunson. — Há muita coisa para experimentarmos aqui. Muitas atividades e clubes estudantis. Tipo, existe um clube para cada interesse, para todo tipo de pessoa.

— Tem algum clube para gays? — Ramin quase sussurra.

— Ah, acho que não — responde Brunson, com o coração acelerado.

— Porque eu sou gay — Ramin cospe as palavras. Ao perceber o que acabou de dizer, acrescenta: — E talvez esteja bêbado.

Brunson olha para ele, impressionada.

— Que demais! — exclama Spence. É uma resposta estranha para alguém que acabou de contar que é gay, mas pelo menos Spence disse alguma coisa.

Brunson poderia dizer muito mais que isso. Poderia dizer "Eu também sou". Mas não diz nada.

— Foi por isso que eu vim para cá — continua Ramin. — Precisava de um lugar onde fosse seguro, sei lá, ser eu mesmo.

Ela gostaria de dizer que ele está no lugar errado. Que deveria estar em Greenwich Village ou São Francisco ou algo assim. Um colégio preparatório na Nova Inglaterra não é exatamente um lugar onde as pessoas são gentis ao ouvirem esse tipo de informação. É por isso que ela não contou a ninguém que gosta de garotas.

— Enfim — continua ele. — Não posso contar para os garotos do meu dormitório porque, bem, simplesmente não dá. Então, estou contando para vocês.

— Fico feliz que tenha contado — diz Freddy.

— Eu também — comenta Beth. E depois, hesitante, ela pergunta: — Como você descobriu?

— Que eu sou gay? — indaga Ramin.

— Sim — diz Beth. — Tipo, só pensar já é o bastante ou você precisa, sabe, *fazer* com alguém para ter certeza?

Brunson olha para Beth, curiosa. Será que Beth gosta de garotas também? E, se for o caso, como Brunson não percebeu isso?

— Quem disse que o Ramin nunca ficou com outro cara? — diz Freddy. — Aposto que muitos caras já ficaram a fim dele.

Ramin não confirma nem nega.

— Só estou feliz de estar num lugar onde posso dizer que sou gay sem medo — afirma ele.

— O que acontece com gays no Irã? — pergunta Beth, delicadamente.

— Geralmente, nada, porque poucas pessoas são pegas. — Ramin suspira, como se tivesse mais a dizer. Porém, ele tira o foco da conversa de si mesmo. — Sabe o que é curioso? A homossexualidade é ilegal no Irã, mas o governo reconhece pessoas trans e até paga pelas cirurgias de transição.

— Uau, isso é incrível — diz Brunson.

— Não é como se o país os trate muito bem depois da cirurgia, mas ainda assim, já é alguma coisa — comenta Ramin.

— É meio parecido na Índia — conta Spence. — A homossexualidade foi criminalizada durante a ocupação britânica, porém existe certa aceitação à fluidez de gênero, provavelmente por causa da mitologia hindu. Mas, na realidade, a maioria das pessoas *hijras* são rejeitadas. Geralmente precisam se tornar profissionais do sexo para sobreviverem.

— Enquanto isso, aqui nos Estados Unidos, Matthew Shepard foi espancado até a morte — diz Beth, com a voz embargada. — É foda em qualquer lugar, né?

Eles permanecem em silêncio por um momento, e então Brunson fala:

— Certo, quem ainda não compartilhou o que mais gosta em Chandler?

Spence ajeita o cabelo ao responder:

— É óbvio que minha coisa favorita em Chandler é o Departamento de Teatro. Sullivan me motivou muito a me desafiar. Acho que é isso que eu mais amo no colégio, poder ter esse tipo de relacionamento com os professores.

Nossa, ela acabou de admitir que tem um *relacionamento* com ele? É claro que Brunson já ouviu sobre os boatos, mas nunca pensou a respeito. Ela sente seu pulso acelerar. Há tanto que poderia dizer, tantas palavras que ela engole. Em vez disso, apenas diz:

— Mas é meio esquisito também, né?

— O quê? — pergunta Spence.

— Ficar tão perto de adultos assim — explica Brunson. — Tipo, a gente *mora* com eles. Conhece os filhos deles e, vê as casas deles e os chama de *pais* do dormitório.

— Não sei — diz Spence. — Quer dizer, nossos pais não estão aqui. Precisamos de adultos para nos guiar, não?

De repente, uma saudade dos pais invade Brunson. Ela pensa nos anos que passou cuidando da mãe, ajudando o pai, e sente um desejo incontrolável de escrever sobre sua família. Ela quer botar tudo para fora, todo o amor, mas também os sentimentos que ainda permanecem intocados. Como o ressentimento.

— Vamos escrever sobre os nossos pais — sugere ela.

Todos começam a escrever. Ela se pega extravasando todos os sentimentos enquanto escreve. Ao terminar, há lágrimas em seus olhos.

— Alguém quer compartilhar? — pergunta Spence.

Para a surpresa de Brunson, Beth é a primeira a falar. Beth, que nunca disse um "a" sobre sua família no ano inteiro em que foram colegas de quarto. A garota olha para o grupo antes de começar.

— Meus pais não queriam que eu estudasse aqui. Eles odeiam este lugar. Me disseram que se eu viesse, todos os meus colegas de classe iriam me ver apenas como uma local.

— Particularmente, eu odeio esse termo — diz Spence. — E nunca uso.

— Pois é — continua Beth. — Mas as pessoas usam. E eu acho que meus pais não acham que sou capaz de me encaixar aqui, sabe?

— Mas você é — afirma Spence. — Todos somos. Podemos nos encaixar onde quer que seja.

— Tá bom, Deepak Chopra — brinca Freddy.

— Nada de zombar do Deepak Ji! — Spence ri. — Continua, Beth.

— Quando consegui a bolsa de estudos, eles não podiam me impedir de frequentar as aulas — continua Beth. — Mas me imploraram para que eu fosse uma aluna externa e continuasse morando em casa. Acho que tinham medo de que o colégio me transformasse numa pessoa esnobe ou algo do tipo. Que eu menosprezasse eles.

— E aí? — quer saber Spence.

— Eu *nunca* menosprezei eles — afirma Beth. — Só queria que meus pais entendessem que eu não preciso ser igual a eles para amá-los. E queria que eles parassem de julgar o *colégio* e tudo que ele representa. Quando vou para casa jantar, eles só falam sobre como Chandler continua comprando terrenos e sobre como o colégio público da cidade não tem um instrumento que seja, enquanto Chandler tem a Filarmônica de Nova York trabalhando para a orquestra estudantil.

— É complicado — comenta Freddy. — Quando seus pais vivem num mundo e você vive em outro. Comigo foi assim a vida inteira. Meus pais sempre me apoiaram, mas nunca entenderam muito bem a coisa do salto com vara.

— Eu sempre achei que eles tivessem te incentivado a praticar — diz Spence.

— Nada disso — responde Freddy. — Fiz tudo sozinho. Quer dizer, eles mudaram completamente depois de verem como eu sou bom. Mas ainda não entendem.

— Família é uma coisa complicada pra caralho — diz Spence.

— E você, Brunson? — pergunta Freddy.

— O que tem eu? — Meu Deus, por que ela parece estar na defensiva?

— Hum… você quer compartilhar o que escreveu?

Ela respira fundo.

— Pode confiar na gente — diz Spence.

Ela quer confiar neles, mas não consegue. Ainda não.

Desesperada para fugir da conversa, Brunson diz:

— Gente, já está meio tarde. Não é melhor voltarmos?

— Não quero que esta noite acabe — comenta Beth.

Como sempre, Brunson e Beth estão em extremos opostos, porque agora o que ela mais quer é que esta noite chegue ao fim.

— E se a gente pulasse no lago? — pergunta Beth. — Seria loucura?

— O Freddy não disse que é cheio de algas? — aponta Spence.

— Eu disse — afirma Freddy. — Mas acho que vai ser divertido.

Ele tira a camisa num piscar de olhos, como uma criança se transformando em um super-herói.

— Sinceramente, eu passo — diz Spence.

— A água está gelada? — pergunta Ramin.

— Claro que está — responde Brunson. — Estamos em Connecticut. *Tudo* em Connecticut é gelado. — Ela abre um sorriso forçado para Beth, ao se dar conta de que a garota é de Connecticut.

— Enfim — diz Beth, tirando o vestido.

— Foda-se, talvez as algas sejam boas pra pele. — E, com isso, Spence se junta ao grupo. Então Ramin pula, puxando Beth pela mão no processo. Freddy grita numa combinação de nojo e prazer quando volta à superfície para recuperar o fôlego. Ele tira um pouco de algas do rosto e balança as folhagens no alto.

Spence pula neste exato momento, e a alga que Freddy atirou a atinge bem no rosto.

— Cuzão! — exclama ela, enquanto joga a alga de volta para Freddy.

— Tecnicamente, sou um monstro marinho — diz ele.

E então joga mais algas em Spence. Mas ela desvia mergulhando na água de novo. Ele a segue.

Brunson observa tudo de fora do lago. É a água que está deixando todo mundo bobo? Ou o ato de quebrar as regras? Ou, talvez, o ato de contar a verdade? O que quer que seja, teve o efeito oposto nela. Ela se sente mais sozinha do que nunca.

Quando Freddy volta à superfície de novo, ele grita:

— Vem logo, Brunson! Vamos nadar juntos!

— Estou de boa — responde ela, embora obviamente não esteja.

Todos estão nadando e rindo juntos.

Spence se junta a Freddy na superfície.

— Anda, Brunson! — exclama ela, animada.

Ramin é mais quietinho, mas também convida Brunson para entrar.

— Por favor, Brunson. Não é a mesma coisa quando não estamos todos juntos.

— Brunson! Brunson! Brunson! — canta Spence.

Freddy se junta ao coro. Ramin acompanha logo em seguida.

Ela tem uma escolha a fazer: pode ficar sozinha ou ser parte do grupo.

— Vem, Brunson! — diz Beth, agindo como se elas fossem amigas agora.

Mas elas não são. O relacionamento das duas está enterrado sob uma traição de que talvez Beth nem desconfie.

Mais uma vez, Spence começa um coro de "Brunson, Brunson, Brunson!".

Tá bom. Ela decide entrar na brincadeira e pula na água. Sente as algas a envolvendo. Lembra-se dos banhos que deu na mãe quando ela estava no pior estágio da doença, a humilhação em seus olhos. Todos os banhos que deu na irmã, ensinando-a a se limpar. Brunson se pergunta quanto daria a soma de todos os minutos que já passou limpando outras pessoas.

— Que nojo — diz ela, quando sobe à tona para respirar.

Todos começam a rir.

No terceiro encontro do Círculo, tudo parece diferente. A mudança no clima entre os cinco é palpável.

— Então — começa Douglas. — Como foi o exercício das fichas?

— Muito bom — responde Freddy. — Foi bem interessante.

— Vocês passaram um tempo juntos, em grupo? — pergunta Douglas.

— E como... — diz Spence com um sorriso malicioso. — Muito tempo, na verdade.

— Que bom. — Douglas caminha pela sala. — Lembrem-se de que estão *sempre* escrevendo. Escrever é observar. Ouvir. Quando se é escritor, não se escreve apenas quando está sentado com a caneta na mão, ou com uma máquina de escrever ou um computador na sua frente. Você escreve o tempo todo.

— E você? — pergunta Spence.

— Eu? — indaga Douglas.

— Desculpa, eu não deveria ter dito isso. — Porém, Spence não fica quieta. — É que você só escreveu um livro. E se está escrevendo *o tempo todo*, como disse, então por que só um?

Douglas não parece muito feliz ao responder.

— Esta oficina não é sobre a minha escrita, é sobre a de vocês.

— Tudo bem, desculpa — diz Spence, um pouco envergonhada.

Douglas fecha os olhos e respira fundo. Freddy encara Spence, e ela mexe a boca como quem diz "Que foi?".

Quando Douglas abre os olhos, ela diz:

— Saber *como* escrever e *escolher* o que compartilhar com o mundo são duas coisas muito diferentes. Acredito que eu prefiro ajudar outras pessoas a escreverem suas histórias do que contar as minhas.

— Então, você ainda escreve mas não compartilha mais sua escrita? — questiona Spence, incapaz de encerrar o assunto.

Douglas sorri.

— Que tal pegarmos os cadernos e canetas? — sugere ela. — Hoje, quero que vocês escrevam uma história inspirada em uma das fichas que preencheram ao longo da semana. Quero que desenvolvam os temas e emoções que começaram a explorar, e cavem mais fundo. Para este trabalho, vocês precisam se esforçar para serem vulneráveis e completamente sinceros.

Brunson é a primeira a começar a atividade. Ela escreve sobre a doença da mãe, sobre a perda de cabelo dela, e sobre o cabelo da Beth no dormitório durante o ano anterior. Mas quando chega na noite em que finalmente estourou e confrontou Beth, ela trava. É exatamente a parte em que deveria ir mais fundo, porém não consegue. Ou não quer. Só de lembrar daquela noite ela se sente enjoada.

Ao terminarem de escrever, Douglas diz:

— Para o próximo exercício, quero que usem aquelas palavras que dei a cada um como o ponto de partida para um conto. Vocês têm duas semanas para me entregar. Quero ver quem vocês verdadeiramente *são* nesta obra de ficção. Faz sentido?

— Na verdade, não — diz Freddy. — Você quer que a gente escreva sobre quem somos, mas *sem* escrever sobre quem somos?

— Qual é a diferença entre não ficção e ficção? — pergunta Douglas.

— Bem — começa Freddy. — Uma é baseada num fato e a outra é baseada em... hum, ficção.

Douglas ri.

— Então a ficção é fictícia — diz ela. — Já é um começo. — E, com seriedade, completa: — Não ficção é sobre contar a verdade. Ficção é sobre contar a *sua* verdade. Ficção é um mistério que só o autor pode solucionar: você mesmo.

RAMIN GOLAFSHAR

— Coelho, coelho — diz Ramin em voz alta no dia 1º de outubro.

Ele consegue sentir Benji se levantar na cama de cima.

— Coelho, coelho — repete Benji. Depois de saltar do beliche, pergunta: — Quer dizer que você é supersticioso?

— Não sei — responde Ramin. — Mas não custa tentar, né?

Benji, que não está vestindo nada além de uma cueca boxer xadrez, sorri.

— Pode acreditar, nunca falha. Se a primeira coisa que eu disser em voz alta no primeiro dia do mês for *coelho, coelho*, terei o melhor mês de todos.

Ramin pensa que *todos* os meses são os melhores para pessoas como o Benji, então, talvez a superstição não tenha nada a ver com isso.

— Sexta-feira, finalmente! — exclama Benji, enquanto veste uma camisa de botão com listras cor-de-rosa e calças cáqui.

— Pois é.

Ramin está feliz por ser sexta. Mas não por querer ir a uma festa, ou por odiar as aulas. Ele aguarda os fins de semana ansiosamente porque passa os domingos com o Círculo. E tem adorado ficar horas sentado no chão da Douglas, sentindo-se seguro. É um contraste tão grande com o Porão Wilton Blue, onde a brutalidade está sempre à espreita.

Quando chega a noite, ele sai da cama na ponta dos pés, com medo de acordar Benji, que sempre parece ter um sono tranquilo. Ramin queria saber como é essa sensação.

Ele sai do quarto, deixando uma fresta da porta aberta para não ter que encostar na maçaneta ao voltar, caso encontre alguma coisa ali. Nem acredita que esse é o tipo de preocupação que precisa passar pela sua cabeça.

Ainda não consegue tomar banho com os outros garotos. O ritual de zombaria é demais para Ramin. Sem falar na tortura cruel que é estar cercado por tantos corpos quando o único que ele deseja é o de Arya. Então, ele não toma banho durante o dia, mas, se ficar sem banho, dirão que é fedorento e o chamarão por aquele apelido horrível, "Ramoon Imundo".

Ele entra no chuveiro e gira o registro para que a água já quente fique pelando. É assim que ele gosta, quase queimando. Por um momento, ele imagina que a água está arrancando sua pele e revelando uma nova por baixo. Ele deixa a água escorrer no corpo pelo que parece ser uma hora, imaginando a nova pessoa em que vai se transformar.

Então, ouve alguém gritando no corredor. É ensurdecedor. Ele tem um pensamento breve e terrível de que Seb e Toby vão de fato matá-lo.

Ramin desliga o chuveiro para escutar o que está acontecendo lá fora. Consegue ouvir vozes, mas não sabe de quem são. Apenas uma cacofonia de pânico.

— Como eu ia saber que ele tem essa porra de alergia? — diz alguém.

— Seu burro do caralho! — xinga outra pessoa.

Ele enrola a toalha na cintura. Queria ter mais uma toalha para cobrir a parte de cima do corpo. Hesita um pouco no banheiro, perguntando-se se não é melhor ficar escondido ali. Será que alguém perceberia sua ausência?

Então, escuta a voz grave inconfundível de Seb.

— Cadê o Ramoon Imundo? — pergunta ele, usando aquela porra de apelido que consegue insultar Ramin duas vezes, mudando seu nome *e* acrescentando um insulto.

— Sei lá — diz Benji. — Ele não estava no quarto.

Ele empurra a porta do banheiro e sai para o corredor. Ramin tem, provavelmente, metade do tamanho de Seb, em altura, largura e peso. Estar seminu na frente de Seb já é humilhante por si só, e ele sabe que só vai piorar.

— Oi, gente — consegue dizer, com a voz embargada. — Estou aqui.

Seb ri.

— Ramoon Imundo! Tomando banho escondido, é?

— Não, eu só estava... — Mas ele não consegue terminar a frase.

— Qual é o problema? Você fica *duro* quando toma banho perto de outros caras? — Seb se aproxima e fica a uma distância ameaçadora. Ramin fecha os olhos. Como ele queria estar no Círculo agora. Foi tão fácil se abrir com o grupo a respeito de quem ele é. — Aposto que ficou excitado quando achou porra na maçaneta, né?

E lá está ela. A confirmação de que seu presidente, que tem a missão de *protegê-lo*, estava por trás daquele ataque cruel.

Ele não sabe o que responder. Nunca tomou banho com outros garotos, no plural. Apenas com um, no singular. E, sim, ele ficou duro. Mas Arya merecia sua excitação, esses garotos não. Ninguém além de Arya vai merecer. Exceto, talvez, Freddy, tão lindo e tão gentil. Mas só de pensar nisso, sente que está traindo Arya, apesar de seu coração ter sido partido pelo ex.

Toby se aproxima de Seb e apoia a mão no ombro dele.

— Pega leve, Seb. Nós acabamos de mandar um garoto para o hospital.

— *Nós* coisa nenhuma — rebate Seb. — Foi culpa daquele idiota.

Seb aponta para Mix, parado com uma postura provocativa, usando uma camisa do time de lacrosse de Chandler e uma samba-canção do Bart Simpson.

— Eu não sabia que ele era alérgico — diz Mix. — Sempre tem molho de amendoim nos restaurantes japoneses.

Isso faz Toby rir.

— Como assim, cara? Sério mesmo? Então, só porque a gente come pasta de amendoim nos Estados Unidos, isso significa que nenhum de nós tem alergia?

— Não, claro que não — responde Mix, sem perder a marra.

Dessa vez, é Toby quem se aproxima de Mix numa distância ameaçadora. Mix pode até ser um jogador de lacrosse com maxilar quadrado e um ar de superioridade, mas não é nada comparado a Toby Kind, com seu corpo atlético de jogador de futebol e seu pai famoso.

— *Eu* sou alérgico a amendoim — anuncia Toby.

— Beleza — diz Mix. — Foi mal. Sério, desculpa mesmo.

— Se você tivesse espalhado pasta de amendoim na *minha* cara pra fazer piada, eu teria te matado com as minhas próprias mãos. — Toby levanta as mãos para causar um efeito dramático. Depois, abaixa uma delas. — Seu pescoço é tão pequeno e minhas mãos são tão grandes. Acho que só preciso de uma pra estrangular você.

Ramin se sente tão desconfortável só de toalha. Ele se refugia ao lado de Benji.

— O que aconteceu? — sussurra ele para o colega de quarto.

— Mix achou que seria engraçado passar pasta de amendoim e geleia na cara do Hiro enquanto ele dormia e tirar fotos. Uma brincadeira que já é bem babaca por si só, mas que pode acabar sendo letal porque o Hiro é alérgico.

— Eu sei — diz Ramin. — Ele contou pra todo mundo quando nos apresentamos.

— Acho que só você estava prestando atenção — confessa Benji. — Enfim, estão torturando o Mix agora. Você precisava ver o cuecão atômico que deram nele.

Ramin olha para a samba-canção rasgada de Mix. Deve ter sido ele quem gritou enquanto Ramin tomava banho.

— Hiro vai ficar bem? — pergunta ele, suando frio.

— Acho que sim. Ele foi para a enfermaria imediatamente — responde Benji, com otimismo.

Enquanto Benji o assegura de que nenhum assassinato foi cometido no Porão Wilton Blue esta noite, o conflito entre Toby e Mix esquenta.

— Deita no chão — ordena Toby.

— Por quê?

— Está questionando seu presidente? — pergunta Toby.

— Não.

— Não o quê?

— Não, senhor.

— Então. Deita. No. Chão.

Ramin não consegue mais continuar ali, seminu. Ele corre para dentro do quarto, veste um short e uma camiseta.

Quando volta para o corredor, Mix está deitado no chão. Sua confiança finalmente parece ter sido tomada pelo pânico.

— O que você vai fazer, Toby?

Toby abre o zíper da calça.

— Você não acha engraçado esfregar coisas na cara dos outros? Então deixa eu esfregar uma coisa na sua cara.

Seb aplaude com orgulho.

— Isso aí, porra! — exclama ele. — Essa vai ser boa!

— Toby, por favor — implora Mix.

— CALA A BOCA — grita Toby enquanto abaixa as calças e deixa a cueca deslizar até a altura do tornozelo.

— Toby, o que você quer? Meu pai pode conseguir ingressos para qualquer show. Sério mesmo. O que você curte? Jay-Z? Aerosmith? Backstreet Boys?

— Você acha que eu gosto de Backstreet Boys? Tá me chamando de *bicha*?

Ramin engole em seco. Só de ouvir a palavra *bicha* no ar abafado do porão, já se sente vulnerável. Ele olha em volta, perguntando-se se alguém notou que ele estremeceu com aquela palavra. Será que ouviram seu estômago se revirando?

— Não, só quis dizer que pode escolher qualquer um. Quer dizer...

— Você acha que meu pai não consegue ingresso para o show que eu quiser?

— Não, eu... Toby, sem essa, vai!

— Melhor fechar a boca agora — alerta Toby.

Mix para de falar enquanto Toby agacha, colocando as bolas bem no rosto do garoto. Ramin sente seu corpo inteiro congelar. Seu coração acelera, como se fosse ele quem estivesse sendo violentado. Ele queria poder apagar essa imagem da mente. Sabe como a intimidade entre dois corpos pode ser linda, e odeia que esse mesmo toque possa ser cheio de violência e ódio.

— Puta merda! — grita Seb, aplaudindo de novo. — Mandou bem, King!

— Me diz agora — comanda Toby. — Ainda acha que esfregar coisas no rosto dos outros é engraçado?

Seb abre o zíper e empurra Toby para o lado, agora colocando suas bolas na boca do Mix, enquanto Toby aplaude.

— Ovos para o jantar! — diz Seb, gargalhando.

Mix tenta falar, mas tudo o que sai é um som abafado.

— Não estou ouvindo! — exclama Seb. — Fala mais alto.

— Mmmhhhhaaaaooo — murmura Mix.

— O que você acha? — pergunta Toby para Seb. — Ele aprendeu a lição?

Seb dá de ombros.

— Se não aprendeu, a gente tenta amanhã de novo.

Toby olha para os segundanistas ao redor, que encaram a situação horrorizados.

— O que vocês acham? Ele aprendeu a lição?

Ramin não consegue mais se segurar. Precisa dar fim a esse pesadelo.

— Sim! — grita ele. — Parem, por favor.

Então, ele olha para seus colegas de classe, todos quietos. São espertos o bastante para não chamarem atenção.

Seb ri, e então se levanta. Ele não sobe as calças ao dizer:

— Beleza, vou parar. Mas só porque o Ramoon Imundo tá ficando excitado.

Toby, ainda com as calças abaixadas, completa:

— O que vocês estão olhando, seus idiotas? Eu sei que sou bonito, mas as luzes estão apagadas. Voltem para os quartos.

— E lembrem-se: tudo o que acontece no porão fica no porão. Se contarem o que aconteceu aqui para qualquer pessoa, haverá consequências. Entenderam? — ameaça Seb.

Todos se dispersam enquanto Toby e Seb finalmente sobem as calças. Mas Ramin não consegue se mover. Sente-se paralisado pelo que acabou de presenciar.

Só depois que a maioria dos garotos já retornou para os quartos é que o sr. Court aparece. Ele veste um roupão vinho e está sem seu aparelho auditivo.

— O que está acontecendo aqui? — grita o sr. Court.

Seb e Toby se manifestam.

— Não precisa se preocupar, sr. Court — diz Seb com a voz alta no ouvido esquerdo dele, o que escuta melhor. — Um aluno teve uma reação alérgica, mas já foi levado para a enfermaria do colégio.

— A Margaret ainda é a enfermeira? — grita o sr. Court.

— Sim — responde Seb.

— Quando eu estudei aqui, nós sempre *evitávamos* a enfermaria. Mas se a enfermeira fosse a Margaret, eu teria ficado doente muito mais vezes.

Seb e Toby riem.

— Você é um garanhão, sr. Court — diz Seb.

Os presidentes levam o sr. Court de volta para o quarto dele no fim do corredor, distante dos garotos tanto pela arquitetura quando pelos problemas auditivos do professor.

Quando Seb e Toby vão embora, Ramin finalmente consegue respirar. Ele volta correndo para o quarto e encontra Benji lendo *1984* tranquilamente na cama de cima. Está recostado na parede, com os pés balançando no ar.

Ramin quer muito conversar com Benji sobre o que aconteceu. Porém, o garoto fala primeiro.

— Não deixa isso te afetar. O Porão Wilton Blue é assim mesmo.

Ele percebe que Benji não é a pessoa certa para processar os acontecimentos. Porque Benji não se sente ameaçado de forma alguma pelo ocorrido. Para ele, é apenas mais uma noite de sexta. *Sexta-feira, finalmente!*

Ele pega suas fichas quando Benji cai no sono. Pensa em escrever sobre o que aconteceu, mas se dá conta de que aquilo nunca caberia em uma ficha, ou duas, nem mesmo três. Então, Ramin pega seu diário. Pensa na palavra que Douglas pediu para que explorasse. *Medo.* Talvez o que ela realmente queira é que ele explore como superar o medo. E escrever pode ser uma maneira de fazer isso.

Quando o sol nasce, ele ainda está escrevendo. Ouve Benji se mover no colchão, o estrado da cama rangendo. Rapidamente, ele esconde o diário.

Ramin se pergunta o que a mãe diria se lesse o que ele escreveu. Provavelmente acharia que é o começo do fim do mundo. Da última vez que ele sofreu bullying de outros garotos, foi forçado a deixar o país.

Ele se levanta. Encara o rosto tranquilo de Benji. Como alguém dorme em paz depois de ver um garoto ir para o hospital e outro ser humilhado em público? Ramin balança a cabeça ao notar o quão irônico é que, dentre todos os livros, *1984*, de George Orwell, seja o que está apoiado ao lado da cabeça de Benji. Ele queria saber o segredo para não se importar com nada, como o colega de quarto faz. Mas, talvez, Ramin nunca saberá esse segredo, porque Benji vem de uma vida inteira tendo seus problemas resolvidos por outra pessoa. Vários alunos de Chandler são assim. Vêm de famílias que tiraram todos os problemas do caminho, para que eles vejam a vida como uma grande estrada livre de obstáculos.

Mas talvez Ramin esteja a caminho de sua própria estrada sem obstáculos. É assim que se sente depois de cada reunião do Círculo, como se o mundo fosse cheio de possibilidades.

★ ★ ★

No encontro seguinte do Círculo, eles passam uma hora inteira ouvindo o disco *Lady in Satin*, de Billie Holiday, e escrevendo uma história inspirada na estação do ano favorita de cada um.

— Professora Douglas — chama ele, depois que todos terminam.

— Sim, Ramin.

Ele hesita antes de prosseguir.

— Sei que ainda temos mais uma semana de prazo para entregarmos nosso conto, mas escrevi uma coisa nesse fim de semana. Eu... eu não conseguia parar. As palavras saíram de mim como nunca aconteceu antes. O único problema é que...

— O que foi? — É como se ela soubesse exatamente o que ele está pensando. — Você não está pronto para compartilhar com o grupo?

— Não sei — responde ele. — Acho que talvez seja melhor você ler primeiro.

A professora se senta ao lado dele no chão. Ela cruza as pernas como se estivesse praticando yoga.

— Qualquer coisa boa que nós escrevemos é profundamente particular. Porém, se queremos evoluir como escritores, precisamos compartilhar. Não podemos manter nossa criatividade como refém.

Ele estremece um pouco ao ouvi-la dizer *refém*, uma palavra tão pesada para ele e seu país.

Douglas o encara enquanto continua:

— Ideias precisam de luz para crescer, para se desenvolver.

Ramin deseja contar tudo para o grupo e, ao mesmo tempo, não quer contar nada.

— Quer saber o que eu penso sobre a escrita? — pergunta Douglas. — Acho que escrever é, por definição, um ato de otimismo. Mesmo quando você está escrevendo sobre algo doloroso ou trágico.

— Às vezes, *principalmente* quando se está escrevendo sobre algo doloroso ou trágico — comenta Spence, inserindo-se no que parecia ser um momento apenas entre ele e Douglas.

— Por que diz isso, Amanda? — pergunta Douglas.

— Acho que, sei lá, ao escrever sobre coisas que deixam a vida mais difícil, nós colocamos tudo para fora, e...

Quando Spence hesita, Douglas completa seu pensamento.

— Sim, e quando libertamos os segredos, tiramos um pouco do poder deles, certo?

Ele percebe que Brunson morde o lábio ao ouvir o questionamento da professora.

— Certo — sussurra a garota.

Ramin tira o diário de dentro da mochila.

— Está tudo aqui — diz ele.

— É sobre o quê? — pergunta Douglas. — E não estou falando do assunto. Quer dizer, tematicamente, o que você explorou?

— Não sei — responde ele, nervoso. — É só uma história.

— *Só*. Vocês adoram essa palavra — diz Douglas. — Para mim, essa palavra significa solidão. Eu não gosto de viver *só*, por exemplo.

— Podemos ler, então? — pergunta Freddy.

Ramin sente um pânico repentino ao imaginar Freddy lendo sua história. O que Freddy pensaria se soubesse que os amigos dele o chamam de "Ramoon Imundo" e assediam os alunos do dormitório? Será que Freddy vai defender seus colegas? Ou, pior, sentir pena de Ramin?

Ele queria que alguém lhe enviasse um sinal do que fazer. Ou talvez que não precisasse de um sinal, porque superstições tiram todo o controle e poder de decisão que ele tem.

Ramin entrega o diário para Douglas e gosta do orgulho que vê no rosto dela.

— Só tenho essa cópia — diz ele.

— Gostaria de ler em voz alta para todos? — pergunta Douglas.

De repente, ele se sente tonto. A ideia de dizer aquelas palavras em vez de apenas escrever é nauseante.

Ramin respira fundo. Já chegou até aqui, não chegou? Inscreveu-se no colégio. Foi aceito. Escreveu a história. Entregou o texto para a professora. Por que parar agora?

— Tudo bem — concorda ele.

Sua voz está abafada quando começa.

— Digo *"coelho, coelho" em voz alta no primeiro dia de outubro.*

Ele olha para o grupo, ainda falando num tom sussurrado e secreto. Sente sua voz aumentar tanto em volume quanto em urgência ao continuar.

Cada vez que ergue os olhos das páginas, os colegas estão mais próximos. Por fim, ele lê o desfecho do conto.

— *Sei como a intimidade de dois corpos se tocando pode ser linda. Mas agora, nunca esquecerei que aquele mesmo toque pode ser cheio de violência e ódio.*

BETH KRAMER

Os olhos de Beth estão cheios de lágrimas quando Ramin termina de ler sua história. Lágrimas de empatia, claro, mas também de raiva. Ela sabe como é se sentir tão apavorada e excluída. Rapidamente, seca o rosto ao perceber que Brunson está observando. Ela olha para Spence, depois para Freddy. Os dois em silêncio. Ninguém ousa dizer qualquer coisa antes da professora.

— Acho que o grupo está sem palavras — diz Douglas, apontando o óbvio. — E eu também.

Ramin não responde.

— Eu não estou sem palavras — corrige Brunson com urgência.

— Ah, que bom. — Douglas assente, dando a Brunson permissão para falar.

— Achei sua história incrível. — Brunson se levanta. Ela estala os dedos. — Achei poderosa. E corajosa.

— Não sei, não — diz Ramin. — É só...

— *Só?* — Douglas diz a palavra como um alerta.

— Não é *só* nada! — afirma Brunson, andando de um lado para o outro. — Esse tipo de coisa provavelmente acontece em colégios como o nosso desde sempre. Garotos são submetidos a esse comportamento nojento em nome do quê? De uma tradição ultrapassada e uma ordem social que acredita que as pessoas precisam ser destruídas para se tornarem fortes ou algo do tipo.

Ver Brunson se revoltar contra os trotes desumanos faz Beth querer ficar de pé e se revoltar contra a hipocrisia da garota. Quem é ela para dizer uma coisa dessas quando foi justamente ela quem acabou com o primeiro ano de Beth ao excluí-la constantemente e, por fim, destruí-la sem dó com aquela redinha de cabelo? Brunson não tem o direito de chegar ali, toda-poderosa e cheia de senso de justiça, quando na verdade não passa da versão feminina da mesmíssima coisa.

— Obrigado, Brunson — diz Ramin, tímido. Ele parecia tão empoderado quando terminou a leitura. Agora, parece ter voltado a se sentir envergonhado.

— Ramin — começa Freddy. — Eu... eu não reconheci nenhum dos nomes do seu conto, mas, bem, os personagens pareciam muito com... bem, isso aconteceu de verdade? Meus amigos fizeram isso com você?

Ao ouvir a pergunta, Ramin ergue os olhos e diz:

— Achei que eles não eram seus amigos.

— Merda — diz Freddy.

Beth sabia que aquilo só podia ser verdade. Foi escrito em forma de conto, mas, pelos detalhes, dava para saber que ele estava escrevendo sobre Chandler, embora tenha mudado o nome do colégio. Ele pode até ter inventado outro dormitório, mas aquilo aconteceu no Porão Wilton Blue.

— Sinto muito — sussurra Freddy.

— Você não fez nada — responde Ramin.

— Eu sei, mas... — Freddy não continua.

Beth sente a raiva formar um nó em sua garganta enquanto repassa a crueldade na história de Ramin. Agressão física. Agressão sexual. Um aluno quase morto.

— Aquele era o Hiro, não era? — pergunta ela. — Ele está bem?

— Sim — afirma Ramin. — Foi levado às pressas para a enfermaria e recebeu uma daquelas injeções antialérgicas. Ele está bem. Fisicamente, pelo menos. Espero que esteja bem emocionalmente. Ele sempre parece inabalável, mas ninguém é de ferro, né?

Douglas responde casualmente:

— Cada um reage ao trauma de um jeito diferente.

— Sempre quis saber o que rola nos dormitórios dos garotos — diz Spence. — E é bem pior do que eu imaginava.

— Não acontece apenas com os garotos. — Há um remorso triste na voz de Douglas. — Esse tipo de comportamento pode acontecer, e efetivamente acontece, em qualquer lugar. Sinto muito que tenha acontecido com você, Ramin. Há algo que eu possa fazer? Se quiser denunciar o ocorrido, posso te ajudar.

— Não — responde Ramin, alto até demais.

— Tem certeza? — pergunta Douglas.

Ramin balança a cabeça.

— Você já me ajudou muito. E eu sou grato por isso. Mas... bem, denunciar só vai piorar as coisas. Preciso ser como os outros garotos e superar.

— Entendo e respeito sua decisão — afirma Douglas cuidadosamente. — Mas, por favor, nunca pense que você precisa ser como os "outros garotos". Se mudar de ideia, conte comigo.

E, neste momento, Beth tem uma revelação. Ela sabe exatamente o que precisa fazer. Porque Douglas está certa. Não é só nos dormitórios dos garotos. Talvez eles até sejam mais físicos, com agressões mais óbvias. Mas, com as garotas, acontece a mesma coisa. Agressão é agressão, seja ela descarada ou sutil. E, talvez, as sutis sejam as mais cruéis, porque são mais difíceis de serem identificadas.

Naquela noite, pouco antes de as luzes se apagarem, Beth vai até onde nenhuma garota vai: ao Porão Wilton Blue. Ela encontra Ramin no quarto, lendo poesia persa. Benji Pasternak assovia quando Beth entra.

— Ora, ora, ora, uma garota veio te ver, Ramin.

Beth e Ramin se encaram, revirando os olhos sutilmente.

— Oi, Ramin. Posso falar com você lá fora um segundo? — pergunta ela. — Bem, mais que um segundo, na verdade.

— Claro — diz ele, seguindo-a para fora.

Ao saírem, Benji exclama:

— Divirtam-se, pombinhos!

Do lado de fora, ela se senta num degrau.

— Não consigo parar de pensar na sua história — diz ela.

— Ah. — Ele suspira. — Me desculpa.

Ele se senta ao lado dela.

— Desculpa pelo quê?

— Porque nada naquela história é agradável de se pensar.

— E o que faz você pensar que eu quero coisas *agradáveis*?

Ramin ri. Ela olha em volta. Os garotos aproveitam como podem seus últimos minutos de liberdade. Contando piadas. Chutando bolas de elástico. Alguns até olham para ela e para Ramin e sussurram entre si. Devem achar que os dois estão tendo um momento romântico. Mal sabem eles.

— Olha, antes de contar o motivo de eu estar aqui, quero dizer algo que nunca disse em voz alta para outra pessoa. — Ela respira fundo antes de continuar. — Eu gosto de garotas.

A clareza da afirmação a surpreende.

— Ah — diz Ramin. — Que ótimo. Bem, a não ser que não seja ótimo pra você. É difícil, né?

— Não sei — responde Beth. — Acho que, às vezes, é difícil sim. Tipo, viver num mundo com poucos exemplos de como o meu futuro pode ser. Porém, não há ninguém que eu admire mais do que a Douglas, e ela é lésbica. Mas também, é a única professora gay no campus. E isso dever ser péssimo, ser a única em qualquer situação.

— Eu sou o único iraniano aqui — diz ele.

— E eu sou a única local que não é aluna externa.

Ele sorri.

— Viu só? Não estamos tão sozinhos quanto pensamos.

— Ou talvez estejamos sozinhos juntos.

— Então, o que você queria falar comigo? — pergunta ele.

— Ah, sim. — E então, ela apresenta sua ideia para Ramin. — Será que eu posso, se não tiver problema, acrescentar umas coisas na sua história?

Ele cerra os olhos, confuso.

— Acrescentar o quê?

— Não estou me explicando direito. — A testa dela está suando. — Eu não mexeria no que você escreveu. Só iria, basicamente, escrever minha própria história sobre as crueldades que acontecem nos dormitórios femininos. Porque seu conto me inspirou muito a pensar em algumas das coisas que já tive que enfrentar aqui. — Ela faz uma pausa, para conferir a reação dele. — Daí eu pensei em juntar as duas histórias, para mostrar o contraste entre a brutalidade física dos garotos e a crueldade emocional mais sutil das garotas.

O som distante do sino da capela ressoa. É o sinal que indica o toque de recolher, mas Beth precisa de uma resposta. Essa conversa não pode acabar com pontas soltas.

— E aí? O que você acha? — Ela se inclina, chegando mais perto.

— Claro — diz ele, assentindo lentamente. — Gostei da ideia. Só que... eu não quero mostrar para ninguém fora do Círculo. A última coisa de que preciso agora é que esses caras descubram que...

— Ramin — interrompe ela. — Eu nunca faria uma coisa dessas.

Antes de ir embora, Ramin a abraça. Ela não quer soltá-lo, apesar de ouvir alguns garotos fazendo comentários nojentos sobre os dois.

Ela volta correndo para o dormitório, sabendo que vai se atrasar para o toque de recolher. Já está escrevendo a história na cabeça enquanto corre. Vai mudar os nomes, mas Brunson vai saber. Ela vai saber o quanto machucou Beth.

No quinto encontro do Círculo, eles passam meia hora discutindo sobre desenvolvimento de personagens, depois, uma hora escrevendo um texto inspirado pela cor vermelha.

Quando terminam, Douglas pede para que o grupo entregue seus contos. Spence, Freddy e Brunson entregam páginas datilografadas e grampeadas.

— Professora Douglas — diz Beth. — Fiz cópias da minha história para todo mundo, caso queiram acompanhar a leitura.

— Quer ler seu conto em voz alta hoje? — pergunta Douglas.

— Bem, talvez só a minha parte. Essa história é metade minha, metade do Ramin. É uma colaboração, acho.

— Então, leia sua parte — sugere Douglas.

— Só avisando, não sou muito boa para falar em público.

Ela distribui as cópias, começando por Douglas, depois Spence, Freddy e Ramin. Ela hesita antes de entregar para Brunson. Agora não tem mais volta. Depois disso, Brunson saberá exatamente como Beth se sente a respeito dela. Ela deve ter hesitado por algum tempo, porque em dado momento Brunson simplesmente pega a história de suas mãos.

Beth não fica de pé enquanto lê. Não acha que conseguiria ficar firme por tanto tempo. Não enquanto lê a história de uma colega de quarto que a tratava como uma pessoa invisível, até finalmente reconhecer sua existência ao pedir que ela use uma redinha de cabelo. Ela mudou o nome da colega de quarto, é claro, mas o grupo vai saber, e Brunson também. Também vai saber por que todos aqueles fios de cabelo ficavam espalhados pelo quarto. Por causa da ansiedade de Beth, algo que não consegue controlar. Ela quer que a garota saiba como acabou com Beth, mesmo quando a colega já estava derrotada.

Beth se sente aliviada ao chegar no último parágrafo. Fecha o caderno e olha para Brunson, que está inquieta.

— É isso.

Douglas assente, assimilando a história.

— Que conto poderoso, Beth. Presumo que algumas dessas coisas tenham acontecido com você. E, se eu estiver certa, espero que escrever a respeito tenha sido catártico de alguma forma.

Então, para a surpresa de Beth, Brunson exclama:

— Essa história é sobre mim!

— Como assim? — pergunta Douglas.

— Quer dizer, eu era a colega de quarto da Beth no ano passado. E fiz exatamente o que ela descreveu. Eu levava outras garotas para o nosso quarto, mas ela estava sempre com fones de ouvido. É por isso que a gente nunca incluía ela. Parecia que, bem... que ela não queria ser incluída.

Beth sente seus olhos piscando rápido demais. Ela não esperava que Brunson fosse dizer alguma coisa.

Brunson recupera o fôlego antes de continuar.

— E eu pedi para que ela usasse uma redinha. Mas não fazia ideia de que ela arrancava o cabelo desse jeito, e não tinha noção do quanto a humilhei. — Brunson se vira para Beth. — Eu não sabia de nada disso, Beth. Juro.

Beth sente o coração acelerar. Se Brunson está esperando perdão, não é isso que vai ganhar.

— Essa situação está me deixando muito desconfortável — anuncia Douglas.

— A mim também — diz Ramin. Ele se vira para Beth. — Você não me disse que ia escrever sobre a Brunson.

Douglas se manifesta novamente.

— Quero que vocês se sintam livres para se expressarem, mas escrever desse jeito sobre outros integrantes do grupo pode ser muito prejudicial.

— Eu só estava contando a verdade — diz Beth. — Não é isso que você vem nos ensinando a fazer?

Douglas suspira.

— Acredito que sim. Mas contar a verdade é complicado, e não podemos transformar nossas verdades em armas capazes de machucar os outros. É por isso que eu pedi para que assinassem o Código de Honra do Círculo. Você se lembra do que ele dizia, Beth?

Com a voz contida, ela diz:

— Sim, que nós deveríamos respeitar uns aos outros.

— E qual era a palavra que você deveria explorar? — pergunta Douglas.

— *Perdão* — diz ela, envergonhada por ter errado completamente a proposta da tarefa.

— Quando escrevemos histórias, somos forçados a ver o mundo por perspectivas diferentes — explica Douglas. — Acredito que exista um outro lado dessa história pela perspectiva da Sarah.

— Sim, existe — afirma Brunson, com uma pontada de tristeza na voz.

— Isso acaba com o objetivo que traçamos lá no início, lembra? De criarmos um espaço seguro. — Douglas desenha um círculo imaginário no ar com o dedo indicador. — Esse círculo é seguro. É um lugar onde ninguém vai nos diminuir. Que essa seja a última história escrita sobre outro membro do Círculo. Não somos temas uns dos outros. Entendido?

Todos assentem.

— Muito bem, que tal pararmos por hoje? — sugere Douglas.

Beth suspira aliviada. Tudo o que quer é fugir dali. Sua ideia foi horrível. Porém, Douglas diz:

— Beth, gostaria de conversar com você a sós.

Ela sente um desejo desesperador de puxar um fio de cabelo. A professora provavelmente vai expulsá-la do Círculo pelo que fez.

Assim que os outros alunos saem, ela implora para permanecer no grupo.

— Por favor, não me expulsa!

— Beth, não vou expulsar você — diz Douglas.

Beth respira fundo. É tão diferente estar sozinha com Douglas. A presença dela parece muito maior e mais intimidadora quando estão apenas as duas ali.

— Beth — começa Douglas.

— Eu sinto muito — anuncia Beth. — É só que... Ramin escreveu aquela história e, obviamente foi sobre tudo o que acontece no dormitório dele e eu pensei, bem, e se eu mostrar o que acontece no dormitório das garotas? Parecia uma boa ideia. Eu não pensei direito.

— Beth — repete Douglas, inclinando-se para mais perto. — Eu acredito que está arrependida. Entendo o porquê de você ter feito o que fez. E você é uma escritora muito talentosa.

— Sou?

— É. Mas...

— Mas? — repete ela.

— Mas estou preocupada com você. Arrancar o cabelo frequentemente desse jeito é um sinal de ansiedade profunda. Você está conversando com alguém?

Seu rosto começa a queimar.

— Meu Deus, não!

— Estou falando de terapia — diz Douglas. — Acho que falar com o orientador do colégio pode ajudá-la a...

— Nossa! — exclama ela, cruzando os braços. — Parece até a minha mãe.

— Ela já pediu que você fosse a um psicólogo?

— Sim. — Beth estremece enquanto responde. — É só que... acho que não estou mal a este ponto.

— Eu não disse que você está mal *a este ponto* — afirma Douglas. — E, se isso faz você se sentir melhor, acredito que *todos nós* precisamos de ajuda.

— Então você já fez terapia? — pergunta Beth.

— A pergunta certa é: a quantos terapeutas eu já fui? — diz Douglas com uma risada. — Não há vergonha alguma nisso.

— Eu... eu tenho medo — confessa ela.

— Do que você tem medo? — questiona Douglas.

Ela não consegue colocar seus medos em palavras, então, simplesmente pergunta:

— Eu não posso só conversar com você?

Douglas abre um sorriso acolhedor.

— Claro que pode. Sempre que quiser. Mas eu não sou psicóloga. Sou professora. É diferente.

— Mas é que... — Sua garganta está tão seca. Ela se esforça para falar. Precisa colocar aquilo para fora. — É que eu sei que você não vai me julgar e, talvez, o orientador do colégio julgue. Nós duas somos iguais.

— É porque ele é homem? — pergunta Douglas. — Porque, se for esse o motivo, posso garantir que o dr. Geller já ajudou muitas alunas.

— Não é só isso. — Beth a encara demoradamente.

— Ah. — Douglas a encara de volta. — Acho que entendi. Beth, sei como é difícil se sentir diferente. Guardar segredos. Se está me dizendo o que eu acho que está me dizendo, imagine como foi difícil para mim no Texas, décadas atrás.

— Eu sei, mas...

— Não estou tentando diminuir suas dificuldades, principalmente num ambiente tão excludente como Chandler. — Douglas suspira. — Mas acredite quando eu digo que se esconder de si mesma nunca é a solução. Precisamos de luz para crescermos. Assim como as nossas histórias.

— Eu tenho medo — diz Beth enquanto as lágrimas se formam em seus olhos.

— Todas nós temos — responde Douglas. — Eu tenho medo.

— Tem mesmo? — pergunta Beth. — Medo de quê?

Por um momento, parece que Douglas também vai chorar. Mas ela se segura.

— Somos todos bebês, Beth. Engatinhando antes de aprendermos a andar. Cada passo é um desafio. Mas se não dermos os primeiros passos, aqueles mais arriscados, nunca vamos crescer. Faz sentido?

Em vez de responder, ela diz:

— Eu contei para o Ramin. Que eu gosto de garotas. E agora, para você.

— E não precisa contar para mais ninguém até se sentir pronta. Só não minta para *si mesma*. É aí que mora o problema.

Ela assente.

— Tudo bem — diz ela. — Vou falar com o dr. Geller.

Ela se pergunta o que sua mãe vai pensar sobre aquilo.

Douglas se levanta. Ela pega dois livros da estante e um do chão. Rita Mae Brown, Alice Walker e Fannie Flagg.

— Leia esses aqui — diz ela. — Podem ajudar. Se enxergar nas páginas de um livro traz uma sensação empoderadora.

Beth sai da Casa MacMillan com o peso dos livros na mochila. Mas se sente mais leve do que nunca. Ela chegou no Círculo com a missão de expor Brunson. Em vez disso, revelou a si mesma.

FREDDY BELLO

— Mais rápido, Freddy, mais rápido! — grita o treinador Stade.

O suor escorre pelo rosto de Freddy enquanto ele salta os obstáculos que Stade posicionou no Centro Jordan. Ele se apoia na parede quando chega no final da quadra, recuperando o fôlego.

— De novo — diz Stade.

— Me dá um minuto.

— Você acha que os jurados das Olimpíadas vão dar um minuto quando você precisar?

Freddy tira o cabelo do rosto. Volta correndo para a outra ponta da quadra, saltando os obstáculos no caminho.

— Sobe mais os joelhos — comanda Stade. — Ombros firmes. Arruma essa postura, Freddy. O que deu em você hoje?

Esse é o mesmo tipo de treinamento que sempre recebeu do Stade. Sempre foi assim, com todo treinador que ele já teve. Duro, frio, focado. E ele sempre gostou disso. Freddy queria ser o melhor, e os treinadores o ajudavam a chegar a esse objetivo. Mas algo parece diferente quando Stade grita:

— Você está lento, Freddy. Está se arrastando! — Ele não ouve mais o Stade. Tudo o que ouve é Toby e Seb, torturando Ramin e os outros garotos no porão.

Ao saltar o último obstáculo, ele para. Sabe muito bem que não está *ligado* esta manhã.

— Desculpa — diz ele. — Vou fazer de novo.

— O que está acontecendo? — pergunta Stade. — Você parece distraído.

— Não sei — responde.

Mas ele sabe, sim. Ele passou a manhã e a noite inteira escrevendo, preenchendo aquelas fichas com palavras e pensamentos. E, ainda assim, nada parece clarear sua mente. Freddy não consegue parar de pensar naquele beijo com Spence na garagem. Ainda não está certo de que quer continuar praticando salto com vara. E, mais importante, não faz ideia de como se afastar do Toby. Do Seb também, mas com ele é mais fácil, já que os dois só se conheceram este ano. Freddy passou a semana inteira cuidadosamente evitando os garotos.

— Você deu uma escapadinha ontem à noite? — pergunta Stade.

— Quê? Não! — responde Freddy.

— Era noite de sexta. A garotada é assim mesmo. — Stade apoia a mão no ombro de Freddy. — Mas você não é um garoto comum.

— Sim — diz ele, perguntando-se por que gostaria de ser incomum, para começo de conversa.

— É o Círculo? — questiona Stade. — Porque se for isso que está te distraindo do treino...

— Não — rebate ele. Mas não elabora a resposta.

— Sabe o que diferencia você dos outros alunos? — questiona Stade. Freddy balança a cabeça.

— Não é sua força, nem seu porte físico. Está tudo aqui dentro. — Ele cutuca a cabeça de Freddy. — Você tem a habilidade de focar no momento. É isso que diferencia campeões de atletas regulares. Você não pode deixar que nada o distraia quando está treinando ou saltando. E nunca deixa. Geralmente.

Ele sente o corpo todo enrijecer. Stade tem razão. E foi exatamente por isso que ele prometeu aos pais que não iria namorar ninguém enquanto não chegasse às Olimpíadas. Porque, como seu treinador anterior disse a eles, Freddy só pode ser consumido por uma paixão de cada vez. E, agora, está sendo consumido por Spence e pelo Círculo, em vez dos treinos.

— Chega por hoje — anuncia Stade. — Descansa um pouco. Amanhã é domingo, então te vejo daqui a dois dias. Você vai na Noite Lowell?

— Ah, sim, claro — responde ele. — Quer dizer, o colégio todo vai.

— Nós nos vemos lá, então.

Freddy não toma banho depois do treino. E não volta para a Casa Holmby também. Quando se dá conta, já está subindo a colina até o Porão Wilton Blue. Precisa lidar com esse sentimento que está o destruindo, e isso significa confrontar Toby e Seb.

Ele planeja tudo o que vai dizer aos garotos enquanto desce a escada do porão e chega ao dormitório. Primeiro, entra na área comum, onde encontra Ramin e Hiro jogando baralho.

— Freddy! — exclama Ramin.

— Oi, gente — cumprimenta ele. — Como vão?

— Tudo ótimo — responde Hiro com um sorrisão no rosto.

— Mesmo? Tem certeza de que está bem? — Freddy se lembra de Ramin dizendo como Hiro parece inabalável.

— Bem, Ramin está me devendo trinta mil dólares, então, isso já melhorou bastante as coisas.

— Estamos jogando com dinheiro imaginário — explica Ramin.

— Ah, saquei — diz Freddy, rindo.

— O que você está fazendo aqui? — pergunta Ramin. — A gente só ia se encontrar mais tarde, né?

Ele assente. A Noite Lowell é quando acontece o jogo de lacrosse em que Chandler enfrenta seu colégio rival, o Preparatório Lowell. O maior evento esportivo do ano e, desta vez, Chandler joga em casa. O Círculo vai se encontrar de tarde em Livingston para irem juntos ao jogo.

— Vocês vão assistir ao jogo? — pergunta Hiro.

— Sim. Você não vai? — diz Ramin.

— Ver aqueles cuzões jogando? Não, obrigado — Hiro apenas murmura a última parte, antes de abrir outro sorriso e continuar. — Além do mais, o colégio todo estará lá. É a oportunidade *perfeita* para trazer a Sabrina para o meu quarto sem sermos pegos.

Freddy sorri.

— Boa! Fico feliz em saber que vocês estão se dando bem.

— Ela é a melhor — comenta Hiro. — Dez de ouros é minha, deu mole! — Hiro pega duas cartas e acrescenta à pilha que está à sua frente. — E eu devo tudo isso a esse garoto aqui. Se ele não tivesse me levado para aquela festa, eu e Sabrina nunca teríamos nos conhecido.

— O mínimo que você poderia fazer para agradecer é me deixar ganhar pelo menos uma partida — brinca Ramin.

— O que vocês estão jogando, afinal? — pergunta Freddy.

— Pasur — explica Ramin. — É um jogo iraniano que eu ensinei para ele.

— Não acredito. — Fred ri. — Ele está detonando você num jogo iraniano que acabou de aprender?

Ramin fica vermelho.

— O que você veio fazer aqui mesmo?

— Ah, só vim ver... conversar com... você sabe... — Ele se perde nas palavras. — Nós nos vemos mais tarde, Ramin. Valeu, Hiro.

Ele já está na metade do corredor quando Ramin o alcança e o puxa para dentro do quarto.

— O que você está fazendo? — pergunta Ramin em pânico.

— Eu só ia... Ramin, não posso deixar eles tratarem vocês desse jeito. Eu posso fazer eles pararem.

— Sim, mas se você fizer isso, vão saber que eu te contei o que aconteceu. — Os olhos de Ramin saltam, sua testa está suando.

— Não vou dizer que foi você — responde Freddy, com tranquilidade.

— Quem *mais* poderia ter sido? Eles sabem que estou no Círculo com você. Não percebe que isso só vai piorar as coisas? Eles vão inventar algum jeito horrível de me punir. Agradeço por você querer fazer alguma coisa. Assim como agradeci quando a Douglas quis me ajudar a denunciá-los. Mas prefiro deixar tudo como está. Por favor.

— Ei — diz ele, colocando uma mão em cada ombro do Ramin, tentando acalmá-lo. — Você parece apavorado.

— Eu estou — confessa Ramin, soltando o ar com força. — E é por isso que você não pode dizer nada. Tá bom?

Ele pensa por um momento. Queria muito invadir o dormitório e ser um herói. Mas Ramin tem razão. Que bem isso poderia fazer? Toby e Seb nunca vão mudar. E se eles se vingarem de Ramin, a culpa seria toda do Freddy.

— Por que é tão gelado aqui? — pergunta Freddy.

— Não bate sol no porão — explica Ramin e, depois, entrega um suéter para Freddy. — Toma, veste isso aqui.

Ele veste o suéter. Cabe perfeitamente.

— Esse suéter não é grande demais para você?

— Não é meu — diz Ramin.

Ele dá as costas para Freddy. Parece que está prestes a chorar.

— Ei, vai ficar tudo bem — afirma Freddy. — Se isso for por causa do Toby e do Seb, vamos pensar em alguma coisa. Tem que haver um jeito de pará-los.

— Não é isso, é só que... — Ramin olha para ele novamente, com lágrimas nos olhos. — Esse suéter era do meu namorado. Ex-namorado. E é esquisito ver outra pessoa usando.

— Ah! — diz Freddy, ligando os pontos. — Aquele seu amigo que comprava CDs no mercado clandestino?

— Sim — responde Ramin com um sorriso triste. — Vocês dois se parecem um pouco.

Freddy se senta na cama de baixo do beliche.

— Como ele era? — pergunta.

Ramin solta um suspiro triste, e depois se senta ao lado do colega.

— Ele me fazia rir o tempo todo. Conseguia imitar qualquer pessoa. O pai dele. Minha mãe. Ele sempre deixava bilhetes escondidos nas minhas coisas. Sei lá, eu nem acreditava que ele havia me escolhido. Ele tinha uma personalidade tão marcante, sabe? Acho que foi ele quem me fez sair da minha zona de conforto. Nós nos dávamos muito bem. Por um tempo.

— Então, o que aconteceu? — questiona Freddy.

— Como assim?

— Bem, por que vocês terminaram?

Ele consegue sentir a dificuldade que Ramin tem de responder.

— É só que... bem, você sabe que não se pode ser gay no Irã. Quer dizer, poder *pode*, mas ninguém pode *saber*. E, bem... acabaram descobrindo sobre a gente.

— Sinto muito por isso — diz Freddy.

— Obrigado. — Ramin olha diretamente para Freddy enquanto continua. — Foram os garotos do nosso colégio. Eles nos flagraram juntos no lago. Provavelmente nos seguiram até lá. E, depois que descobriram nosso relacionamento, começaram a nos atormentar constantemente. — Ele encara o chão agora. — Na maioria das vezes, eram agressões verbais. Muitos xingamentos. Lá no Irã não existe uma palavra para definir gays, mas insultos temos de sobra. Uma vez ou duas as agressões foram físicas. Deixaram ele de olho roxo e ninguém estava nem aí. Mas a pior parte foi quando ameaçaram nos entregar para a direção do colégio. O que, no Irã, significa...

Ramin fica em silêncio.

— Sim, eu sei o que isso significa lá — diz Freddy suavemente.

— Foi aí que ele terminou comigo. Não podia mais se arriscar. E a família dele se mudou para a Turquia. — Lágrimas caem dos olhos de Ramin.

— Que horror — diz Freddy, segurando a mão do amigo.

— Pois é. E agora eu estou aqui. Eu fugi. Ele fugiu. E minha família nunca o conheceu. Essa parte me deixa muito triste.

— Sinto muito.

— A culpa foi minha. Eu deveria ter falado sobre ele para os meus pais antes. Só descobriram quando eu já estava de coração partido. Nunca puderam ver o quanto ele me fazia feliz.

— Não é justo que você tenha saído de lá para fugir das agressões e acabou encontrando mais agressores aqui — aponta Freddy com tristeza.

— Não deveria ser assim.

Ramin se aproxima dele.

— Mas nem todos os garotos são assim. Alguns são gentis.

Seus rostos se aproximam. Ramin é lindo, e ele quer confortá-lo. Mas, naquele momento, percebe que seus sentimentos por Spence são verdadeiros, porque a situação lhe parece errada.

— Ramin, espera — sussurra ele.

Ramin se afasta rapidamente.

— Desculpa. Não sei o que deu em mim.

— Não, não precisa pedir desculpa — diz ele. — Te acho incrível, e forte, mas, bem, eu gosto da Spence.

— Ah, é claro — responde Ramin. — Você não é gay.

— Não é isso — rebate Freddy. Ele sente o coração acelerar ao confessar: — Gosto de garotos também.

— Ah — diz Ramin, com os olhos fixos em Freddy.

— E se não estivesse a fim da Spence, eu...

Ramin se levanta abruptamente.

— Tudo bem, não precisa dizer mais nada. — Com um sorriso, conclui: — Nós nos vemos hoje à noite.

— Não se esquece de vestir cobre e dourado, hein? — aconselha Freddy. — As pessoas ficam muito chateadas se você chega lá sem mostrar seu orgulho pelo colégio.

Quando Freddy volta para seu quarto, escreve uma ficha. Depois outra. Suas palavras encontram clareza enquanto ele escreve. É como se cada palavra revelasse algo. E ele finalmente tem certeza de pelo menos uma coisa. Precisa tentar com Spence, seja lá o que isso queira dizer. Passara a vida inteira focado no próprio corpo. E agora está, por fim, prestando atenção em seu cérebro. Mas e o coração? Já está sendo ignorado há um bom tempo.

— Noite Lowell! — exclama Charles ao voltar para o quarto para pegar seu bastão de lacrosse.

— Manda ver! — diz Freddy. — Vocês vão acabar com eles!

— Vamos botar aquele bando de roxos no chinelo.

A cor do Preparatório Lowell é roxa, e é assim que os alunos de Chandler chamam os adversários em noite de jogo.

— Estarei na torcida — diz Freddy.

No fim da tarde, ele toma banho e veste uma camisa cobre e dourada de manga longa, junto com calças jeans. Patriota o suficiente. Mas quando chega em Livingston, Spence sugere algo muito diferente para o Círculo.

— Gente — diz ela. — Eu tenho umas fantasias de advogados para a gente. Querem usar?

— Fantasias do quê? — pergunta Ramin.

— Advogados são o mascote oficial de Chandler — explica Brunson.

— Ah, tipo aqueles britânicos, com peruca e tudo? — questiona Ramin.

— Isso mesmo! — concorda Brunson. — É porque o primeiro diretor do colégio, diretor Cook, era britânico.

— Até Chandler foi colonizada pela Inglaterra — comenta Spence, revirando os olhos.

— O pai do Cook era advogado — completa Beth. — O que é meio engraçado. Tipo, ele transformou o próprio pai num mascote.

— Ah, eu não sabia disso — diz Brunson, soando irritada e impressionada ao mesmo tempo.

Freddy se pergunta se Beth e Brunson já conversaram desde que Beth leu seu conto no último encontro.

Um grupo de formandas sai da Casa Livingston com suas roupas cobre e douradas à medida que o Círculo entra. Algumas das garotas encontraram jeitos bem inovadores de usar as cores do colégio. Transformaram camisetas de Chandler em blusas tomara que caia. Desenharam o emblema do colégio nas bochechas. Pentearam os cabelos com gel dourado.

Spence pede para que eles esperem na área comum, até que volta com cinco togas de advogados e uma sacola cheia de perucas brancas. Ela distribui as togas e perucas para o grupo, começando por Freddy.

Quando chegam ao campo de lacrosse, todos fantasiados, o jogo já começou. De um lado, os alunos e corpo docente de Lowell, um mar roxo. Do outro, fica a comunidade de Chandler, todos de cobre e dourado.

Quando Charles Cox marca um ponto, ele levanta o bastão para o alto e grita:

— *Oh, Chandler!*

E a multidão responde no ritmo:

— *Minha Chandler!*

— Seu colega de quarto mandou bem — comenta Spence.

Chandler está na vantagem durante o começo da partida, e o clima no campus é leve e comemorativo. A multidão canta vários gritos de guerra de Chandler, infinitas paródias do hino oficial do colégio e alguns gritos de "Bando de Roxos!" para provocar os alunos de Lowell.

Toby King é o próximo a marcar um ponto e, mais uma vez, a multidão vai à loucura. Quando Toby ergue o bastão e grita *"Oh, Chandler"*, Freddy olha para Ramin, que se encolhe enquanto todo o colégio responde o grito de Toby como se ele fosse um herói.

— Ei, gente — diz Freddy. — Que tal fugirmos do jogo e irmos para o lago?

Um por um, todos assentem. Freddy os guia até o lago. Ele se sente tão leve durante a caminhada. Todos parecem se lembrar do caminho, já que não estão o seguindo desta vez. Brunson aperta o passo até ficar na frente do grupo, enquanto Ramin e Beth caminham a alguns metros dela.

— Ei — diz Freddy para Spence, quando os dois ficam para trás.

— Oi — responde ela.

— Podemos conversar?

— Já estamos conversando.

— Não, quer dizer… tipo, só nós dois — explica ele.

— Já estamos a sós, Freddy. Ninguém consegue nos ouvir daqui.

— Sim, tem razão — diz ele, percebendo que só estava protelando, fugindo do que tem a dizer.

Um momento de silêncio se instala entre os dois. É possível ouvir os sons distantes de celebração do campo de lacrosse, e as folhas farfalham sob os pés. Mas, na cabeça de Freddy, tudo parece tão quieto. Como se finalmente estivesse com a mente limpa.

— Eu já estou há um tempo querendo conversar com você sobre aquele beijo na garagem — diz ele, por fim.

— E por que não falou nada até agora? — pergunta ela com delicadeza.

Ele respira fundo, mas não responde.

— Você é gay? — pergunta ela. — Porque se for, tem todo o meu apoio. Sério mesmo.

— Não — diz ele. — Mas... eu acho que sou bissexual.

— Ah. Entendi. Bem, você *continua* tendo todo o meu apoio.

— Estou deixando você desconfortável? — pergunta ele.

— Meu conforto não significa porra nenhuma agora, tá?

— A questão é que... eu gosto muito de você, mas...

— Ops — diz ela num sussurro.

— Escuta — pede ele, respirando fundo antes de continuar. — Só tive uma namorada na vida. Ela era, bem, de uma família muito rica e conservadora. E eles não gostavam muito de mim. Acho que pelo fato de os meus pais serem imigrantes.

Spence faz uma careta.

— Minha família não é assim, se é isso que está preocupando você.

— Não, eu sei disso — afirma ele. — A questão é que ela terminou comigo alguns dias depois de me apresentar para os pais dela. E isso me desestabilizou demais. Eu me ferrei numa competição muito importante. E prometi aos meus pais, e a mim mesmo, que não iria deixar isso acontecer novamente.

— Já terminou? — pergunta ela, encarando-o.

— Sim.

— Eu também prometi a mim mesma que não namoraria ninguém no último ano do colégio — confessa Spence.

— Nossa, por quê? — pergunta ele, genuinamente curioso.

Ela suspira.

— Para começo de conversa, a maioria dos caras são uns idiotas tarados.

Freddy ri, meio sem graça.

— Mas, além disso, ninguém aqui me entende. Só que com você... sei lá, eu acho que talvez você entenda.

— Também acho — afirma ele.

Eles chegam ao lago. Brunson se vira para o grupo e diz:

— Gente, nada de mergulhar desta vez. Por favor. A água está congelando.

— Podemos continuar depois? — pergunta Freddy para Spence. — Porque eu quero muito continuar... seja lá o que isso for.

— Com certeza vamos continuar depois — diz ela, com um sorriso mais brilhante que a lua.

Freddy não se lembra da última vez que se sentiu tão feliz assim. Ele se senta à margem do lago com os amigos.

— Ei, gente, tem uma coisa que eu queria falar para vocês — anuncia Brunson enquanto todos admiram a água.

— É sobre a minha história? — pergunta Beth com os lábios cerrados. — Porque se for, por favor, deixa eu me desculpar antes. Eu estava magoada com o jeito como você me tratou no ano passado, mas isso não me dava o direito de magoar você de volta daquela forma.

— Talvez você estivesse certa — responde Brunson. — Mal consegui dormir naquela noite pensando em como eu te tratei. Mereço me sentir culpada. Fiz muita merda. E eu sinto muito, Beth.

— Obrigada — diz Beth. — Mas, ainda assim, eu não deveria ter escrito aquela história. Douglas deixou isso bem claro.

— Beleza, entendi, mas, por favor, pense no que eu vou dizer agora e não me rejeite logo de cara, porque eu andei refletindo muito sobre isso.

— O que aconteceu? — pergunta Ramin.

— Vocês sabem que eu trabalho no aconselhamento de alunos, certo? — diz Brunson.

— Sim — responde Spence. — Eu trabalhava lá quando estava no segundo ano. Ninguém nunca aparece.

— Isso mesmo — confirma Brunson. — Só que ontem eu estava no meu turno da tarde e, pela primeira vez, uma garota apareceu. Aluna do primeiro ano.

Todos esperam até ela continuar.

— Ela disse que precisava conversar com alguém sobre o que está acontecendo no dormitório. Disse que está sendo atormentada por um grupo de garotas por ser alta demais. Ficam chamando a menina de Girafa Gigantona e umas merdas assim. Começaram a deixar umas girafas de pelúcia espalhadas só para mexer com ela.

— Porra, qual é o problema dessa gente? — pergunta Freddy.

— O problema é que ninguém sofre nenhuma consequência — afirma Brunson. — E foi isso que eu percebi quando aquela garota estava desabafando comigo. Toby e Seb não enfrentam nenhuma consequência por tratarem os segundanistas daquele jeito. A mesma coisa com as alunas do dormitório dessa garota. E o mesmo comigo, inclusive. Fiz Beth se sentir péssima, e mereço algum tipo de penalidade.

— Nossa, mas o que você fez foi diferente do que Toby e Seb fizeram — comenta Beth.

— A questão não é essa — responde Brunson.

— Tá bom, então qual é? — pergunta Spence, já impaciente.

— Acho que nós deveríamos publicar as histórias do Ramin e da Beth no *Legado de Chandler* — diz Brunson, tirando a peruca branca ridícula para mostrar que está falando sério.

— An, como assim? — pergunta Beth. — Não, isso seria loucura. E por que você iria querer ver aquela história circulando por aí? Vai pegar muito mal para você! Você é a vilã da minha história.

— Sim, e as pessoas deveriam saber o que eu fiz — anuncia Brunson.

— Douglas não ia querer que a gente fizesse isso — diz Ramin com firmeza.

— Talvez ela mude de ideia se souber como a situação do colégio está foda. Se soubesse o que realmente acontece aqui e como tudo isso é comum. E *O legado* é nosso jornal. Nós publicamos um monte de artigos idiotas quando, na verdade, deveríamos estar denunciando o que importa.

Beth respira fundo.

— Mas essa história não é sua. É minha, do Ramin, e...

— Se o conto for publicado — diz Freddy, olhando para Ramin —, Seb e Toby vão transformar a vida do Ramin num inferno.

Ramin assente em gratidão e completa:

— Exatamente. Sem falar que isso violaria o código de honra do Círculo.

— Eu sei disso tudo — afirma Brunson. — Mas *veritas vos liberabit*.

— Quê? — pergunta Ramin.

— É o lema do colégio — explica Beth. — A verdade vos libertará.

— E já passou da hora de começarmos a viver de acordo com esse lema. — Brunson fala com uma força que assusta Freddy. Ele não sabe de onde vem, mas sabe que não é direcionada apenas aos atormentadores de Ramin. — As pessoas que praticam bullying deveriam sentir a mesma dor que causam. — Brunson olha para Ramin ao continuar. — Todas elas. Incluindo eu.

— Beleza — Beth se pronuncia. — Já entendi que você está arrependida, mas isso não muda o fato de que nós não podemos publicar aquela história.

— Nunca deixariam a gente publicar, de qualquer forma — comenta Spence. — Eu conheço a Barman. Ela jamais permitiria uma coisa dessas no jornal dela.

— Quem disse que precisamos pedir permissão? — questiona Brunson. — Eu tenho as chaves. Podemos entrar na sala antes do jornal ser impresso e mudar o conteúdo.

— E isso vai fazer alguma diferença? — pergunta Freddy. — Há tanta merda acontecendo nos bastidores das competições de salto com vara. E continua acontecendo, ano após anos. Nunca vai mudar.

— E isso é motivo para ficar calado? — indaga Brunson. — Gente, as ações *precisam* ter consequências.

Beth responde num sussurro:

— Olha, se você está querendo publicar o texto por causa da culpa que está sentindo ou algo do tipo, quero deixar muito claro que o que você fez não chega nem perto do que os presidentes do porão fizeram. Existem níveis diferentes de erro. Só quero que você saiba disso, tá bom?

— Eu preciso me sentir seguro — diz Ramin. — Foi por isso que vim para cá. Para ficar seguro. E não para bancar o herói.

— Você escreveu aquela história para que ela se perdesse? — pergunta Brunson. — Para que a mesma coisa possa acontecer com outros alunos?

— Eu venho de um país onde a sentença por ser quem eu sou é a morte. Pode ficar com seus discursos idealistas sobre como a verdade liberta, mas quando a verdade te mata, é mais seguro guardar segredo — diz Ramin, com uma raiva repentina em sua voz.

— Conta pra elas, Ramin — sugere Freddy. — Sobre o que aconteceu com você lá no Irã.

Ramin conta tudo ao grupo. Conta sobre os garotos que descobriram seu relacionamento com Arya, sobre como os dois foram agredidos e ameaçados até que Arya e sua família fugissem do país e Ramin também saísse de lá.

— Caramba — diz Brunson, enquanto seu corpo inteiro parece murchar. — Eu não sabia disso.

— Agora sabe — responde Ramin. — Então será que pode... podemos... deixar isso pra lá?

— Sim — afirma Brunson. — Sinto muito. Já entendi. Sinto muito mesmo.

Todos encaram o lago juntos. Os pensamentos de Freddy parecem tão densos e lamacentos quanto a água escura. Ele olha para Spence. Os dois estão sentados lado a lado. As mãos tão próximas que ele consegue sentir o pulso dela acelerando.

— Gente — diz Freddy, sentindo uma vontade repentina de marcar este momento. — Vamos entalhar nossos nomes naquela árvore.

Ele tira um canivete suíço do bolso.

— Hum, isso é contra as regras — diz Brunson quando vê o canivete.

— Estamos no lago depois do toque de recolher — lembra Freddy. — E escapamos do campus para irmos a uma festa. As regras já ficaram para trás há um bom tempo.

Freddy se levanta e entalha suas iniciais no tronco da árvore. *FB*.

Beth faz o mesmo em seguida. *BK*.

Depois Brunson. *SB*.

E então Spence. *AS*.

Ela entrega o canivete para Ramin, que encara as iniciais marcadas ali por um instante e só depois entalha as suas lentamente no tronco. *RG*.

AMANDA SPENCER

Ela bate com força na janela do Freddy na manhã de domingo, ansiosa para ver como ele fica assim que acorda. Mas é Charles quem abre a janela.

— Hum, oi, Spence — diz Charlie. E então, mais alto, chama: — Freddy! Visita!

Freddy esfrega os olhos.

— Ahn? Quem? — murmura ele.

— Eu! — grita Spence da janela.

— Não podemos receber garotas no quarto fora do horário de visita — brinca Charles. — Mas pode entrar, senhorita Spencer.

— Acho melhor você pedir para o Freddy vir aqui fora — responde ela.

— Freddy, ela quer te ver lá fora.

Spence observa enquanto Freddy, vestindo apenas uma samba--canção azul-marinho, pula da cama de cima do beliche. É impossível não reparar em cada músculo do corpo dele enquanto o garoto aterrissa no chão feito um atleta Olímpico. Notando o porte perfeito, Spence ri e anuncia:

— Ganhou um dez da jurada de Nova York!

— Rá, rá — diz Freddy, vestindo short e uma camiseta. — Pela sua roupa, acredito que esteja indo correr, certo?

— Consegue me acompanhar? — convida ela.

Eles começam uma corrida leve ao redor do campus. Está cedo e poucos alunos já estão de pé. Na frente do prédio de Humanas, o sr. Plain dorme em sua barraca. No Centro de Artes Harbor, o clube de dança ensaia uma coreografia.

— Então — diz ela. — Que tal se a gente continuasse de onde parou ontem à noite?

— Onde a gente parou mesmo? — pergunta ele.

— Nenhum de nós dois tinha planos para namorar este ano — responde ela com um sorriso.

— Certo — confirma Freddy. — Mas planos podem mudar.

Spence ri e para de correr, apoiando-se numa árvore.

— A questão é: eu já tive três namorados mas nunca me importei muito com eles.

— Então você só namorou por educação? — brinca Freddy.

Mas, para ela, não parece uma brincadeira. Aquilo tinha um fundinho de verdade.

— Pra ser sincera, foi mais ou menos isso. Quer dizer, sim, eu gosto de agradar os outros. Acho que fiquei com cada um deles por tanto tempo porque se eu terminasse, acabaria como a vilã da história.

— Isso não me parece divertido — comenta ele.

— Não era mesmo. Era como se eu estivesse esperando os relacionamentos passarem, tipo um resfriado, sabe?

Ele ri.

— Então, os caras que você namorou eram como vírus.

— Basicamente. — Spence olha bem no fundo dos olhos de Freddy antes de continuar. — Mas as coisas parecem diferentes com você.

Ele também a encara. Ela espera um instante para dizer qualquer outra coisa, torcendo para que ele a beije. Mas isso não acontece.

— Fico feliz de ter você aqui. Porque você poderia, tipo, ser um atleta olímpico. Mas escolheu estudar aqui.

— Pois é. Acho que eu precisava aprender mais do que apenas me jogar pelo ar usando uma vara. — diz ele.

— Não subestime o seu talento, tá? — repreende ela. — Você é excepcional. E nunca ficou se achando por causa disso. A maioria das pessoas excepcionais gostam de lembrar aos outros o quanto são talentosas o tempo todo.

— Talvez seja porque eu tenho pensado em desistir — confessa ele, o corpo tenso de repente.

— Desistir do salto com vara? — pergunta ela.

— Sim, talvez, sei lá — responde Freddy.

Ele parece murchar com o peso da indecisão.

— O esporte te faz feliz? — pergunta ela com delicadeza.

— Já fez. Mas aí parou de fazer. Ainda estou tentando me resolver.

— Podemos resolver isso juntos — sugere ela, sem saber se ainda estão falando sobre salto com vara.

Ela espera mais um pouco. Freddy levanta um braço e se apoia no tronco da árvore. E então, ele a beija. Não estão numa garagem fedorenta desta vez. É um dia perfeito de outubro. O sol brilha só para eles. Ela sente uma brisa suave.

Quando finalmente se afastam, Spence diz:

— Acho que agora eu sei como um primeiro beijo deve ser.

— Ganhei um dez da jurada de Nova York? — pergunta ele, sorrindo.

Ela o beija de novo. Os dois ficam apoiados na árvore, se beijando por pelo menos meia hora, até que os outros alunos começam a sair dos dormitórios e os dois se tornam um espetáculo aberto ao público.

— Quer tomar café da manhã antes do Círculo? — convida ela.

Eles chegam juntos no refeitório, de mãos dadas. Spence o guia até a mesa de muffins.

— Bud Simonsen sempre acaba com esses muffins de mirtilo quando chega aqui — diz ela, pegando uma bandeja inteira só para os dois.

Freddy tenta acompanhar o ritmo enquanto ela enche a bandeja com vários copos de leite, um prato grande de abacaxi e cinco pãezinhos. Ele já consegue ver a dinâmica dos dois se formando. Spence na frente, guiando o caminho. Ele logo atrás. Ele está de boa com isso. Na verdade, ama as coisas como estão.

Freddy e Spence se sentam na área dos formandos, onde acabam acompanhados por Henny Dover, Marianne Levinson e Jennifer Rooney.

— Ainda bem que você pegou os muffins antes daqueles animais — diz Henny, espiando a mesa onde Bud, Toby, Seb e Charles estão reunidos.

Rooney pega um baralho de cartas com fotos de estrelas de filmes clássicos de Hollywood e começa a embaralhar com destreza.

— E aí? Vai jogar com a gente hoje, Freddy? — pergunta Marianne.

— Ele vai, sim — diz Spence antes que ele possa responder.

As garotas jogam Espadas, enquanto Spence explica as regras para Freddy durante a partida.

— Basicamente, sua dupla fica na sua frente, então eu e Henny somos uma equipe — diz ela. — Você precisa jogar o naipe que está no centro, mas se não tiver na sua mão, pode jogar espadas e vencer.

Ela dá uma mordida no muffin, e deve ter ficado com uma migalha no rosto, porque Freddy limpa o canto direito da sua boca com um guardanapo.

— Aw — geme Henny. — Que cavalheiro.

— Aposto sete — diz Spence.

— Sete?! — exclama Marianne. — Desisto. — E depois, olhando para Freddy, continua: — Você amarrou seu burro na garota mais sortuda que eu já conheci.

— Eu sou sortuda mesmo — sussurra Spence, olhando para Freddy. Ele sorri.

— Eu também sou.

— Vocês dois são nojentos — declara Henny.

Depois de Spence e Henny humilharem Marianne e Rooney no jogo, ela confere as horas no relógio antigo do refeitório.

— Temos que ir. Hora do Círculo. Aqui, fica no meu lugar. — Ela entrega suas cartas para Whistler assim que a amiga se aproxima da mesa.

— Tchau, meninas — diz Freddy enquanto Spence lidera o caminho.

Ao chegarem na Casa MacMillan, encontram Beth, Brunson e Ramin esperando por eles do lado de fora da porta de Douglas.

— O que houve? — pergunta Spence.

— Ela não está atendendo — diz Brunson.

Finalmente, Douglas abre a porta. Está usando sua jaqueta de couro e segurando uma garrafa térmica.

— Bom dia — diz ela.

— Bom dia — todos respondem juntos.

— Pensei em fazermos algo diferente hoje — anuncia Douglas. — Uma mudança de ambiente pode ser muito inspiradora para a escrita. Então, vamos caminhar um pouco.

Douglas guia os alunos para fora da casa, de volta ao ar fresco.

— A observação é crucial para escritores — diz Douglas. — É de extrema importância saber quais detalhes sobre o mundo que vocês estão criando devem ser compartilhados com o leitor. E esse é mais um motivo para carregarem suas fichas o tempo todo. Se observarem algo que precisam escrever a respeito, anotem para não esquecerem depois. — Ela continua caminhando enquanto fala, até parar na frente do prédio de Humanas. — Muito bem, quero que cada um me diga algo que observou.

— As folhas de outono estão das cores do colégio — diz Beth.

— Nossa, estão mesmo! — exclama Spence. — Cobre e dourado. A natureza está no clima de Chandler.

— Muito bem, Beth — elogia Douglas. — Mais alguém?

— O sr. Plain está usando um par de botas novo — diz Freddy.

Todos olham em direção à barraca. O sr. Plain está sentado do lado de fora, lendo um exemplar em capa dura da biografia de Franklin Roosevelt.

— Semana passada ele estava usando botas cor de caramelo — aponta Freddy.

— As janelas do prédio de Humanas precisam de uma boa limpeza — comenta Spence.

— Não há uma nuvem sequer no céu — diz Ramin.

Brunson olha em volta por um momento antes de dizer:

— Consigo sentir o cheiro do jantar de hoje vindo do refeitório. Iscas de frango.

— Agora já sabemos o que vamos ter que limpar na cozinha mais tarde — Freddy comenta com Ramin, e os dois dão um *high-five*.

— Muito bem — diz Douglas. — Agora, imaginem todas essas observações no primeiro parágrafo de uma história. Elas dariam ao leitor uma noção imediata de ambientação, não dariam? Acompanhem-me.

A professora leva o grupo até o campo enorme em frente ao Centro Científico Beckett.

— Quero que cada um de vocês encontre um cantinho onde se sinta inspirado. Ao encontrarem, peguem seus cadernos e escrevam algo a respeito do lugar. Incluam pelo menos cinco observações específicas para estabelecer a ambientação. Tirando isso, podem usar a imaginação. Volto a falar com vocês daqui a uma hora.

Eles seguem para cantos diferentes. Brunson se senta na ponte entre duas alas do Centro Científico. Freddy sobe em uma árvore e se senta em um galho firme, com os pés balançando no ar. Ramin se deita ao lado do pequeno riacho sob a ponte. E Beth caminha para longe, próxima à estátua de Galileu.

Spence não consegue decidir onde se sentar ou o que observar.

— Como está indo? — pergunta Douglas.

— Ai, não sei — responde Spence. — É só que... acho que tenho mais interesse em escrever sobre pessoas. Tipo, diálogos. Descrições e observações não são meu forte.

— Bem, mas é por isso que você está aqui, não é? Para aprender as coisas que não são fáceis.

— Sim, tem razão — diz ela, atingida por uma emoção que não sente com frequência. Insegurança. — Professora Douglas? — chama ela.

— Sim, Amanda.

— Eu faço parte do grupo, né? Você não me deixou entrar só porque o Sullivan pediu, certo?

Douglas cerra os olhos ao responder.

— O sr. Sullivan fez o quê?

— Pediu para você me colocar no grupo — explica Spence. — Ele não, hum, me recomendou para você?

— Ele não fez isso — diz a professora. — E ele sabe muito bem que não adianta tentar influenciar minhas decisões.

Ela sente seu coração acelerar. Uma boa parte dela se sente orgulhosa por ter entrado sem precisar da recomendação dele. Mas uma parte ainda maior se sente traída por Sullivan, que prometeu que a ajudaria. Por que não ajudou? Ele não acredita nela? Ou, pior, ele não quer que Spence foque sua admiração em outra professora?

— Nossa — murmura ela. — Durante todo esse tempo eu achei que você só tinha me convidado a pedido dele.

Douglas responde, implacável:

— Que tal se fizermos um acordo? Eu nunca subestimo você, e você nunca me subestima?

— Combinado — diz ela, ainda processando a informação recém-descoberta.

— Muito bem. Agora, vá escrever.

Spence atravessa o Centro Científico, subindo em direção ao laboratório de linguagem. Há um banco lá com o nome do avô dela. Ela tem uma breve visão dele sempre que passa pelo banco, mas nunca pensou *de verdade* a respeito. Até agora. No geral, está pensando sobre como as experiências de vida dos seus avós paternos e maternos foram diferentes.

Ela escreve furiosamente sobre seus ancestrais. Do lado do pai, uma longa linhagem de riqueza e privilégios. Do lado da mãe, avós que foram parte da primeira leva de imigrantes que deixaram a Índia para se estabelecerem nos Estados Unidos na década de 1960. Médicos que trabalharam duro ao saírem de Delhi para Jackson Heights, e depois para Long Island, onde brigaram com a filha que os desafiou ao se tornar modelo. E agora, aqui está Spence, que sonha em quebrar barreiras assim como sua mãe, mas sabe que as probabilidades não estão a seu favor, a não ser que ela deixe o país. Sua mãe costumava dizer que, em vez de sentir que abriu o caminho para mais modelos indianas, na verdade achava o completo oposto.

— Conheço bem a indústria da moda — disse ela para Spence, suspirando. — E, às vezes, temo que não abri portas para outras garotas como eu; fechei mais do que já estavam fechadas.

Spence odeia saber que sua mãe se sente assim, porque, na verdade, não é ela quem fecha as portas. Mas, enquanto escreve, percebe que o que sua mãe disse e o que Amira comentou a respeito de Sullivan são versões diferentes da mesma coisa. Será que Sullivan nunca deu um papel para Amira porque uma garota indiana já era o suficiente para ele? Ela escreve sobre um futuro do qual quer fazer parte. Um mundo onde possa existir mais de uma modelo indiana, uma história indiana, um aluno não branco nas peças do colégio.

A hora passa voando. Ao final da sessão, Douglas devolve o conto para Spence. Depois devolve os textos de Freddy e Brunson.

— Hoje não vamos ler em voz alta — diz ela. — Mas as histórias ficaram muito boas.

Douglas rabiscou algumas observações nas margens. Pensamentos rápidos como *Precisa disso?* e *Repetição* e *Percepção* e *Mostre em vez de contar* e *Fascinante, conta mais!*.

Douglas abre o zíper da jaqueta de couro.

— Para a semana que vem, quero que vocês se arrisquem na poesia — diz ela. — Escrevam um poema inspirado pelo que observaram hoje. Até lá.

O grupo continua junto por um tempo enquanto Douglas vai embora.

— Almoço? — sugere Spence.

— Claro — responde Beth. — Estou sempre com fome.

— Eu também — diz Brunson.

Ela está imaginando ou Beth e Brunson parecem estar se dando melhor agora? Bem, talvez a verdade tenha mesmo libertado as duas.

Enquanto caminham rumo ao refeitório para almoçar, Spence estende a mão para Freddy e ele hesita. Ela o encara, confusa.

— O que foi? — sussurra ela.

— Nada, é só que a gente deveria contar para eles, para não ficar esquisito. — Ele está olhando para Ramin ao dizer isso.

— Sim, tem razão — responde ela. E então, virando-se para o grupo, anuncia: — Ei, gente, eu e Freddy precisamos contar uma coisa.

— Vocês se casaram! — diz Beth.

— Estão esperando gêmeos! — acrescenta Brunson.

— Fizeram um teste de DNA e descobriram que são primos! — continua Beth.

— Eca, não, pode parar por aí — diz Spence, rindo. — Nós estamos... sabe...

— Ainda não definimos as coisas direitinho — acrescenta Freddy. — Mas estamos juntos e não queremos que vocês pensem que estamos escondendo alguma coisa, então...

— Bem, vocês são insuportáveis de tão perfeitos juntos — comenta Beth.

— Chega a ser obsceno de tão perfeitos, é nojento — completa Brunson, e Beth ri.

Spence sente o corpo ficando tenso ao dizer:

— Olha, sei que vocês estão brincando, mas podemos parar com isso? Porque não quero mais ser perfeita. Só quero ser... sei lá, real.

Freddy segura a mão dela e a aperta.

— Ei, você nunca precisa ser perfeita comigo — diz ele delicadamente.

— Nem com a gente — comenta Brunson.

De repente, Spence se sente envergonhada. Mas fica feliz por ter dito o que pensava.

Finalmente, quando chegam à escada do refeitório, Ramin se manifesta.

— Estou feliz por vocês.

Spence se sente leve ao longo do dia. Depois do almoço, todos vão até a Casa Livingstone para buscar a câmera de vídeo dela. Levam o aparelho para o lago e se filmam dançando, cantando e fazendo bobeira. Só quando a sra. Plain diz às garotas de Livingstone que já é hora de apagar as luzes é que ela se lembra do quão irritada está com Sullivan. Por que ele não a indicou para Douglas como havia prometido?

— Como Miller conseguiu atingir o tom surreal da peça? — pergunta Sullivan aos alunos da aula de roteiro mais tarde naquela semana.

— Bem, a peça inteira se passa dentro da mente dele — argumenta Dallas Thompson.

— Da mente dele? — questiona Sullivan.

— Isso, da mente do protagonista. Mas, hum... o protagonista é ele, não é? — gagueja Dallas.

— Sim, é ele! — exclama Spence. — A peça inteira não passa de um relato velado do casamento dele com Marilyn Monroe. Por que temos que ler isso?

Sullivan cerra os olhos, surpreso com a atitude da aluna.

— Estamos lendo porque Arthur Miller é uma das maiores vozes do teatro, e...

— Beleza, mas quem decidiu isso? — pergunta Spence. — Por que ele? Por que não... — Ela se lembra de Brunson criticando o currículo da aula de roteiro e cita: — Por que não Lorraine Hansberry ou Lillian Hellman ou...

— Spence, não precisa se exaltar — diz ele, e ela estremece ao ouvi-lo usando seu apelido. Colegas a chamam de "Spence". Professores a chamam de "Amanda".

Ela ri.

— Não preciso me *exaltar* por causa do teatro? Uma das formas de arte mais passionais que existe?

— *Touché* — diz ele. — Podemos voltar para a peça agora?

— Mas eu *estou* falando sobre a peça. Marilyn tinha acabado de morrer quando a peça estreou. Ela não teve a chance de contar o lado dela da história. E o jeito como ele escreveu, retratando a ex-esposa de uma forma tão nojenta, é péssimo.

Ela não sabe de onde está vindo toda essa fúria. Será que está mesmo chateada por Sullivan não ter falado dela com Douglas? Ou talvez só se identifique com Marilyn depois de passar o verão estudando no mesmo lugar onde ela estudou?

Sullivan se volta para a turma inteira ao dizer:

— Todo escritor está fadado a se inspirar nas pessoas que o cercam. No geral, essas pessoas não contam seus lados da história. Talvez seja porque já morreram, ou porque não são escritores também. Mas, se pararmos de escrever porque não temos permissão para contar histórias sobre nossas ex-esposas ou nossos pais ou nossos amigos, não haveria nenhuma peça no mundo. Nem livros. Nem filmes.

— O-o que eu quis dizer... — Spence quer responder, mas não sabe ao certo como formular a resposta. Quer dizer que existe um jeito respeitoso de escrever, e um jeito merda de escrever. Ela se sente encurralada pelo professor e já consegue sentir o resto da turma assentindo e concordando com ele.

— Certo — diz Sullivan. — Vamos voltar para a estrutura da peça. O que vocês acham da narrativa não linear que Miller utilizou aqui?

O restante do mês de outubro parece não linear para Spence. Ela mergulha de cabeça no relacionamento com Freddy. O grupo do Círculo continua se divertindo junto, cada vez mais. Ela descobre que poesia definitivamente *não é* sua praia ao entregar um conjunto de rimas prontas para Douglas. Sente que sua raiva do Sullivan só cresce a cada dia.

Durante uma tarde, após o ensaio de *Anjos na América*, Sullivan a chama antes que ela possa ir embora.

— Spence, pode ficar aqui mais um tempo, por favor? — pede ele.

Ela não diz nada. Só joga a mochila por cima do ombro e o encara.

— Já é quase Halloween — diz ele.

— Ah, sim — responde ela.

No ano anterior, ela pediu a Sullivan se podia invadir a sala de figurinos para buscar uma fantasia de Halloween e ele autorizou.

— Quer as chaves da sala de figurinos de novo? — pergunta ele.

Spence pensa em como seria divertido vestir Freddy com uma fantasia elisabetana ridícula. Como as pernas de atleta dele ficariam lindas de collant.

— Sim, obrigada — responde ela.

— Spence, está tudo bem? — indaga ele. — Ultimamente você tem estado um pouco... irritadiça.

Ela sente calafrios. Já está guardando esse segredo há duas semanas. Está na hora de confrontá-lo.

— Desculpa — diz ela. — É só que... eu sei que você não me recomendou para a professora Douglas. E nem é grande coisa, porque, no fim das contas, entrei no Círculo mesmo assim, mas, tipo... por que você mentiu para mim? Você não queria que eu me distraísse, ou estava só brincando comigo, ou...

— Não e não — responde ele. — A verdade geralmente é bem mais simples do que pensamos.

— Certo, então qual é a verdade? — pergunta ela.

Ele se aproxima de Spence.

— A verdade é que eu pretendia recomendar você. Mas um dos meus colegas do corpo docente me contou que a professora Douglas não aceita muito bem quando alguém tenta interferir no processo de seleção do Círculo.

— Ah — diz ela, sentindo-se estúpida.

— Achei que se eu falasse sobre você, o tiro poderia sair pela culatra — explica ele. — E eu sabia que você não precisava da minha ajuda.

Ela prende o rabo de cavalo com mais força.

— Bem, agora estou me sentindo uma idiota — confessa ela. — Me desculpa.

— Desculpas aceitas.

— Sério, eu sinto muito mesmo — afirma ela.

— Spence, já passou. — Sullivan estende o braço e eles trocam um aperto de mão. Então, ele a puxa para um abraço, o que a deixa desconfortável. — Vem cá — diz ele, abraçando-a com tanta força que ela consegue sentir o cheiro da loção pós-barba. Ela o afasta gentilmente.
— Você já sabe onde vou deixar as chaves no Halloween. Só não se esqueça de devolver na manhã seguinte.

— Obrigada — diz ela. — Obrigada por... tudo.

Halloween é um feriado importante em Chandler. Tão importante que Douglas cancela o Círculo na manhã de domingo para que o grupo tenha tempo de focar nas fantasias que vão usar no Festival do Horror, um concurso de dança e fantasias que deixa o colégio inteiro *muito* empolgado, até mesmo os professores. No ano anterior, o diretor Berg se fantasiou de Napoleão, madame Ardant foi de Édith Piaf e o sr. e a sra. Plain foram como o casal da pintura *Gótico Americano*. Até mesmo Douglas entra no clima. Ela foi fantasiada de Gertrude Stein no último Halloween. Mas, todo ano, é um aluno que vence o concurso, além do direito de se gabar por um bom tempo. A vencedora do ano anterior foi Henny Dover, que conseguiu montar uma fantasia que representava Bill Clinton no lado esquerdo e Hillary Clinton no direito. Um trabalho excelente de maquiagem e figurino.

— Para onde você está nos levando? — pergunta Brunson na tarde de Halloween.

— Vocês já vão descobrir, é surpresa! — exclama Spence, muito empolgada para mostrar ao Círculo a que eles terão acesso.

Ela os leva pelo Centro de Artes Harbor, passando por todos os cartazes emoldurados das peças anteriores de Chandler, e seguindo em direção à sala de figurinos. Spence tira uma chave de um esconderijo atrás do cartaz da produção de 1989 de *Gata em teto de zinco quente*. E então, abre a sala para o grupo.

— Não sei se essa é uma boa ideia — diz Brunson, hesitante.

— Não estamos quebrando nenhuma regra — tranquiliza Spence.

— Minha nossa! — exclama Beth, entrando na sala com os olhos arregalados.

— Podemos pegar o que quisermos? — pergunta Ramin.

— Bem, podemos pegar *emprestado* o que quisermos — explica Spence. — Temos que devolver amanhã de manhã.

Beth pega um vestido preto e branco cheio de ornamentos, que foi usado em *Minha bela dama*.

— Hum, esse aqui é incrível!

Spence joga a capa da Chapeuzinho Vermelho de *Caminhos da floresta* em volta do corpo.

— Né? O Sullivan é o melhor.

— Que bom que você acha isso — diz Sullivan.

Spence levanta a cabeça e lá está ele, parado na porta da sala com um sorriso.

— Oi! — cumprimenta Spence. — Acabamos de chegar, mas obrigada de novo. Vai nos ajudar muito.

— Vocês são todos muito bem-vindos — diz ele.

— Preciso apresentá-lo para os meus amigos — comenta ela. — Este é o Círculo. O Freddy você já conhece, óbvio, já que ele mora no seu dormitório. E esses são Ramin, Beth e Brunson.

Todos acenam, exceto Brunson, que diz:

— Nós já nos conhecemos.

— Já? Não me recordo — diz Sullivan.

— Eu fiz o teste para *Chorus Line* — relembra Brunson.

— Tantos alunos fizeram o teste para o musical de primavera — comenta Sullivan. — Espero que tente de novo no ano que vem.

— Duvido que isso aconteça — rebate Brunson, com frieza. — Nem sei cantar.

— Bem, sempre há a peça de inverno — responde Sullivan. — Espere até ver sua amiga Spence em *Anjos na América*. Ela vai surpreender a todos num papel duplo.

— Não tenho dúvidas — diz Freddy, puxando-a para mais perto, todo orgulhoso.

— Pois é, acho que teatro não é mais a minha praia — comenta Brunson.

— Teatro não é para qualquer um — anuncia Sullivan. — Mas essa é a melhor parte de Chandler, não é? Vocês podem tentar de tudo e ver o que acham mais excitante.

— Exatamente! — exclama Spence.

— Bem, divirtam-se escolhendo suas fantasias — diz Sullivan. — Eu estava pensando em ir de Che Guevara este ano. O que acham? Vai me cair bem?

Spence olha para Freddy, que responde com calma:

— Acho que seria melhor escolher outra opção.

Sullivan dá de ombros.

— Tem razão. Bem, divirtam-se!

— Obrigada de novo — agradece Spence enquanto Sullivan vai embora.

Depois que ele sai, ela tira a capa vermelha e vasculha as araras e estantes em busca de algo *incrível*.

— Gente — diz Brunson. — M-me desculpa. Acabei de lembrar que minha mãe vai me ligar daqui a dez minutos. Encontro vocês no Festival do Horror, tá bom?

Brunson não olha para o grupo enquanto sai às pressas.

— O que foi isso? — pergunta Spence.

— Não sei — diz Ramin.

Spence se vira para Beth.

— Você já morou com ela. O que rolou?

— Não tenho ideia — responde Beth. — Mas é melhor irmos ver se ela está bem, né?

Spence leva o grupo para fora do prédio. Quando chegam à entrada, Brunson já desapareceu. Whistler e Connor Emerson, quase irreconhecíveis como Courtney Love e Kurt Cobain do começo dos anos 1990, param o grupo.

— *And the sky was made of amethyst* — canta Whistler na frente de Spence.

— Ah, oi, Whistler — diz Spence, irritada com a interrupção. Virando-se para o grupo, ela pergunta: — Para onde será que ela foi?

— Ela mora com a sra. Song — comenta Beth. — Podemos começar a procurar por lá.

Eles começam a caminhar em direção à casa da sra. Song quando, de repente, Freddy diz:

— Calma, pessoal. Acho que sei exatamente onde ela está.

E então, Spence se dá conta. É claro. O lago.

SARAH BRUNSON

Brunson respira fundo, tentando desesperadamente se acalmar. De alguma forma conseguiu se segurar quando Sullivan disse que a melhor parte de Chandler é poder tentar de tudo e ver o que é mais *excitante*.

Assim que chega do lado de fora do Centro Artístico Harbor, começa a sentir um enjoo tomando conta do corpo. O mesmo enjoo que sentiu naquela noite, no ano anterior. Merda, ela achou que já havia superado, mas agora tudo voltou com força total.

Whistler e Connor Emerson descem os degraus do Centro de Artes cantando "Come As You Are". Ela aperta o passo para evitá-los. A última coisa que quer agora é conversa fiada.

Caminha em direção à casa da sra. Song, desesperada por um lugar tranquilo para poder vomitar. Mas, no caminho, encontra Laurie Lamott fantasiada de Monica Lewinsky.

— Oi, Brunson! — diz ela. — Qual é a sua fantasia?

— Eu, hum... estou indo me trocar.

Brunson sente que o resto do caminho será como uma corrida de obstáculos. O desafio é evitar todos os alunos fantasiados e todas as conversas desconfortáveis. Ela corre quando vê Barman fantasiada de padre Close, e desvia o olhar quando Jane King e Rachel Katz saltitam de mãos dadas em sua direção, fantasiadas como aquelas duas garotinhas bizarras de *O iluminado*. Crianças são as únicas pessoas constantemente lindas, inocentes e felizes na vida de Brunson. Por que as pessoas precisam torná-las assustadoras?

Mas as piores figuras em sua pista de obstáculos são os inúmeros garotos de Chandler fantasiados de Brandon Lee em *O corvo*. Um mar de garotos de preto, com maquiagens aterrorizantes. Parece exatamente com o que é: um filme de terror.

É aí que ela dá meia-volta. Conhece um lugar onde não vai encontrar ninguém. Mas antes que possa chegar lá, dá de cara com Amira e Lashaw, quase derrubando as duas no chão. Estão fantasiadas de Zubin Mehta e RuPaul.

— Você está bem? — pergunta Amira.

— Eu... sim, estou bem.

O enjoo cresce dentro dela. Seus olhos estão quentes e furiosos. Ela sai correndo de perto das garotas, pensando nos anos que ajudou a mãe a vomitar, e limpando tudo depois. De repente, se dá conta de que aqueles foram os melhores anos de sua vida. Ela se sentia necessária. Tinha um propósito. E estava distraída em seu universo particular. Quando finalmente chega ao lago, ela se senta e respira fundo.

— Brunson! — A garota ouve Spence gritar seu nome com tom de urgência.

Ao levantar a cabeça, vê que lá estão eles. O Círculo. De alguma forma, em sua corrida insana para fugir de todos os alunos no campus, esqueceu que o Círculo poderia encontrá-la ali.

— Desculpa — diz ela. — Vão para o festival. Por favor. Se divirtam.

Spence se agacha ao lado dela.

— Você está bem? O que aconteceu?

Beth se senta do outro lado.

— Pode nos contar qualquer coisa — afirma ela.

Ela muda o olhar de Spence para Beth, e não consegue segurar a risada.

— Qual é a graça? — pergunta Beth.

— Nada — diz ela. — É só que você — ela aponta para Spence — provavelmente sabe o exato motivo que me fez fugir dele.

— Não tenho ideia do que você está falando — responde Spence.

— E você — ela aponta para Beth — fez nada para me ajudar no ano passado.

— Ajudar você? — pergunta Beth. — Quando?

Ramin e Freddy se sentam na frente dela.

— Brunson, confia na gente — anuncia Ramin.

Ela quer contar. Mas por onde começar? Será que conta apenas sobre aquela noite? Porque isso não seria o suficiente. Chandler deveria ser o lugar que cuidaria dela. Ela chegou ali depois de anos sendo a cuidadora da família, sem saber como é a sensação livre e despreocupada de ser uma criança, de ter uma vida cheia de possibilidades. Era assim que ela imaginava este lugar, e ele roubou essa experiência dela.

— Eu fiquei tão feliz quando as pessoas aqui começaram a me chamar de Brunson — diz ela num sussurro. — Era como ter uma nova identidade. Sarah era alguém triste, sempre cuidando de todo mundo, mas Brunson... Brunson iria focar em si mesma. Ela faria de tudo. Tentaria de tudo. O jornal do colégio, o aconselhamento de alunos e o grêmio estudantil e... bem, o teatro. — Ela olha para Spence antes de continuar. — Não sei cantar, mas amo teatro. Principalmente musicais.

— Sim — diz Spence.

— Fiz o teste para *Chorus Line*. Apresentei um monólogo de *Um bonde chamado desejo*, e cantei um verso desafinado de "At the Ballet". Disse ao sr. Sullivan que meu canto era péssimo, mas que eu poderia ser uma das dançarinas que não sabem cantar e não recebem papéis importantes. E ele disse que queria conversar a sós sobre o meu potencial.

— Merda — diz Freddy, com os olhos fixos em Spence.

— Por que você está olhando para mim? — pergunta Spence antes de acrescentar: — Continua, Brunson.

— Bem, eu estava no primeiro ano — diz ela. — Era muito nova. Quer dizer, ainda sou, mas... enfim, fui até a Casa Holmby conforme ele pediu. Aquilo me parecia muito esquisito, mas eu convenci a mim mesma que era normal. Era como participar de uma reunião com um professor em seu escritório, ou com o reitor. Então ele se aproximou de mim e...

Ela para de falar, as memórias são dolorosas demais.

— Ai, não — diz Beth.

— Eu queria ter ido embora, mas jamais imaginei que algo poderia acontecer. Achei que teste do sofá era uma coisa de Hollywood, não da porra do ensino médio.

Mais uma vez, Freddy olha para Spence, e ela diz:

— Que foi, Freddy? Que foi? — Ele não precisa dizer nada, e Spence já rebate: — Isso nunca aconteceu comigo, tá?

— Desculpa — diz Freddy. — Eu não estava acusando, só...

Spence se acalma.

— Tudo bem. Podemos só... focar na Brunson agora?

— Acho que ele também fez com que eu me sentisse especial — continua Brunson. — Tipo, ele me disse que para ser uma boa atriz, é preciso expor sua vida pessoal. E, por algum motivo, eu contei a ele tudo sobre a minha mãe e... bem, sei lá. Parecia bom ter um adulto me ouvindo daquele jeito.

Ela espera alguém dizer alguma coisa. Por fim, é Beth quem pergunta:

— O que houve com a sua mãe?

Brunson balança a cabeça, sem acreditar que ainda não tenha contado sobre a mãe para o grupo.

— Ah, minha mãe teve câncer — explica ela. — Por muito tempo. — Sua voz embarga quando ela olha fundo nos olhos de Beth. — E os seus cabelos pelo nosso quarto no ano passado... bem, eles me lembravam dela e da perda de cabelo que ela enfrentou.

— Ai, meu Deus, por que você não me contou? — pergunta Beth com tristeza.

Os olhos de Brunson estão fixos em Beth, mas, antes que ela possa responder, Spence se manifesta:

— E o Sullivan? O que ele fez depois?

Ela suspira, olha para o chão e diz:

— Num determinado ponto, ele chegou bem perto de mim. Só tinha um sofá na sala de estar...

— Meu Deus, é verdade. — A expressão de Spence é de nojo.

— Eu estava sentada numa ponta, mas, quanto mais nós conversávamos, mais ele se aproximava. E ele... — Brunson sente a vergonha pulsando em suas veias.

— Aquele merdinha fodido — rosna Freddy.

— Não precisa terminar de contar se não quiser — diz Ramin com delicadeza.

— Eu quero — responde ela com uma certeza repentina. — Agora que comecei, preciso terminar. Eu preciso botar tudo isso pra fora.

— Leve o tempo que precisar — diz Beth.

Brunson encara Beth. Onde estava *essa* Beth no ano anterior? O que teria acontecido se elas tivessem se aberto uma para a outra antes?

— Ele me beijou — conta ela. — Ele... eu... bem, eu fiquei em choque e acho que, de primeira, não me mexi. Só fiquei parada, deixando acontecer.

— Você não *deixou* acontecer — diz Freddy. — Você foi assediada.

— Sim — concorda ela. — Acho que entendi isso quando ele colocou a mão por baixo da minha saia e...

Spence leva as mãos ao rosto.

— Meu Deus.

— E foi aí que eu corri — diz Brunson.

— De volta para o quarto? — pergunta Beth.

— Não de primeira — responde ela. — Corri para a floresta. Só queria sumir. Mas até a floresta estava cheia de alunos. Passei por um grupo de formandos fumando, e apesar de ter prometido a mim mesma que nunca fumaria *nada* por causa da minha mãe, peguei um cigarro e fumei. E isso só fez com que eu me sentisse ainda pior. Tipo, enjoada e tonta e... traindo a minha mãe. E foi aí que eu corri para o nosso quarto. — Ela se vira para Beth. — E você estava lá. De fones de ouvido. Eu tentei conversar, mas você nem olhava para mim.

— Eu... me desculpa — diz Beth. — Eu me sentia uma impostora naquele quarto. Só queria esquecer de tudo.

— Sim — confirma Brunson. — E, bem, você definitivamente me esqueceu. Fiquei tentando falar e você... você não queria.

— Não me lembro — responde Beth. — E não tinha como eu saber... quer dizer, você era amiga de todas as garotas do dormitório. Eu nunca iria imaginar que você precisava de mim.

— Agora não importa mais — anuncia Brunson. — Sei que você não estava tentando me magoar, e espero que saiba que eu também não quis magoá-la no ano passado. Eu só estava, sei lá, tentando me encaixar. Fazer amigos.

— Brunson — sussurra Beth. — Eu era sua colega de quarto. Deveria ter notado que você estava... — Meio sem jeito, Beth coloca a mão sobre o ombro de Brunson, que estremece com o toque inesperado. — Eu deveria ter notado que havia algo errado com você.

— Não tinha como saber — diz ela. — Eu nunca deixei você se aproximar de mim. Nunca contei a você sobre a minha mãe. Eu só... eu não queria falar com ninguém sobre a doença dela. Vim para Chandler para fugir disso tudo.

— Ainda assim... — Beth morde o lábio.

— Enfim, por que você me perguntaria qualquer coisa quando eu passei o ano inteiro sendo uma babaca contigo? — Ela solta uma risada rouca. — Hoje, eu entendo.

— Bem, me desculpa — diz Beth.

— Me desculpa também, Beth. Me sinto mal só de pensar em como eu magoei você. A minha dor não era desculpa para te fazer tão mal. E Ramin, quando ouvi sua história... eu soube exatamente como você se sentiu.

— Por isso que você queria publicar o texto? — pergunta Ramin.

Ela pensa a respeito.

— Talvez. Talvez eu ainda não estivesse pronta para denunciar o Sullivan, e pensei que expor seus presidentes poderia ser um começo de mudanças em Chandler. Sei lá... — diz ela.

— Eu não acredito em tudo isso... — diz Spence.

— Peraí, você não acredita em mim? — pergunta Brunson.

— Não, não é isso. É claro que acredito em você.

Brunson percebe como sentia medo de contar tudo isso para Spence, que parece ser tão próxima de Sullivan.

— O que eu quis dizer foi... — Spence respira fundo. Ela segura a mão de Freddy em busca de conforto. — Acho que estou surpresa, porque ele nunca passou dos limites comigo. Quer dizer, já me abraçou e já encostou em mim durante os ensaios, mas só quando estava tentando me mostrar um movimento para uma cena ou...

— Um professor te abraçando e te encostando não é fora dos limites? — pergunta Freddy.

Spence assente devagar.

— Acho que sim.

— Ele não pode continuar aqui — afirma Freddy. — Se ele fez isso com você, vai fazer com outras alunas. Não podemos deixar isso acontecer.

— Freddy tem razão — diz Beth.

— Ah, claro, porque se eu disser que ele me beijou e passou a mão em mim vai fazer muita diferença — ironiza Brunson com amargura. — Faz favor. Eu até escrevi uma carta sobre isso para o diretor durante o verão.

— Escreveu? — Spence parece surpresa. — Você enviou?

Brunson balança a cabeça.

— Não. Eu queimei. A palavra de uma aluna do primeiro ano não valeria nada. Eu sei disso.

— E se perguntarmos para a Douglas o que devemos fazer? — sugere Beth.

— Não — responde Brunson. — Ela vai achar que precisa dizer alguma coisa.

— Mas, talvez, se partir dela... — Beth tenta convencer Brunson.

— Não importa. É a minha palavra contra a dele.

— Mas não podemos... — insiste Spence.

Brunson a interrompe:

— Por favor. Deixem isso pra lá. Se eu acusá-lo, *nada* vai acontecer com ele. É assim que o mundo funciona. Eu serei humilhada, e ele vai continuar sendo professor.

— Você tem razão — diz Ramin. — É por isso que eu não queria publicar aquela história sobre os meus presidentes.

— Agora eu entendo. Não sei o que passou pela minha cabeça. Você está certo, Ramin. Não conseguimos mudar o sistema. A única coisa que podemos fazer é passar por tudo isso, e pelo menos eu tenho vocês para me ouvirem agora — responde Brunson.

Eles ficam em silêncio, encarando o lago, como se esperassem que a água mostrasse um caminho diferente para seguir em frente.

RAMIN GOLAFSHAR

— Ei, o que você está fazendo, garoto? — grita o chefe.

Ramin olha para baixo. Está jogando os garfos sujos na bandeja onde devem ficar as facas.

— Existe um sistema para isso. Se você não segui-lo, tudo vai para o espaço.

— Desculpa, estou cansado — responde ele.

— O que vocês, adolescentes, fazem para estarem sempre tão cansados? — O homem bufa e vai embora.

Freddy, que está cumprindo seu turno na cozinha a alguns metros de Ramin, olha para o amigo.

— Tudo bem?

— Sim — responde Ramin. — Só não consegui dormir. Fiquei pensando na Brunson.

— Eu também — comenta Freddy.

— Tem alguma coisa que a gente possa fazer para ajudá-la? — pergunta Ramin.

— Não sei. — Freddy joga as migalhas de cereal que estão no fundo de uma tigela em uma lixeira enorme. — Acho que apenas dar apoio.

— Pois é.

Ramin observa a esteira levar os pratos sujos, tigelas e talheres para longe. Fecha os olhos e deseja encontrar um jeito de colocar cada aluno agressor e professor abusivo numa esteira que os faça desaparecer.

O refeitório está lotado quando ele e Freddy encerram o turno. Café da manhã tem um cheiro muito melhor quando se está comendo do que quando se está limpando. O aroma de xarope de bordo e pãezinhos assados enchem o salão cavernoso, assim como os sussurros de fofocas.

— Porra, eu não acredito! — diz Jane King para um grupo de garotas. — Acabou. Acabou.

Ramin engole em seco. O que acabou?

Numa mesa no setor dos formandos, Henny Dover está gritando com Marianne Levinson.

— Pode pagar!

— Quanto a gente apostou mesmo? — pergunta Marianne.

— Vintão — diz Henny. — Você disse que ele ia voltar para casa no feriado de Ação de Graças e eu disse 1º de novembro. Na mosca.

— Beleza, eu vou pagar quando tiver dinheiro — responde Marianne. — Ou posso te pagar um banquete na lanchonete.

Connor Emerson alcança Ramin e Freddy antes que eles consigam sair.

— Vocês ficaram sabendo? — pergunta ele.

Ramin sente um nó na garganta. Ele se pergunta se Brunson acabou dizendo alguma coisa.

— Hum, do quê? — indaga Freddy.

— Os dias de sem-teto do sr. Plain acabaram. Ele está desmontando a barraca e vai voltar para Livingstone.

— Ah — diz Freddy, olhando para Ramin de soslaio. — Uma novidade e tanto!

Henny Dover, ainda se gabando por causa da aposta que venceu, dança em cima de uma cadeira.

— Eu adivinhei a porra do dia certinho, otários!

No frenesi daquela dança da vitória, a garota acaba chutando a própria bolsa que estava na cadeira ao lado, derrubando todo o conteúdo dela no chão.

— Isso aí! — exclama Toby.

Ramin olha para trás e lá estão eles. Toby e Seb entrando no refeitório com Charles Cox e Bud Simonsen. Toby se agacha para pegar os itens que caíram da bolsa da Henny.

— Ei, deixa eu te ajudar, Henny — diz ele. É o tom mais educado que Ramin já o ouviu usando. Até ele pegar alguns absorventes internos e fingir que está fumando um deles. — Que cigarrão, hein? — diz Toby. — Parece bem pesado na minha boca. Deve ser para fluxo intenso.

— Cala a boca, Toby — diz Henny. Mas ela ri.

Toby joga um absorvente para Bud, que o pendura na orelha.

— Ei, gostaram do meu brinco?

— O que dizem sobre caras que usam brinco mesmo? — pergunta Seb, cutucando Bud. Então, Seb coloca dois absorventes na cabeça, como se fossem antenas. — E.T. telefone... minha casa — imita ele com uma voz robótica.

Toby joga um absorvente para Freddy, que o pega e devolve imediatamente para Henny.

— Foi mal por esses palhaços — anuncia ele. Freddy não diz nada para os garotos antes de deixar o refeitório.

Ramin acompanha o amigo. Os dois se despedem do lado de fora e ele segue para a aula.

A primeira aula do dia é sobre o arquétipo do herói, no prédio de Humanas. Uma multidão está reunida na frente dele, observando a sra. Plain ajudar o marido a desmontar a barraca. Ela dobra com cuidado todos os lençóis que ele usou lá dentro e guarda as Tupperwares em sacos de papel.

O sr. Plain olha para o grupo de alunos.

— Beleza, podem ir para a aula agora. Espero que tenham aprendido um pouco sobre como todos nós somos sortudos.

Ramin entra no prédio. Do lado de fora da sala, há uma citação que não estava ali antes: "Um mau cirurgião machuca uma pessoa de cada vez. Um mau professor machuca 130". A frase é atribuída a alguém chamado Ernest Boyer.

— Por que 130 alunos? — pergunta Sarah Summer para Jane King enquanto elas entram na sala de aula.

— Talvez o professor que escreveu isso só ensine para turmas com 130 estudantes — diz Jane. — Sei lá.

Enquanto Ramin ocupa uma cadeira no fundo da sala, ele se pergunta quantas pessoas Sullivan já machucou. Será que foi só Brunson? Ou seriam 130? Ele escuta enquanto o resto da classe discute sobre o casal Plain.

— Querem saber a minha opinião? — diz Benji. — Acho que o sr. Plain só fez aquilo para fugir da esposa.

Um grupo de alunos dá risada.

Na hora do almoço, Ramin encontra o Círculo sentado num canto escondido do refeitório e se junta a eles.

— Oi.

— Cadê sua bandeja? — pergunta Beth.

— Estou sem fome.

— A gente teve turno na cozinha hoje de manhã. Isso meio que tira o apetite — explica Freddy.

Mas não é só isso. Algo mudou dentro dele na noite anterior. Uma coisa é saber que os alunos agridem uns aos outros. Mas saber que há professores abusando de alunos também fez com que ele sentisse um novo tipo de pavor e fúria. Porém, Ramin não compartilha nada disso com o grupo. Não sente que é certo fazer Brunson reviver tudo aquilo mais uma vez.

Ainda há uma tarde inteira de aulas para assistir, mas ele mata todas elas. O Porão Wilton Blue está vazio quando ele chega lá. O cheiro daquele lugar o enche de medo.

Ramin fecha a porta e pega um dos seus livros de poesia. Deita na cama, tocando a caligrafia de Arya com a ponta do dedo. Lembra-se da última conversa dos dois. Ramin implorou para que ele não fosse embora. Arya disse que a escolha não era mais dele. Seus pais haviam decidido que a família se mudaria para a Turquia. O que iria fazer? Viver sozinho em Teerã? Mas aqueles argumentos não impediram que Ramin continuasse pedindo, implorando e chorando. Ele deu sugestões insanas. Disse que poderiam fugir juntos para a França. Disse que poderiam pedir asilo por serem gays. Disse que poderiam trocar de identidade. Mas nada daquilo convenceu Arya, que soube aceitar a derrota muito melhor do que ele. A última coisa que Arya disse foi:

— Acho que será mais fácil para nós dois se não nos falarmos.

Alguém bate à porta. Ramin prende a respiração, esperando um dos presidentes horríveis.

— Sou eu — diz Hiro do outro lado da porta.

— Pode entrar.

Hiro entra, segurando a mochila.

— Por que você não foi para a aula de Biologia?

— Dor de estômago — responde Ramin. Não chega a ser mentira. Seu estômago passou a manhã inteira embrulhado.

— Quer jogar pasur? — pergunta Hiro.

Ramin assente. Fica feliz com a distração de um jogo de cartas.

— Você costumava construir fortes quando era criança? — indaga Hiro.

— Não — diz Ramin.

— Espere aí então. — Hiro pega o lençol e o cobertor da cama de Ramin e joga por cima dos dois. Ainda há luz o bastante atravessando o tecido para que eles consigam ver as cartas. — Eu e minha irmã costumávamos fazer isso. Nós nos escondíamos debaixo dos lençóis, travesseiros e cobertores para ninguém nos encontrar.

Eles jogam por horas. A segurança do forte de repente é invadida pelo som de briga do lado de fora.

— Acho que esse grito é do Benji — comenta Ramin.

— Merda. — Isso é tudo que Hiro diz enquanto joga o lençol para longe, revelando a luz forte.

Eles correm até a área comum, onde Seb e Toby brutalmente amarram Benji com o fio do aspirador de pó e os outros garotos assistem, uns apavorados, outros empolgados.

— Isso vai ensiná-lo a limpar sua bagunça na área comum — diz Seb.

— Tá bom, já aprendi minha lição — grita Benji.

— Acha que ele aprendeu mesmo? — pergunta Toby para Seb.

— Não sei. Acho que podemos fazer um questionário rápido. — Seb aperta o fio com mais força ao redor da cintura de Benji e, depois, sobe pelo peito dele.

— Pergunta número um — diz Toby numa imitação ruim de sotaque britânico. — O que você faz quando deixa migalhas de pão pelo chão?

— Limpo — responde Benji.

— Com o quê? — pergunta Seb.

Benji solta um grunhido enquanto os dois puxam o fio para deixá-lo mais apertado.

— Com o aspirador de pó. Já entendi.

— Pergunta número dois — continua Toby. — O que acontece com novatos que fazem bagunça?

Antes que Benji possa responder, Toby liga o aspirador. Ele coloca a ponta circular na bochecha do garoto, sugando a pele dele e fazendo parecer que Benji é apenas um reflexo naqueles espelhos distorcidos. Seb e Toby parecem achar tudo muito engraçado.

— Você tá parecendo o Fofão — diz Seb, gargalhando. — Rápido, alguém tira uma foto.

— Como se a gente fosse capaz de esquecer uma coisa dessas — sussurra Ramin para Hiro.

— O que você disse, Ramoon? — pergunta Toby.

— Nada. — A voz de Ramin é quase inaudível com o som do aspirador.

— O nome dele é Ramin — corrige Hiro, partindo em defesa do amigo. — E vocês já ensinaram a lição do dia.

Inspirado pela coragem de Hiro, Ramin consegue se pronunciar.

— Vocês deveriam estar protegendo a gente.

Seb ri.

— Quem te disse isso? Não estamos aqui para proteger ninguém. Estamos aqui para *preparar* vocês para esse mundo fodido. Você acha que isso aqui é um hotel cinco estrelas? Que somos seus mordomos?

— Não. — O rosto de Ramin ferve. Suas mãos estão suadas.

Do fim do corredor, vem o som da porta do sr. Court se fechando. Num piscar de olhos, Seb e Toby desligam o aspirador e desamarram Benji.

— O que está acontecendo aqui? — pergunta o professor, totalmente perdido.

Ramin olha para Benji. Para sua surpresa, Benji dá um passo à frente e diz:

— Nada. Eu só estava limpando a área comum.

— Bom garoto — diz o sr. Court. — Não se esqueça de aspirar os cantinhos.

Benji liga o aspirador e limpa obedientemente enquanto os outros alunos se retiram.

— Quer sair para dar uma volta? — pergunta Ramin a Hiro.

Eles caminham pelo perímetro do topo do campus, respirando o ar puro e aproveitando o silêncio.

— Como você consegue lidar com tudo isso tão bem? — pergunta Ramin.

— Quem disse que eu lido bem? — rebate Hiro.

— Com certeza lida melhor do que eu.

Hiro dá de ombros.

— Acho que aprendi a fingir, só para não dar o gostinho da satisfação para eles. Não sei se isso significa que eu sei lidar bem com as coisas, ou se só estou acumulando sentimentos. Sabrina sempre diz isso. Que expressar todas as minhas emoções é o único jeito de ser feliz de verdade.

— Bem, você *parece* feliz, o que já é alguma coisa.

— É, sim. — Hiro sorri. — Não vou deixar um bando de babacas inseguros roubarem as coisas boas da minha vida. Tipo a Sabrina. E meus amigos. As coisas que eu consigo controlar, sabe? Não é como se aqueles cuzões não me irritassem. É só que eu sei que não posso mudá-los.

— Acho que você tem razão — diz Ramin. — Mas e se nós pudéssemos mudar toda a cultura deste lugar?

Hiro sorri.

— Não é isso que estamos fazendo quando somos bons uns com os outros? Quanto mais pessoas assim existirem, mais rápido este lugar vai mudar.

— Sim — responde Ramin. Mas ele quer uma mudança mais rápida.

Eles voltam para o dormitório antes das luzes se apagarem. Quando Ramin entra no quarto, vê que seus lençóis, geralmente amarrotados, foram cuidadosamente dobrados. Em cima do travesseiro, há um KitKat e algumas pétalas de rosa.

— O que é isso? — pergunta para Benji, que está lendo casualmente na cama de cima, com as pernas balançando para fora do colchão.

— Toby e Seb — diz Benji.

Como se estivessem esperando a deixa, Toby e Seb aparecem na porta.

— Sr. Golafshar, seja bem-vindo ao Intercontinental Wilton Blue — anuncia Toby. — Somos seus concierges. Que bom ver que o senhor voltou para o quarto. Antes de dormir, queríamos nos certificar de que tudo está de acordo com as suas exigências.

— Se tiver qualquer problema ou pedido, por favor nos avise. — O brilho nos olhos de Seb provoca calafrios em Ramin. — Gostaria de serviço de quarto pela manhã, talvez? Um banho de espuma? Tudo pelo nosso príncipe persa.

— Vão embora — sussurra Ramin.

— Imediatamente, Vossa Alteza Real — diz Seb.

Os dois fazem uma reverência antes de saírem. Ramin olha para Benji e diz:

— Isso foi esquisito.

— Sim, mas pelo menos eles não aspiraram sua cara — responde Benji com uma risada.

— Você está bem? — pergunta Ramin.

— Eu? — Benji parece ficar surpreso com a pergunta. — Sim. Quer dizer, eu sabia que minha vez ia chegar. Ah, toma seu livro de volta!

É só quando Benji lhe entrega o livro que estava lendo que Ramin percebe que é seu livro de poesia Hafiz. Ele sente uma pontada de pânico só de pensar em Benji lendo as dedicatórias de amor do Arya, mas o colega de quarto não demonstra nenhum comportamento diferente.

Naquela noite, Ramin deita na cama, encarando o estrado sob o colchão de Benji. O garoto, que geralmente tem o sono mais pesado de todos, se revira. Talvez não esteja bem, mas não quer dizer nada. Então, ele ouve a voz de Benji vindo do beliche de cima.

— Você tinha um namorado lá no Irã? — pergunta ele.

— Ah. Eu... sim.

— Desculpa, eu não deveria ter lido seu livro. Só estava curioso com os poemas. Não achei que fosse encontrar... você sabe o quê...

— Isso incomoda você? — Ramin sente um nó na garganta. Fica muito irritado consigo mesmo por se importar com a opinião de Benji.

— Não, quer dizer, sim, quer dizer... — O estrado da cama range. — Acho que seria legal saber que meu colega de quarto gosta de garotos. Só por saber mesmo, só isso. Mas não tenho problema nenhum com gays ou queers ou LGBTs, não sei como você se identifica.

— Também não sei — diz Ramin. — No Irã não existe uma palavra para nos definir, então qualquer termo já é, você sabe, um avanço.

— Você está a fim de alguém do dormitório? — pergunta Benji.

— A fim?

— Sabe como é, tipo, você gosta de algum garoto daqui...

— Não — responde Ramin. Ele sabe que o que Benji realmente quer é a confirmação de que Ramin não é atraído por ele, então reafirma: — Definitivamente não.

— Tudo bem, beleza — responde Benji. — Ei, você acha que o padre Close é gay?

— Não sei — diz ele. — Não é como se um gay fosse capaz de reconhecer todos os outros ou coisa assim.

— Juro que já ouvi alguém dizer que é possível. Tem até um nome para isso. Enfim...

Ele espera que Benji diga mais alguma coisa, mas o garoto não fala nada. Nem mesmo deseja boa-noite.

Ramin fecha os olhos e se força a dormir.

— Gaydar — Benji fala do nada, quando Ramin já achava que o colega estava dormindo. — Eu estava *louco* tentando lembrar. Esse é o nome daquela coisa onde um gay consegue reconhecer outro. Você provavelmente vai desenvolver a habilidade. Deve ser tipo um superpoder adormecido.

Ramin não responde. Ele apenas finge estar dormindo enquanto pensa em todos os superpoderes adormecidos que gostaria de desenvolver.

AMANDA SPENCER

— Aqui quem fala é Amanda Priya Spencer, diretamente do meu quarto na Casa Livingston — sussurra ela, sabendo que sua voz estará alta quando ela assistir ao vídeo algum dia. — Estou aqui com Freddy Bello, que sempre acorda fofo pra caralho. Então, vamos acordá-lo. Freddy?

Ela começa a filmar os próprios pés, fazendo cócegas no pescoço de Freddy com o dedão. Ele ri.

— Para! — diz ele. Então, ao ver a câmera, continua: — Ah, não. O que você está fazendo?

— Preciso me lembrar de como você acorda de manhã — explica ela.

— Por quê? — pergunta ele. — Eu não vou a lugar nenhum.

— Todos nós vamos para algum lugar — responde ela, com uma voz de quem já está cansada do mundo. — Envelhecemos todos os dias. Nunca mais seremos *essa* versão da gente de novo.

Freddy joga um travesseiro e acerta a câmera.

— Tão dramática!

— E com orgulho! — anuncia ela, voltando a focar em Freddy. — Agora cala a boca e me deixa filmar você. A iluminação do Diwali está perfeita.

— Você prometeu que ia me deixar comer doce na cama — diz ele com um sorriso.

Ela joga uma caixa de doces que sua mãe enviou para o Diwali, e o filma enquanto ele prova um *jalebi* pela primeira vez.

— Porra, que delícia!

— Experimenta aquelas bolinhas de coco. É meu doce favorito — sugere ela.

— Pensei que eu fosse seu doce favorito.

O sorriso de Freddy a faz querer soltar a câmera e pular nos braços dele. Mas ela continua filmando, desesperada para registrar o momento perfeito, embora saiba que a câmera não conseguirá capturar tudo. Sim, a beleza dele será preservada, mas e a mudança de temperatura em seu corpo toda vez que ele a toca?

— Precisamos ir para MacMillan — diz ele, olhando para o relógio na mesa de cabeceira.

— Antes de irmos, você pode ficar na posição em que geralmente dorme? — pede ela.

— Não sei como eu durmo.

— Seu corpo fica curvado, assim — explica ela.

Ele fecha os olhos. Finge estar roncando. Ela ri e o chuta com o pé direito.

— Assim não — corrige ela. — Quando você dorme, seu corpo fica no formato de um ponto de interrogação. Quero filmar isso.

— Um ponto de interrogação combina bastante comigo. — Ele ri.

— Nunca tinha parado para pensar, mas você dorme toda reta, como um ponto de exclamação. — Ele estica o corpo, deitando em uma linha rígida.

Ela não consegue parar de rir. A semana tem sido horrível de tantas formas. A revelação de Brunson mudou alguma coisa em Spence. Fez com que ela começasse a odiar a pessoa para quem sempre corria em busca de respostas. Mas a encheu ainda mais de gratidão por ter Freddy. E essas noites em que ele entra escondido no quarto dela são como um paraíso.

— Sim, pois é, minha mãe *enche o saco* por causa da minha postura — explica ela. — Sempre insistiu para que eu dormisse desse jeito e acho que a mania acabou pegando.

Freddy a puxa de volta para a cama. Ele pega a câmera e coloca ao lado dos dois.

— Fica comigo — diz ele.

— Vou ficar. — Spence o beija. — Beleza, melhor irmos agora, né?

— Pode ver se a barra está limpa? — pede ele.

Ela salta para fora da cama, veste o jeans e um suéter, com um sobretudo azul-marinho por cima, porque está congelante lá fora. Ela dá uma espiada pela porta. No fim do corredor, a sra. Plain molha a planta triste ao lado da porta. Spence espera pacientemente até que ela volte para dentro da residência.

— Vai — sussurra Spence, e Freddy sai correndo do dormitório.

Ela o encontra do lado de fora.

— O treinamento olímpico acaba sendo bem útil para fugir do meu quarto, né? — brinca ela.

— Peguem seus cadernos e canetas e escrevam isso aqui — diz Douglas enquanto o grupo chega. Ela espera que todos peguem os materiais. — *Nem tudo que é questionado pode ser mudado. Mas nada pode mudar até que seja questionado.* — Spence anota a citação. — É do James Baldwin — explica Douglas. — Antes de passarmos uma hora escrevendo algo inspirado por essa frase, quero falar um pouco mais sobre o autor.

A mente de Spence viaja enquanto Douglas fala sobre James Baldwin, um homem negro gay, que só conseguiu enxergar e escrever sobre os Estados Unidos com mais clareza depois que deixou o país.

Spence encara a frase em seu caderno como se aquelas palavras a estivessem desafiando. Ela pensa que talvez precise ir embora de Chandler para enxergar tudo com clareza. O que mais ela não sabe sobre este lugar que recebeu seu avô, seu pai e agora ela? Spence pensa em Sullivan, fica enojada toda vez que lembra que ele era seu mentor, alguém com quem ela acreditava poder contar pelo resto da vida. O que aconteceu com Brunson poderia ter acontecido com ela, e pode já ter acontecido com várias outras alunas.

Enquanto Spence olha a frase, uma ideia lhe vem à cabeça. *Nada pode mudar até que seja questionado.* Bem, ela está pronta para questionar. E, assim espera, para mudar. Em sua cabeça, ela planeja os próximos passos, o fluxo de pensamentos ficando cada vez mais veloz. Tem que funcionar. Vai funcionar.

— Larguem as canetas — pede Douglas.

A hora passou num instante. Ela olha para sua página. Não escreveu uma palavra sequer depois da citação de Baldwin.

— Amanda? — chama Douglas. — Tudo bem?

— Sim — responde ela. — Desculpa, eu... eu acho que estou com bloqueio.

— Acontece com todo escritor — diz Douglas. — Nos vemos na semana que vem.

— Sem lição de casa? — pergunta Brunson.

— Esta semana, não — responde Douglas com um sorriso. — Até escritores merecem descanso.

Do lado de fora da Casa MacMillan, o Círculo se reúne.

— Estou indo para a creche — anuncia Brunson, começando a se afastar do grupo.

— Brunson, espera — diz Spence. Quando Brunson se vira, ela continua: — E se não fosse só você contra ele?

— Do que você está falando? — pergunta Brunson.

Spence se aproxima dela. Os outros a seguem, formando um círculo bem fechado.

— Sullivan — sussurra Spence. — E se você não fosse a única a acusá-lo?

Brunson parece chocada e comovida ao mesmo tempo.

— Spence, você não faz ideia do quanto é importante para mim ter seu apoio. Achei que... sei lá, achei que você defenderia ele, já que você ama...

— Eu não amo o Sullivan — afirma ela, com o rosto quente de vergonha. Será que ela realmente agia como se *amasse* o professor?

— Não, eu... eu sei — gagueja Brunson. — Eu só quis dizer que... enfim, se você está sugerindo que vai acusá-lo também, não posso deixar que faça isso. Você não vai mentir por minha causa.

Agora é Spence quem está confusa.

— O quê? Não é disso que eu estou falando — responde ela.

Brunson cerra os olhos contra o sol.

— Mas você disse que eu não seria a única denunciando ele. Quem mais, então?

— Se ele fez isso com você, fez com outras garotas. Tenho certeza. Isso só pode ser algo recorrente. E se nós encontrássemos essas outras alunas? — Ela sente a voz ganhar velocidade e convicção. — E se eu perguntasse para outras alunas do teatro se alguma delas já... você sabe...

— Não sei — responde Brunson. — É só que... de certa forma, contar para vocês foi o suficiente para mim. Já sinto que estou superando. Mas obrigada, Spence. De verdade.

Brunson se vira novamente e, mais uma vez, Spence a chama.

— Brunson, espera.

— Preciso ir — rebate Brunson. — As crianças estão esperando por mim.

— Sim, exatamente — diz Spence. — Pense em quanto tempo ele vai continuar aqui se não fizermos alguma coisa. Pense em todas aquelas meninas que sonham em estudar aqui. Nós podemos impedir que elas passem pelo que você passou.

Brunson congela, considerando o que acabou de ouvir.

— Isso já não é motivo suficiente para pelo menos vermos se ele já fez isso com outras pessoas? — pergunta Spence.

— Merda — diz Brunson.

— Que foi?

— Você tem razão. Eu nem cheguei a pensar por esse lado. Minha irmã pode vir para cá daqui a cinco anos. Ela poderia... — Brunson deixa escapar um choro silencioso. — Se você for perguntar para outras pessoas, será que pode, sabe, não mencionar meu nome?

Spence segura as mãos de Brunson.

— Prometo — diz ela. — Eu nunca faria isso.

— Mas e se você não descobrir mais ninguém? — pergunta Brunson.

— Daí eu não descobri mais ninguém.

Spence olha ao redor. No gramado principal, Henny e Marianne tentam aperfeiçoar a coreografia do clipe de "Baby One More Time". Na escadaria do refeitório, Hiro e Sabrina alimentam um ao outro com aqueles sacolés de iogurte nojentos que vendem na lanchonete. Ela se sente cheia de amor por este colégio. É por isso que quer mudá-lo. Porque ela o ama.

Brunson suspira.

— Tudo bem — diz ela. — Pode investigar.

Freddy a leva até o ensaio naquela tarde.

— É meio esquisito — diz ela. — Continuar na peça. Ter ele como diretor.

— Eu sei — concorda ele. — Desculpa.

— Você não tem que se desculpar por nada — responde ela.

— Não, quer dizer, desculpa porque, bem… naquele dia eu deixei implícito que você e o Sullivan… e já ouvi pessoas fazendo piadas sobre vocês dois. E… bem, desculpa.

Ela dá um beijo delicado na bochecha dele.

— Você é gentil demais para este mundo, Frederico Bello.

No Centro de Artes, ela encontra Whistler fazendo massagem em Connor Emerson enquanto Dallas discute sobre seu personagem com Sullivan. Fuad, Wrigley e Finneas seguram suas cópias do roteiro e riem de alguma coisa.

— Acho que o medo é a maior motivação dele — diz Dallas.

— Sim, é claro — responde Sullivan. — Mas nenhum ser humano é motivado por apenas uma emoção. Para fazer o personagem dar certo, você precisa trazer outros sentimentos para a superfície. Caso contrário, ele será sempre a mesma coisa.

— Tá, entendi — diz Dallas. — É só que, tipo, não sei muito bem quais outras emoções devo retratar.

— Bem, é para isso que servem os ensaios — afirma Sullivan. Depois, ele bate palma e todos os alunos formam um círculo para começarem com os exercícios respiratórios e vocais.

Na maior parte do tempo, eles ensaiam as cenas dos garotos, o que dá a Spence a chance de se sentar na plateia ao lado de Whistler.

— Ele é intenso, né? — diz Spence.

— O Connor? — pergunta Whistler. — Quer dizer, o personagem é intenso, né? Ele acha que é um profeta.

No palco, Connor diz:

— Eu sempre digo "foda-se a verdade", mas, na maioria das vezes, é a verdade que te fode.

— Sinta a cena — diz Sullivan. — Mais fundo.

— Eu sempre digo "foda-se a verdade", mas, na maioria das vezes, é a verdade que te fode — repete Connor, berrando a frase, o que Spence acredita ser bem diferente de sentir a cena.

— Eu estava falando do Sullivan — diz Spence, voltando a atenção para Whistler. — Ele é um diretor intenso.

— Ah, sim — murmura a garota, mudando rapidamente de assunto. — Você viu o novo corte de cabelo da Rooney? Ficou parecendo um furão. — Whistler ri. — E eu disse isso na cara dela, a propósito. Nunca falaria mal de outra Jennifer pelas costas.

— Eu não vi — responde Spence.

— Bem, você anda meio que só no seu mundinho ultimamente, né? — comenta a amiga. — Nem senta mais com os formandos.

— Às vezes eu sento. Só que também gosto de sentar com o Círculo.

— Enfim — diz Whistler. — Essa coisa de mesa dos formandos é uma tradição superidiota de qualquer forma.

Ela assente, mas precisa botar a conversa de volta nos trilhos.

— Tem muita coisa que precisa mudar no colégio, não acha?

— Rá, rá — zomba Whistler. — Nada muda aqui. Sabe quantas vezes eu já sugeri para que mudassem os ingredientes usados nas barrinhas de cereal? Tipo, para que serve aquela caixa de sugestões no refeitório se eles se recusam a aceitar qualquer ideia? Eu quero barrinhas de cacau!

As coisas não estão indo como Spence imaginava. Ela começa a duvidar de si mesma. Não há um jeito casual de perguntar a Whistler se Sullivan já ultrapassou algum limite com ela. Mas Spence precisa continuar tentando.

— Sim, bem, talvez se mudarmos os problemas maiores, os menores mudem também.

Whistler apoia os pés na cadeira, abraçando os joelhos.

— E aí... me conta tudo sobre o Freddy. Como vão as coisas?

— Boas — diz ela.

— Só boas?

— Quer dizer, ótimas, mas... sabe, tem um outro assunto passando pela minha cabeça ultimamente. — Whistler a encara, curiosa. — O Sullivan já... — Ela não consegue encontrar as palavras. — Tipo, dia desses, ele me abraçou depois do ensaio e foi estranho, e eu estava me perguntando se ele já... sabe como é, tipo, abraçou você ou...

Whistler ri.

— Peraí, você está perguntando se o Sullivan já deu em cima de mim?

— Já? — pergunta Spence.

— Não! — Whistler ri com incredulidade. — Ela já deu em cima de você?

— Não, não exatamente — responde Spence.

— *Não exatamente?*

— Não. Quer dizer... não, ele nunca fez isso comigo — afirma Spence.

— Por que você está me perguntando isso?

Spence sente o coração acelerar.

— Nada importante. Só uma coisa que ouvi por aí. — Ela fecha a boca antes que acabe falando demais.

Whistler faz uma careta.

— Que nojo.

— Whistler e Spence, no palco! — chama Sullivan. Elas se juntam aos outros atores. — Que tal passarmos um tempo ensaiando Harper e Hannah? — sugere ele. — Vamos começar com Hannah. Spence, tem algo a dizer sobre sua personagem antes de começarmos a cena?

— Bem... quer dizer, ela é uma mulher mórmon que descobre que o filho é gay, e, tipo, não aprova. Então estou tentando usar um método em que eu fico pensando nas coisas que desaprovo.

— Excelente instinto — diz Sullivan, sorrindo. — O que você não aprova?

— Sabe, em Strasberg nós aprendemos que, enquanto artistas, temos que beber das nossas vidas pessoais, mas não precisamos *compartilhar* nossa vida com ninguém. O processo pertence somente a nós.

— Certo — diz Sullivan, com uma pontada de decepção na voz. Ele tira os óculos e esfrega o nariz, bem no ponto entre as duas sobrancelhas. — Whistler, vamos falar sobre...

Mas antes que ele possa terminar, Spence o interrompe:

— A questão é que Hannah não sabe de muita coisa no começo. Porque, quando a peça termina, ela está mudada. E acho que nós somos parecidas nesse sentido.

— Como assim? — pergunta ele.

— Nós duas descobrimos que aquele que sempre idolatrávamos, na verdade, é cheio de falhas — responde Spence.

Depois de Whistler, ela encontra jeitos melhores e mais criativos de tocar no assunto com outras garotas. Após o ensaio dos Sandmen para o Festival de Cantigas Natalinas, ela aborda Binnie Teel e consegue fazê-la falar sobre suas experiências com Sullivan. Mas, assim como Whistler, Binnie diz que o professor nunca havia feito nada com ela.

— E se tivesse tentado — diz Binnie. — Eu teria ligado para o meu pai, pedindo para que ele usasse todo o poder do governo federal para destruir a vida dele.

O pai de Binnie é membro do congresso da Flórida.

Ela consegue conversar com mais cinco garotas até o fim da semana, mas todas dizem a mesma coisa. Sim, Sullivan é intenso. E, claro, ele trata as alunas como se fossem amigas. Porém, nunca passou dos limites.

Ela acorda ao lado de Freddy na manhã de sábado.

— Bom dia, ponto de interrogação — diz ela, beijando-o.

— Bom dia, ponto de exclamação — responde ele.

— Eu estava pensando...

— Você sempre está pensando.

Ela o beija.

— Não se sinta pressionado a dizer sim. Mas já que você não vai voltar para Miami durante o feriado de Ação de Graças, e como meus pais têm muito espaço sobrando, talvez você pudesse... sabe, ir para casa comigo?

Ele leva um momento para processar e depois sorri.

— Seus pais já sabem desse plano? — pergunta ele.

— Não exatamente. — Ela abre um sorriso tímido. — Mas vão aceitar. Eles sempre querem conhecer meus namorados e...

— Podemos não falar dos outros caras que você já namorou?

— Bem, você é o primeiro que eu *quero* apresentar para os meus pais. — Ela coloca as mãos nas bochechas dele ao dizer: — Momentos esplêndidos garantidos a todos... assim espero.

Ele se senta.

— Como eles são?

Ela pega um porta-retratos atrás de uma pilha de livros sobre a escrivaninha. A foto mostra Spence com os pais no Met Gala de alguns anos atrás.

— Bem, essa é a minha mãe — diz ela, lembrando-se com carinho de quando elas escolheram os vestidos juntas, ambos da mesma coleção cubista. — E esse é o meu pai. — Na foto, o pai veste um terno de alfaiataria e uma cartola.

— Sim, os dois parecem muito, hum, intimidadores — diz ele. — Posso pensar um pouco?

— Não — responde ela, brincando. Ela beija o pescoço de Freddy. — Tô brincando. Claro que pode. Pense o quanto quiser. Só não pense demais.

Há uma tristeza repentina no rosto dele ao dizer:

— É só que meu último namoro, meu único namoro, terminou logo depois de eu conhecer os pais dela.

— E você não fica feliz com isso? — pergunta Spence com um sorriso carinhoso. — Se os pais dela não fossem uns otários, ela nunca teria terminado o namoro e você não estaria aqui comigo.

Freddy ri.

— Nunca parei para pensar por esse lado.

— Estou sempre aqui para mudar as perspectivas — diz ela, segurando as mãos dele.

Spence se lembra de quando Amira usou as mesmas palavras. Mudança de perspectiva. Amira disse que o campus inteiro precisa disso. E é aí que a ficha cai. Amira. Ela fez testes para *Romeu e Julieta* no primeiro ano e depois nunca mais tentou. E claramente ama teatro, porque é cheia de opiniões sobre o tema e conhece peças que a própria Spence nunca ouviu falar.

— Eu... eu tenho que ir — diz Spence.

— Café da manhã? — pergunta ele. — Também estou com fome.

— Não, não é isso. Preciso encontrar uma pessoa.

Ela não se explica. Não tem tempo para isso.

Amira é presidente na Casa Shipman, o dormitório feminino onde Spence morou quando chegou em Chandler. Entrar naquele dormitório traz uma avalanche de lembranças. O cheiro do lugar faz com que ela se sinta com catorze anos de novo. Com saudades de casa. Com saudades dos amigos do ensino fundamental e da familiaridade de Nova York. Ela para na frente da porta de seu antigo quarto. Pensa em bater só para ver o cômodo mais uma vez. Mas não quer se atrasar. Em vez disso, encontra a porta de Amira, coberta do chão ao teto com páginas de livros e cifras de músicas. Ela bate, mas ninguém atende.

— Oi. — Ela se vira e encontra Amira atrás dela, segurando uma pilha enorme de livros da biblioteca.

— Ah, oi — diz ela. — Eu estava procurando você.

— Sim, obviamente — responde Amira. — Afinal, você está parada na porta do meu quarto.

— Lembra quando eu morava aqui no primeiro ano? — Ela assimila o dormitório novamente, lembrando-se dos velhos tempos. — Você morava na Redbird com a Henny, né?

— Sim — diz Amira. — Ela era legal. Quer dizer, aposto que continua sendo. Mas a gente nunca mais se falou.

— Pois é, *eu* também não converso muito com ela — conta Spence. — Mas nos falávamos muito no primeiro ano.

— Novatas conversam com todo mundo — comenta Amira. — Daí a gente descobre quem são nossas amigas e ficamos nas nossas bolhas.

— É verdade. E é meio triste também.

— É por isso que você veio até aqui? Para relembrar?

— Não, na verdade eu queria falar com você sobre... — Um grupo de alunas sai da área comum. Tão jovens. Será que ela parecia tão jovem assim quando chegou em Chandler? — Bem, podemos dar uma volta?

Amira parece estar analisando Spence.

— Hum, tudo bem. Deixa só eu guardar os livros.

Spence olha para as lombadas dos livros que a garota está segurando. São todos sobre os anos 1970, São Francisco e cultos. Enquanto abre a porta e joga os livros na cama, Amira diz:

— Estou escrevendo um trabalho sobre Jonestown para a aula de História da Contracultura da sra. Song.

— Jonestown? — pergunta Spence. — Aquele culto em que as pessoas beberam suco de uva com cianeto?

— Esse mesmo. — Amira pega um chapéu de palha de cima de um futon e coloca na cabeça. — Um dos maiores casos de morte deliberada nos Estados Unidos. Loucura, né? Imagina aquele monte de gente fazendo algo tão horrível e ninguém para dizer *Ei, parem!*.

— Pois é. — Ela observa o quarto de Amira. — Há um violão no canto. — Consigo imaginar *muito bem*.

— Oitenta por cento dos seguidores do Jim Jones eram pessoas negras — diz Amira. — Ninguém fala sobre isso. Tipo, todo mundo sabe que existiu esse culto maluco em que aconteceu um suicídio coletivo, mas por que havia tantas pessoas negras enfeitiçadas por um homem branco? É sobre isso que estou escrevendo.

— Fascinante — elogia ela.

As duas caminham para fora do dormitório.

— Enfim, estou interessada em pessoas que foram enfeitiçadas por instituições das quais não fazem parte — diz Amira. E então, com uma piscadinha, acrescenta: — Por que será?

— Sim, bem, é sobre isso que eu queria conversar com você, então... essa é a deixa perfeita.

— Nós amamos deixas perfeitas aqui em Chandler, né? — brinca Amira. — Aonde estamos indo, afinal?

— Para a floresta? — sugere Spence.

Amira dá de ombros.

— Pode ser, eu amo as folhas em novembro. O melhor mês na Nova Inglaterra.

— É o mês do meu aniversário, então concordo.

Elas atravessam o gramado aparado do campus em direção à floresta fechada.

— E aí? — pergunta Amira.

— Certo — diz Spence. — Algo me diz que você é do tipo que gosta de ir direto ao ponto, então vamos lá.

— Você está fazendo *qualquer coisa* menos indo direto ao ponto — responde Amira, rindo.

— Desculpa! — diz Spence. — Beleza, o que eu quero falar é o seguinte. — Ela se recosta no tronco de uma árvore. Amira para de andar e as duas ficam frente a frente. — No primeiro ano, você fez um teste para a peça do colégio, mas depois nunca mais tentou. E eu queria saber se...

— Você quer me escalar para uma das suas cenas da aula de roteiro ou alguma coisa do tipo? — pergunta Amira. Ela faz pose, exagerando a postura perfeita.

— Não — responde Spence com uma risada. — Só vamos apresentar nossa primeira cena em janeiro.

— Então...

— Então... o Sullivan...

— O que tem ele?

Ela sente os olhos piscando muito rápido antes de, finalmente, perguntar:

— Você desistiu do teatro porque ele fez alguma coisa com você? Tipo, sabe, algo sexual?

Amira fecha a cara ao ouvir a pergunta. Ela não diz nada por alguns segundos, o vapor saindo de sua boca por causa do ar gelado.

— Porra. Você também? — sussurra enfim.

O coração de Spence se despedaça.

— Não, eu não. Por algum motivo, fui poupada. Mas uma amiga minha... E, bem, ela não quer contar porque acha que foi a única. Só que ela não é mais a única. Tem você também. E provavelmente ele fez isso com muitas outras garotas. Mas, olha, você toparia denunciá-lo? Porque não podemos deixar que ele...

— O que a faz pensar que eu não denunciei o Sullivan? — pergunta Amira.

De repente, ela se sente tonta com a resposta. Usa um dos galhos da árvore para manter o equilíbrio.

— Peraí, quer dizer que... você contou para alguém?

— Claro que contei. — Há um traço de desafio no olhar de Amira. — Contei para os meus pais, e depois nós *todos* contamos para o diretor Berg.

— Quê? E como Sullivan... continua aqui? Dando aula?

Amira olha para ela com uma combinação de pena e inveja.

— Você não entende, né?

— Eu... eu sinto muito — diz ela. — Talvez se mais garotas se pronunciassem, as coisas poderiam mudar. — Ela fala rápido, pensando em voz alta, desesperada para encontrar uma solução e dar um jeito nisso. Ela nem sabe o porquê, mas, de certa forma, sente-se culpada pelo comportamento *dele*, como se ela validasse aquilo por ser a aluna favorita e falar bem dele para os outros alunos. — Posso conversar com os meus pais. Meu pai faz parte do conselho. Se eles souberem de uma coisa dessas, vão insistir para que Sullivan seja demitido. Tenho certeza disso.

— Claro, vá em frente — diz Amira num tom seco. — Não é como se a administração já não soubesse o que aconteceu comigo.

— Não acredito — solta Spence. — Não consigo acreditar.

— Que bom que não consegue. — Amira suspira. — Significa que você pôde viver ao menos uma boa parte da infância completamente isolada do mundo real. Sua amiga que passou por isso... posso estar chutando aqui, mas acredito que ela não seja uma aluna de legado ou filha de um bilionário. Não é a Whistler nem a Rooney nem a Henny. Provavelmente é uma aluna com bolsa, ou alguém com empréstimos estudantis. Talvez ela tenha uma história trágica que a torna mais vulnerável.

— Sim — concorda ela lentamente. — Você está certa.

Amira cruza os braços.

Ela pensa em Brunson. O que Amira está dizendo torna Sullivan ainda mais cruel, como se ele escolhesse suas vítimas com base na vulnerabilidade. O corpo inteiro de Spence sente calafrios enquanto ela pensa em como seu privilégio a protegeu de passar pelo que Brunson e Amira passaram. Não que sua relação com Sullivan fosse apropriada. Não era. E não é como se seu privilégio tivesse a protegido de ser tratada como um objeto sexual para homens que fetichizam mulheres indianas, abordando-as e pedindo para serem seus marajás. Só neste exato momento Spence percebe como se sentiu vulnerável durante toda a vida, e como sua ambição por ser perfeita era o único jeito de escapar dessa sensação. Mas isso não importa agora. O importante é apoiar Amira.

— Amira, eu sinto muito — diz Spence. — Eu... eu fico feliz que você ainda esteja em Chandler.

Amira abre um sorriso triste.

— Não podia deixar que ele me tirasse essa oportunidade. Ele não tem esse poder.

Spence assente.

— Ninguém deveria ter esse tipo de poder. Nunca mais.

SARAH BRUNSON

— Eu sempre perco para você — diz Brunson, organizando a palavra *cérebro* no tabuleiro de palavras cruzadas.

— É que você está distraída, dá para perceber — responde Millie Song, colocando a palavra *acadêmica*. — Já usei todas as minhas letras. Quantos pontos eu marquei mesmo?

— Cinquenta. — Brunson anota a pontuação no verso de um panfleto do Dia da Comunidade que ela pegou na sala do correio.

Millie tem razão. Ela está distraída. Já faz duas semanas desde que contou sobre Sullivan para os amigos e, em vez de se sentir liberta, ela só quer hibernar. Não quer falar sobre o assunto nunca mais. Prefere brincar com a filha de onze anos da sra. Song.

— Tudo bem, hora da história — diz Millie, encerrando o jogo com a palavra *bolo*.

É assim que a brincadeira sempre termina. Uma tradição que Brunson criou com sua irmã mais nova. Ao fim de cada partida de palavras cruzadas, ela conta uma história inspirada nas palavras formadas no tabuleiro.

— Ok. Era uma vez uma acadêmica com um cérebro muito poderoso — começa ela. Millie ri, atenta à história. — Mas a acadêmica era muito ocupada, estudando o tempo todo, e quase nunca conseguia comer bolo.

Ela escuta um barulho e encontra Spence parada junto à porta aberta do porão.

— Desculpa — diz Spence. — Não queria interromper a história.

— Você chegou na hora certa — diz Brunson. — Não sei como inserir as palavras *xilofone*, *armário* e *especial*.

— Moleza — diz Millie. — A acadêmica quer bolo, mas para abrir o armário onde o bolo fica guardado, ela precisa tocar uma melodia especial no xilofone.

Spence aplaude.

— É claro que a filha da sra. Song também seria brilhante.

— Você é bonita — diz Millie para Spence.

Spence sorri.

— Obrigada, mas espero ser mais do que isso.

— Certo, pode voltar lá para cima — diz Brunson, dando-se conta de que Spence nunca tinha ido até ali só para falar com ela. Devia haver um motivo.

— Mas eu quero ficar com vocês — implora Millie.

— É que agora nós precisamos conversar sobre coisas de adulto — explica Spence.

— Que esquisito, já que vocês não são adultas. — Millie bufa.

Brunson e Millie começam uma partida para ver quem fica mais tempo sem piscar, o jeito como as duas sempre definem um debate. Quando Millie pisca, Brunson diz:

— Desculpa, você perdeu. Pode subir.

Millie sobe batendo os pés.

— Ela é um amor — comenta Spence.

— Toda criança é — diz Brunson com tristeza. — A gente sempre começa a vida assim.

— Onde será que as coisas começam a dar errado? — divaga Spence. — Enfim, quer caminhar comigo até a MacMillan?

Ela pega o relógio debaixo de uma pilha de roupas.

— Ainda temos uma hora.

— Bem, acho que é tempo de sobra para conversarmos — anuncia Spence.

Enquanto Brunson pega um suéter e um cachecol de uma pilha de roupas, nota que Spence está observando o quarto no porão. A amiga encara um porta-retratos com uma foto da família de Brunson, em cima do piano antigo da sra. Song. Sua mãe está de peruca na foto. Brunson segura a irmãzinha, Ginny, nos braços. E o pai está piscando, como sempre sai em qualquer foto.

— Sua irmã é tipo uma minivocê — diz Spence.

— Ela é a versão 2.0. — Brunson veste um suéter de lã. — Espero que seja melhor do que eu.

Spence revira os olhos.

— Cala a boca, você é incrível. — Ela tenta tocar alguma coisa no piano, mas não dá muito certo. — Nossa, está desafinado.

Assim que Brunson termina de enrolar o cachecol no pescoço, anuncia:

— Estou pronta!

As duas saem em direção ao campus.

— Olha, eu conversei com muitas garotas — começa Spence. — E...

Brunson entra em pânico. Não sabe ao certo se quer ouvir o resto.

— Ei, seu aniversário está chegando, né? — pergunta ela, odiando-se por comentar sobre a data com Spence, quando Freddy pediu ao grupo que deixasse o assunto morrer.

— Ah, sim, mas não vou fazer nada de mais este ano — comenta ela.

Brunson assente, com medo de ter estragado a surpresa, e com mais medo ainda de ouvir o que Spence veio lhe contar.

— Olha, você não está sozinha — afirma Spence. — Sei de mais uma aluna que foi assediada por ele.

Brunson a corrige:

— *Pelo menos* mais uma aluna.

As duas se entreolham com tristeza.

— Sim, suspeito que tenha mais — responde Spence. — Tinha uma cantora muito talentosa no colégio quando estava no primeiro ano. Ela e Sullivan eram superpróximos. E depois ela saiu do nada com um atestado médico e nunca mais voltou. E agora tenho quase certeza de que sabemos o motivo. Talvez ela também possa nos ajudar.

— Eu também cheguei a pensar nisso, sabia? — diz Brunson. — Pegar um atestado. Ou sair do colégio. Mas aí, ele seria o vencedor, né?

— Sim. — Spence assente.

— Sabe qual é a parte mais difícil? — Ela chuta algumas das folhas cobre e douradas do chão. — É repassar tudo o que aconteceu na minha cabeça e imaginar o que eu poderia ter feito de diferente. Tipo, por que eu fui para a casa dele? Que idiotice!

— Você não é idiota — diz Spence. — Eu vou à casa dele o tempo todo. E às casas de outros professores. Brunson, você mora com uma professora!

Brunson ri.

— Sim, mas, bem, a sra. Song não se encaixa exatamente nesse perfil.

— Não tem essa coisa de perfil. E não culpe a si mesma.

— É fácil falar quando nunca aconteceu com você.

Spence não diz nada. Apenas caminha lentamente ao lado da amiga, observando-a com olhos cheios de empatia.

— Acho que ele sabia que eu era fraca — diz Brunson, estalando os dedos de nervosismo. — Deve ter farejado a fraqueza em mim.

— Por favor, não se culpe.

— Talvez se eu fosse mais parecida com você. Uma pessoa que sabe exatamente o que quer. Que exala força e confiança. Talvez seja por isso que ele nunca tenha feito nada com você.

Spence hesita. E depois diz:

— Na real, acho que ele não fez nada comigo por causa dos meus pais, e é por isso que eu gostaria de conversar com eles sobre o Sullivan. Com a sua permissão.

— Eu não... quer dizer, pra quê?

— Porque meu pai faz parte do conselho de Chandler. E ele conhece outros membros do conselho. E porque, bem, a outra garota, ela contou para o diretor Berg o que Sullivan havia feito, mas não aconteceu nada.

— Que merda. — Isso era exatamente o que ela temia. Se expor e nada acontecer com ele.

Ela sente uma pontada de empatia pela garota que o denunciou.

— Pois é — continua Spence. — Então, acho que... acho que precisamos de mais poder do nosso lado. E talvez eu possa ajudar com isso.

— Não sei, não. — Brunson chuta mais uma pilha de folhas. Desta vez, Spence a acompanha. Elas chutam enquanto caminham. — A única coisa que eu não quero é que o que Sullivan fez me defina. Que aquele único momento idiota represente toda a minha experiência de ensino médio. Ele não merece isso.

— Eu sei — diz Spence. — Mas se não tentarmos, ele vai continuar fazendo o que fez com você.

— Não sei, não — repete ela. — Enfim, é melhor irmos para a MacMillan.

— Vai pensar no que eu disse? — pergunta Spence.

— Claro. — Mas Brunson sente que já tomou sua decisão.

Só de imaginar Spence contando a seus pais poderosos sobre o trauma, Brunson já se sente humilhada. E, acima de tudo, ela não quer passar pela mesma coisa que a outra aluna que *já* denunciou Sullivan passou. Essa informação mudou tudo.

Conforme se aproximam da Casa MacMillan, Spence faz mais uma pergunta para Brunson.

— Você acha que eu deveria sair da peça de inverno?

— Por que está me perguntando isso?

— Sei lá — responde Spence. — Porque não sei o que fazer. Eu odeio tanto o Sullivan agora. Toda vez que olho para ele, penso no...

— Então, saia da peça — diz ela.

— Mas eu amo essa peça, e não temos substitutos e... estou numa turma de dois semestres com ele e não teria créditos suficientes para me formar se desistisse agora. Então, não é como se eu conseguisse evitá-lo, e...

— Então, continue na peça. — Ela sente uma pontada de ressentimento por Spence estar pedindo a opinião dela, e por pressioná-la.

— Oi, gente — diz Freddy ao avistá-las. Ele abraça a namorada por trás e dá um beijo na bochecha dela.

Os três entram na residência de Douglas. Beth e Ramin já estão sentados no chão. Brunson se senta o mais longe possível de Spence. Não consegue aguentar a energia dela no momento.

— Hoje é nosso último encontro antes de vocês irem passar o feriado de Ação de Graças em casa — anuncia Douglas. — Então, pensei em fazermos algo diferente.

— Na verdade, eu não vou para casa — diz Freddy.

— Nem eu — comenta Ramin.

Douglas se corrige.

— Certo, então é nosso último encontro antes do feriado. Freddy e Ramin, eu também estarei no campus, então se quiserem um prato de sopa que não tenha gosto das sobras de ontem, podem bater na minha porta.

— Você vai gostar de ver o campus vazio — diz Freddy para Ramin. — A maioria dos alunos vai para casa, então só ficam por aqui alguns funcionários e poucos alunos de outros países.

Ramin suspira.

— Vai ser legal ter o porão só para mim, finalmente. Na noite passada minhas toalhas desapareceram.

— Babacas — murmura Beth.

— Hiro tinha uma toalha sobrando. Tá tudo bem. — Ramin solta outro suspiro pesado. — Pedi ao colégio para ser transferido para outro dormitório, mas não tem vaga. Sabe o que o diretor disse?

— O quê? — pergunta Freddy.

— Disse que assim que um aluno do segundo ano for expulso, eles conseguem me transferir. — Ramin solta uma risada triste.

— Quanta frieza — comenta Freddy.

— Fala sério, como você consegue responder a este homem? — pergunta Spence para Douglas.

A professora não morde a isca.

Mas Spence continua:

— Foi por isso que você saiu da direção do Departamento de Inglês? — pergunta ela. — Porque não conseguia mais lidar com o Berg?

— Amanda, não precisamos discutir sobre...

— Ah, sem essa, estamos em um espaço seguro — diz Spence.

Douglas suspira.

— Eu abandonei o cargo por causa de uma discussão a respeito de algumas solicitações para a bibliografia escolar, só isso. Eu queria... atualizar o currículo básico. Colocar mais autores e autoras que refletem as experiências de *todos* os estudantes.

— E o diretor Berg? — questiona Spence.

— Ele não concordou — responde Douglas. — Mas acabei aplicando a bibliografia nas minhas aulas eletivas. E tenho o Círculo. O cargo de diretora de departamento é cheio de burocracias inúteis. Agora, posso focar no que mais amo fazer: ensinar.

Brunson não tem interesse nenhum nos motivos de Douglas para abandonar seu cargo. Só consegue pensar em Ramin e em como ele está sendo forçado a morar naquele porão.

— Vocês sabiam que, estatisticamente, alunos do segundo ano têm as menores probabilidades de serem expulsos?

— Verdade — confirma Beth. — Na média, apenas um por cento desses alunos são expulsos por ano.

Brunson sempre se surpreende com como a cabeça de Beth é cheia de estatísticas úteis sobre Chandler, assim como a dela.

— Eu preparei a seção *Sumidos mas nunca esquecidos* do anuário no ano passado, e a lista de segundanistas era minúscula comparada com o resto.

— Aliás, podemos falar sobre essa seção por um minuto? — pergunta Freddy. — *Sumidos mas nunca esquecidos*. Parece que os alunos foram sequestrados, e não expulsos.

— A única seção menor que essa no anuário era a de Alunos Hóspedes — comenta Brunson. — Há poucos como eu.

Um sorriso se abre no rosto de Ramin.

— Espera. É isso! Você é genial, Brunson!

— Sou? — pergunta ela.

Ramin olha para Douglas e diz:

— Eu poderia ser um Aluno Hóspede. Brunson mora com a sra. Song. E Josie Oxford mora com...

— Só existem cinco professores que hospedam alunos — anuncia Beth. — Todos os quartos já estão ocupados.

— Acho que ele está se convidando para morar aqui — diz Brunson.

Ramin assente, confirmando.

— Quantos quartos você tem aqui, professora Douglas? — Assim que faz a pergunta, Brunson se dá conta do quão inapropriada ela é. Seu rosto começa a arder.

— Eu... bem, você sabe... eu não acho que... — Douglas hesita.

Brunson olha para Ramin, que rapidamente desiste da própria ideia.

— Tudo bem — diz ele. — Me desculpa. Foi uma ideia ruim.

Recompondo-se, Douglas diz:

— As casas dos docentes precisam ser aprovadas para Alunos Hóspedes. É todo um processo. E teria que ser aprovado pelo...

— Diretor Berg. — Spence revira os olhos.

— Sim — confirma Douglas. — E, bem... Ramin, se realmente está se sentindo desconfortável, eu posso perguntar se eu mesma ou qualquer outro membro do corpo docente poderia hospedar você. Mas isso pode levar um tempo.

— Obrigado — sussurra Ramin. — Seria ótimo.

Douglas sorri, provavelmente aliviada com o fim da conversa.

— Muito bem, podemos começar? Como eu disse, pensei em fazermos algo diferente hoje. Algo que eu espero que seja divertido. — Todos olham para ela com expectativa. — Hoje, em vez de escreverem sozinhos por uma hora, vamos revezar escrevendo por dez minutos cada, construindo uma história juntos. — Ela respira fundo. — Será um exercício de escuta, porque quero que vocês construam em cima das ideias dos outros, em vez de descartá-las.

— Ah, tipo improviso — diz Spence. — Uma das principais regras do improviso é receber a cena do seu parceiro com um "Sim, e". Por exemplo, digamos que eu comece uma cena num leilão de luxo, vocês não podem falar, tipo, "Não, nós não estamos num leilão de luxo".

Todos riem do exemplo, mas só Freddy é corajoso o bastante para zombar de Spence.

— Tá bom, mas só *você* começaria uma cena num *leilão de luxo*.

— Cala a boca — diz Spence. — Foi apenas um exemplo.

— Querem saber? — pergunta Douglas. — Antes de começarmos a escrever, vamos fazer alguns exercícios de improviso. Escrita nada mais é do que improviso na página, certo? Amanda, por que não nos ensina o seu exercício de improviso favorito?

— Ah! — exclama. — Bem, tem o jogo do ABC, onde cada frase deve começar com a próxima letra do alfabeto. Tem o jogo do congelamento, em que duas pessoas fazem uma cena, e uma terceira grita "Congela!" e os dois devem parar. A pessoa toca o ombro de um dos integrantes da dupla, trocando de lugar com ele e começando uma cena completamente nova, em cima de algum elemento físico que já foi apresentado antes. E por aí vai...

— Vamos fazer esse! — exclama Beth. — Parece divertido.

— Certo, então você vai ser minha primeira parceira de cena — diz Spence para Beth. As duas vão para o meio da sala. — Precisamos de uma ambientação. Pode ser qualquer lugar.

— A lanchonete do colégio — sugere Freddy.

Spence e Beth se sentam uma de frente para a outra, comendo um lanche fictício e trocando fofocas fictícias, até Freddy gritar "CONGELA!", tocando o ombro de Spence. Ele se senta na frente de Beth, na mesma posição em que Spence estava, e começa uma cena numa nave espacial. Beth, entrando na brincadeira, balança os braços pelo ar. Todos riem e continuam com o jogo até que o grupo inteiro — até mesmo Douglas — tenha participado de uma rodada. O jogo muda o humor de Brunson. O peso que ela estava carregando é substituído pela leveza das risadas e da criatividade.

Quando começam o exercício de escrita de Douglas, Brunson está de fato se divertindo. A história que o grupo escreve junto é boba: sobre uma professora e uma aluna que trocam de corpo. Brunson sabe que provavelmente existe uma versão muito mais triste da mesma história, mas essa não é a versão que eles escrevem juntos. E isso a fez perceber que toda história pode ser escrita de várias formas diferentes. Assim como cada vida pode ser vivida de várias formas diferentes.

Antes de liberar o grupo, Douglas anuncia:

— Só volto a ver vocês em dezembro. Pelo menos aqui nas nossas reuniões. E como é Ação de Graças, gostaria de dizer que sou muito grata pelo nosso Círculo.

Eles vão até o lago depois do encontro do Círculo. Durante o caminho, Freddy puxa Brunson para o canto e sussurra:

— Ei, eu vi você e Spence juntas hoje de manhã. Ela não desconfia de nada sobre o aniversário, né?

— Acho que não — diz Brunson. — Ela me disse que não ia fazer nada este ano.

— Que bom — responde Freddy. — Já combinei tudo com a Sabrina.

O lago ainda não está coberto de gelo, mas em breve estará. Eles se sentam à beira da água.

— Que bom que você perguntou para a Douglas se podia morar com ela — diz Freddy para Ramin.

Enquanto Ramin comenta sobre as chances de aquilo acontecer, Brunson se levanta e começa a caminhar pela margem do lago. Ela para na árvore deles, passando o dedo pelas iniciais de cada um.

— Oi.

Ela se vira e vê que Beth a seguiu.

— Oi — responde ela.

As duas ficam em silêncio por um momento.

— Eu acho você muito engraçada — diz para Beth, lembrando-se das cenas improvisadas do Círculo. — Eu não sabia que você era assim.

— Tem muita coisa que não sabemos uma sobre a outra, né?

Brunson assente. Seus dedos continuam sobre as iniciais.

— Você acha que fomos os primeiros alunos a escolher este lago como um lugar especial?

— Provavelmente não — diz Beth. — Este lago deve guardar um século de segredos.

— Sim, segredos — repete Brunson.

Pensar nos alunos que vieram antes dela abre algo em seu peito. Faz Brunson perceber que um dia *ela* será a aluna que veio antes. E ela tem o poder de melhorar as coisas para os próximos jovens que chegarão em Chandler em busca de respostas.

— Spence quer contar para os pais dela sobre o Sullivan. Ela comentou com você? — diz Brunson para Beth.

— Não — responde Beth, inclinando a cabeça. — O que *você* quer?

— Não sei — diz Brunson.

— Como você se sente quando imagina Spence contando para os pais dela?

— Assustada. Mas também esperançosa. — Ela encara Beth ao dizer: — Ué, você está bancando a terapeuta para cima de mim? Falou igualzinho ao dr. Geller.

— E como você sabe o jeito dele de falar? — Beth sorri.

— É que me consultei com ele por um tempinho no ano passado — diz ela.

— Mais uma coisa que eu não sabia sobre você. Quer dizer, como éramos tão invisíveis uma para a outra mesmo sendo *colegas de quarto*?

— Não sei. — Brunson balança a cabeça. — Acho que às vezes é mais difícil de ver as merdas que acontecem bem debaixo do nosso nariz.

— Sim, bem, eu não olho para a minha própria merda — diz Beth. Brunson ri.

— Que nojo!

— Por que te mandaram para o dr. Geller? — pergunta Beth.

— Ninguém me mandou — explica ela. — O dr. Geller fez parte do meu treinamento para o aconselhamento de alunos, e eu achei ele superinteligente, e pensei que poderia me ajudar a lidar com a distância da minha mãe e da minha irmã. Daí nós fizemos, tipo, umas sete sessões, eu acho. Parei com a terapia depois do que aconteceu com o Sullivan. Provavelmente não foi uma boa decisão. Mas eu não estava pronta para contar a ninguém no ano passado.

— Você parou porque ele ajudou ou porque ele não estava ajudando? — questiona Beth.

— Ah, ele me ajudou! — diz ela com sinceridade. — Eu só achei que não precisava mais de terapia. Tipo, minha mãe já está em remissão. E espero que fique assim para sempre. Eu deveria seguir em frente com a vida, né?

— Bem, parece que ela passou um bom tempo doente. Deve ser difícil de processar.

Ela assente. Beth está certa quanto a isso.

— De certa forma, eu não tive pais presentes — diz ela num sussurro. — O tratamento da minha mãe era muito caro. E meu pai vivia fazendo hora extra para conseguir pagar. Então, eu ajudei a criar minha irmã. Troquei as fraldas, preparei as mamadeiras. E observei minha mãe morrendo até que, de repente, ela voltou a viver.

— Queria tanto que a gente tivesse conversado desse jeito no ano passado — diz Beth.

— Eu também — responde ela, com uma pontada de dor em sua voz. — Sabe, eu só estava tentando me encaixar e fazer amigos. Nunca foi minha intenção fazer com que você se sentisse excluída.

— *Agora* eu sei.

— E toda aquela coisa sobre o seu cabelo — continua Brunson.

— Eu sei. Fazia você se lembrar da sua mãe. Agora eu entendo. Agora eu *te* entendo — afirma Beth.

Brunson continua, dizendo tudo aquilo que deveria ter dito para Beth quando as duas eram colegas de quarto.

— A parte esquisita é que depois que o cabelo da minha mãe voltou a crescer, e ela voltou a ter seus pacientes em vez de ser uma... bem, eu não sabia o que fazer com uma mãe saudável, então me inscrevi aqui. E quando fui aceita, minha mãe surtou. Em parte por causa da mensalidade, mas também porque eu estava indo embora justo quando ela tinha saúde para aproveitar o tempo comigo.

— Você deve sentir saudades dela, né? — comenta Beth.

— Sim, muitas. — Brunson abre um sorriso melancólico. — Sabe o que ela disse quando eu fui aprovada? Que se alguém fosse levar sua filha para longe dela, teriam que *pagar* por isso, e não o contrário.

Beth ri.

— Mas ela deixou você vir estudar aqui.

— É difícil me dizer não quando eu já estou decidida. — Brunson suspira.

— Não tenho dúvidas — responde Beth com um sorriso. Depois, delicadamente, ela pergunta: — Então... e o Sullivan? Já sabe se quer que a Spence fale com os pais dela?

Brunson sabe que não quer que sua experiência em Chandler seja definida por Sullivan. Mas também sabe que se ao menos não tentar fazer alguma coisa a respeito, ele a definirá ainda mais.

Porque ela sempre olhará para trás, pensando *e se?*.

FREDDY BELLO

— Feliz aniversário — diz ele quando os dois acordam lado a lado.

É inacreditável como é fácil entrar escondido no quarto dela. Ou, talvez, o sr. e a sra. Plain sejam pais de dormitório incrivelmente liberais, porque os dois veem Freddy entrando e saindo de Livingston o tempo todo, e nunca lembraram o garoto da regra da porta aberta, ou da regra de distanciamento.

— Obrigada — responde ela.

— Está se sentindo mais velha? — pergunta ele.

— Não. Só mais feliz. — Ela passa a mão pelo cabelo dele com carinho. — Eu poderia ficar o dia inteiro aqui na cama com você.

— Exaustão. Certamente um dos sinais da velhice. — Ele a beija entre uma palavra e outra.

— Você sabe muito bem o *porquê* de eu querer ficar na cama. — Ela muda de tom, ficando mais séria. — Mas não precisamos fazer isso, se você não quiser.

— É claro que eu quero — diz ele. — É só que você comentou que não queria mais namorar porque a maioria dos caras só pensa nisso. E eu não queria que você achasse que eu só quero transar ou algo assim.

Ela ri.

— Você é bonzinho demais, Freddy. Eu não quis dizer que nunca mais ia transar.

— Que notícia boa! — exclama ele, sorrindo para esconder o nervosismo repentino.

Está nervoso porque, na verdade, ainda é virgem. Sua última namorada terminou antes que os dois pudessem chegar lá. E agora ele sente um buraco no estômago. Será que vai decepcionar Spence? Será esse o motivo que a fará terminar o namoro?

Um silêncio longo e estranho se estende entre os dois. Por fim, Spence fala:

— Não precisa ser hoje, tá?

Freddy segura a mão dela e beija os dedos.

— Só estou nervoso, acho. É que eu, hum, não tenho experiência nessa área.

— Ah! Freddy, nós podemos esperar. No momento em que você se sentir pronto.

— *Com você* eu me sinto pronto — diz ele com firmeza. — É só que... estou me sentindo como fico antes de uma competição. Não importa o quanto eu tenha treinado. Quando chega a hora de me apresentar na frente dos jurados, fico muito nervoso.

— Quer saber o que eu acho? — pergunta ela com delicadeza.

Ele observa Spence, sem imaginar o que se passa na cabeça dela. Isso é parte da beleza dela, todos esses mistérios a serem descobertos.

— Acho que você foi treinado para ver tudo como uma competição — diz ela. — Mas aconteça o que acontecer, eu não vou te julgar. Prometo.

Ele a encara. Freddy sabe que prometeu aos pais que não iria se distrair com outro romance, mas talvez o que ninguém previu foi que, ao se apaixonar pela pessoa *certa*, ele se sentiria mais empoderado.

Sua boca se aproxima da dela até quase se tocarem. É como se os dois estivessem respirando juntos, no mesmo ritmo.

— Vamos nessa — diz ele.

— Tudo bem — sussurra ela. — Podemos ir devagar.

— Eu só... não quero que você crie expectativas nem nada do tipo. Ela ri.

— Tá bom. Agora que já diminuí minhas expectativas... — Ela desliza a mão para baixo para tocá-lo, e ele está duro. — Bem, as expectativas podem ser pequenas, mas tem uma coisa aqui que não é.

Freddy revira os olhos com a piada, mas não consegue segurar o riso. Eles se beijam por um bom tempo, até Spence se virar e pegar uma camisinha na gaveta.

— Nossa — diz ele.

— Que foi? — De repente, ela fica na defensiva. — Você acha que sou uma vagabunda por ter camisinhas no meu quarto?

— Não! — responde ele, alto até demais.

— Shhh — diz ela. — Tem um monte de alunas lá fora que adorariam descobrir que você não foi embora ontem à noite.

Ele abaixa a voz até se tornar um sussurro.

— Sério mesmo, eu acho você incrível.

Ele a beija, e eles se derretem um sobre o outro. Freddy nunca se sentiu tão conectado com outra pessoa assim. Por toda a vida, seu corpo só serviu para ganhar medalhas. Agora, pela primeira vez, seu corpo está ali simplesmente para sentir prazer.

Quando terminam, os dois se abraçam, deitados ali, dizendo nada e sentindo tudo. Ele percebe algo naquele silêncio. O motivo pelo qual queria desistir do salto com vara é fugir daquela pressão que ele tanto odeia. Se pudesse lidar com o salto do mesmo jeito que lida com o relacionamento com Spence, talvez até poderia voltar a gostar do esporte. Talvez pudesse praticar com aquela mesma empolgação que sentia quando era criança e queria voar feito o Super-Homem.

Freddy apoia a cabeça no peito dela. Talvez não desista do esporte. Talvez tudo o que precisava era de alguém que lhe passasse a segurança necessária para continuar.

Ela faz cafuné nele.

— Você sabe que se um dia você cortar o cabelo eu te mato, né?

— Nossa! — diz ele, rindo. — Eu sabia que as coisas entre nós dois iriam mudar se eu cortasse, mas não imaginei que iríamos partir para o assassinato tão rápido assim.

— O que eu quero assassinar agora é a minha fome — comenta ela. — Estou faminta.

— Eu também. — Ele se levanta e se veste. — Ei, vamos comer na cidade. — Freddy fala com o máximo de casualidade que consegue. — Hoje não quero ficar com mais ninguém que não seja você.

Ela sorri.

— Pizzaria Mamma Mia?

— Claro — diz ele. — Você sabe como eu amo aqueles calzones de café da manhã.

Eles pedalam juntos até a cidade. O dia está perfeito, fresco porém ensolarado. No caminho até a Mamma Mia, ele aperta o freio bruscamente.

— Ei, espera. Eu esqueci meu chapéu na casa da Sabrina naquela noite da festa. Queria perguntar para ela se posso dar uma procurada por lá. Vai ser rapidinho.

Ela cerra os olhos, desconfiada.

— Você não estava de chapéu naquela noite. Eu tenho memória fotográfica quando se trata de moda.

— Você chama o que eu visto de moda? — Ele pensa rápido e acrescenta: — Enfim, estava preso no meu bolso. Devo ter deixado cair.

Ela dá de ombros.

— Tudo bem.

Ele solta um suspiro de alívio. Ela não parece desconfiar de nada. Quando Freddy bate à porta da família Lockhart, ela se abre com tudo. E então, as luzes se acendem e todos gritam:

— SURPRESA!

Ele a observa assimilando a festa. O Círculo está lá, junto com suas amigas do último ano e os alunos do teatro. Spence não consegue parar de sorrir enquanto olha para Whistler, Henny, Amira e Lashawn.

— Ai, meu Deus! — Ela dá um tapinha nele de brincadeira. — Você me enganou!

— A GENTE TE AMA — grita Henny Dover. — Mesmo quando você ignora a gente para ficar agarrada com seu saltador de vara.

— Eu... eu não acredito nisso. — Spence parece genuinamente comovida. — Eu disse que não queria fazer nada no meu aniversário.

— Sim, mas eu sabia que você não estava falando sério — responde Freddy. — Estava?

— Você AMA fazer aniversário — intervém Whistler. — E esse é seu último aqui em Chandler, então a gente não podia permitir que passasse o dia fazendo nada.

— Meu dia até que estava divertido até agora — diz ela, apertando os ombros de Freddy. — Mas vocês têm razão. Eu *amo* fazer aniversário. Então vamos festejar como se fosse 1999.

Sabrina coloca um CD da Ella Fitzgerald para tocar, e as formandas começam a dançar a valsa que aprenderam nas aulas de dança para a festa.

Spence caminha com Freddy até Sabrina e Hiro.

— Muito obrigada por isso, Sabrina — diz Spence.

— O prazer é todo meu — responde Sabrina em tom carinhoso. — Freddy disse que o primeiro beijo de vocês foi na minha garagem, então me pareceu um bom lugar para comemorar.

Spence olha para ele.

— Anda espalhando nossos segredos por aí, é?

Hiro, com os braços ao redor de Sabrina, completa:

— O amor estava no ar naquela noite, né?

Freddy sente o rosto queimar. Eles acabaram de transar, mas ainda não disseram "eu te amo" um para o outro.

— Sim, estava — confirma ele, olhando nos olhos de Spence. E ela percebe o significado daquele momento, porque fica com o rosto corado.

— Meus pais disseram que temos cinco horas, então, aproveitem — avisa Sabrina. Então, ela puxa Hiro para a pista de dança e ele a rodopia até ela quase cair.

Do canto, Freddy observa enquanto Spence conversa com os convidados. Todos a amam. Depois de algumas músicas, ele se aproxima de Ramin.

— Você trouxe? — pergunta ele.

— Aqui. — Ramin tira um CD iraniano da mochila. Na capa há uma mulher deslumbrante.

Freddy e Ramin vão até o aparelho de som e mudam a música.

— Dança do Círculo! — grita Freddy.

Eles balançam os ombros, fazem caretas ridículas e agitam as mãos no ar. O restante dos convidados os acompanha.

Freddy nota o olhar maravilhado de Ramin.

— Legal, né? — diz ele.

— Muito legal — responde Ramin. — Imaginei muitas coisas sobre Chandler. E eu não consegui imaginar as piores partes. Mas também não imaginei as melhores.

Eles dão uma pausa na dança para se sentar na varanda, onde Amira e Lashawn folheiam um anuário antigo de Chandler.

— Obrigada por terem vindo — diz Spence para as duas.

Amira levanta o anuário.

— Vocês não estão prontos para ver isso.

— O quê? — pergunta Spence.

— Os pais da Sabrina têm esse anuário supervelho, e...

— Que rufem os tambores... — brinca Lashawn.

— Bum! — Amira abre o anuário numa foto do diretor Berg como formando, na época em que era apenas um aluno de Chandler.

— Ai. Meu. Deus! — berra Spence.

Freddy a deixa na varanda por um tempo. Ela ainda está lá às três da tarde, quando ele tem a próxima surpresa planejada.

— Preciso de você lá dentro! — chama ele.

Ela o segue para dentro da casa. Sabrina mexe no rádio até encontrar a estação certa. Uma música popular está tocando.

— Por que você me trouxe para dentro? — pergunta Spence.

— Paciência — diz ele.

A festa inteira fica quieta. Por fim, a música termina e o apresentador do programa de rádio começa a falar.

— Nossa próxima música é um pedido do Freddy.

— Mentira! — exclama Spence, passando os braços ao redor dele e o abraçando com força.

— Freddy diz: *Joey, hoje é aniversário de uma pessoa muito especial para mim. Você pode tocar "Amanda" do Don Williams para ela? Se puder, sei que ela vai mudar de ideia sobre algo muito importante.* Bem, Freddy, seu desejo é uma ordem!

A música começa e Freddy canta junto.

— Espera, você está tentando me fazer amar uma música com nome próprio no título? — pergunta ela.

— *Amanda light of my life*. Amanda, luz da minha vida — canta ele com a voz anasalada.

— Eu nunca vou mudar de ideia, nunca! — rebate ela, rindo.

O resto dos convidados canta junto depois de aprenderem o refrão.

— *Amanda light of my life*.

Spence se joga nos braços dele quando a música termina.

— Eu te amo — sussurra no ouvido dele. — E eu nunca disse isso para ninguém.

Ele a beija e sussurra de volta:

— Também te amo.

Depois do parabéns, os convidados começam a se despedir. Os alunos remanescentes se jogam no chão da sala de estar, beliscando restos do bolo na mesa de centro até os pais de Sabrina chegarem.

Freddy e Spence pedalam de volta para o campus e ele a beija na frente da Casa Livingston. A alguns metros de distância, Brodie Banks grita:

— Vão para um quarto!

— Ei, você viu como o Hiro é todo entrosado com os pais da Sabrina quando eles chegaram? — comenta ela. — Quer dizer, eles começaram a namorar na mesma noite que a gente.

— Bem, ela é aluna externa, os pais dela moram na cidade.

— Só estou comentando mesmo. — Ela respira fundo. — Se você dissesse sim para o meu maravilhoso convite de Ação de Graças, daí você *poderia* conhecer meus pais que, milagrosamente, estarão em casa.

E Brunson me disse que ela *quer* que eu converse com eles sobre o Sullivan, então seria legal ter você lá para me apoiar.

— Eu aceito seu maravilhoso convite — diz ele com firmeza. — Aliás, nem precisei ver Hiro e Sabrina para me convencer. Não vou comparar a gente com mais ninguém desta vez. Eu só... quero conhecer as pessoas que criaram você.

— Ei. — Ela aperta as bochechas dele. — Eu me criei sozinha.

E, com isso, ela o beija e vai embora.

Nenhuma das roupas de Freddy parecem apropriadas para conhecer os pais de Spence. O pai dela provavelmente faz seus ternos sob medida em Savile Row. A mãe, bem, ganha roupas de grifes famosas. Já Freddy está decidindo entre levar um blazer tão apertado que o botão nem fecha ou um suéter velho com um furo na lateral.

No corredor, ele consegue escutar Charles e Teddy Powers chutando uma bola de elástico de uma ponta à outra.

— Consegui! — grita Charles.

No ano anterior, ele estava jogando bola no CCE quando ouviu Henny e Whistler contando para Marianne sobre o fim de semana que passaram no "Palácio da Spence", como elas chamavam. Henny estava superfocada em descrever os bidês e os chuveiros.

— Eu nunca vi tantos bidês na minha vida — disse ela.

Whistler estava mais interessada nas fotos que viu dos Spencer com celebridades.

— É sério, eu não sabia que a Spence já tinha jogado boliche com a Liv Tyler!

Ele coloca tanto o blazer quanto o suéter na mala, junto com todas as calças que tem. Vai pedir que Spence o ajude a escolher o que vestir quando chegarem lá.

No corredor, Charles e Teddy gritam enquanto chutam a bola. Então, ele ouve a porta do sr. Sullivan se abrindo.

— Poderiam, por gentileza, se lembrar de que não estamos no meio da natureza selvagem?

Ouvir a voz daquele homem faz o sangue de Freddy ferver. Ele quer sair do quarto e mostrar para o professor quem é selvagem ali.

— Desculpa, é que está frio demais para jogar lá fora — explica Charles.

Então, uma nova voz surge. A voz de Toby.

— Ei, Cox — diz ele. — Seu colega de quarto está por aqui?

— Sim, ele está fazendo as malas, mas...

Antes que Charles possa terminar a frase, Toby e Seb entram no quarto e fecham a porta. É ridículo pensar que a porta deve ficar sempre aberta quando uma garota vem visitar, mas não quando dois babacas como eles aparecem.

— E aí? — diz Toby.

— Estou bastante ocupado. — Freddy continua fazendo as malas.

— Sim, percebemos. — Seb dá uma olhada dentro da bolsa. — Vai conhecer os pais da Spence. A coisa ficou séria, hein?

É claro que eles já sabem onde Freddy vai passar o feriado. Chandler é um lugar cheio de segredos, mas onde nada é de fato secreto.

— Pessoal, o que vocês vieram fazer aqui?

— Somos amigos, não somos? — pergunta Toby.

— Somos? — Freddy tenta soar relaxado, mas percebe que sua voz já está exaltada.

— Sim, é claro que somos. — Seb está prestes a falar alguma coisa, mas Toby o interrompe. — Não somos pessoas ruins. Você sabe disso.

Freddy não olha para eles. Está focado em separar e dobrar as roupas, guardando tudo na bolsa.

— Olha, já saquei que você está puto com a gente, e não sei o que o Ramoon anda te dizendo ou o motivo de ele estar tentando sair do nosso dormitório.

— O nome dele é *Ramin* — diz Freddy com a voz afiada.

— Entendido, Frederico.

— Escuta — continua Toby. — Não quero que você ouça só o lado dele.

— E qual é o seu lado? — pergunta Freddy.

— Você não estava aqui no primeiro *nem* no segundo ano. Tem *muita coisa* que você não sabe.

— Aposto que sim. — Ele tenta descobrir como dobrar as duas gravatas que vai levar. Não importa o quanto tente, os nós sempre se desfazem quando ele as guarda na bolsa.

— Você não sabe tudo o que nós passamos. — Toby agarra o braço de Freddy com agressividade. — Dá pra me escutar?

— Beleza. — Freddy cruza os braços.

— Meus presidentes do primeiro ano abaixavam nossas calças e batiam na gente com as raquetes de pingue-pongue que eles roubavam do CCE — conta Toby.

— E quer saber mais? — diz Seb. — Quando eu fui estudar em Montgomery, era a mesma coisa. Cheguei lá no segundo ano e um grupo de formandos me fez usar a cueca na cabeça. Tiraram fotos de mim. Disseram que estavam só se precavendo. Se eu desobedecesse, eles colariam as fotos na sala do correio.

— E isso era em Montgomery! — aponta Toby. — Sabe onde *eu* morei no meu segundo ano? No Porão Wilton Blue. Quer saber o que aconteceu comigo lá?

— Na verdade, não quero, não — responde ele.

— O que estamos tentando dizer é que não fizemos nada que já não tenha sido feito com a gente antes, tá bom? — Toby balança a cabeça com orgulho, como se esse fosse seu argumento final.

— Não está nada bom — sussurra ele. — Não é assim que as coisas funcionam. Se alguém faz algo horrível com você, isso não te dá o direito de fazer a *mesma coisa* com outras pessoas. Isso não é... — Ele pensa na palavra certa. *Justo?*

— Sim, mas um trotezinho de vez em quando faz parte da tradição de Chandler. Você não deveria levar tudo tão a sério.

— Mas isso é muito sério! — rebate ele. — Tem noção do que vocês estão fazendo com os outros? Vocês não se arrependem nem um pouco?

Nenhum dos dois responde.

— Querem saber? Preciso ir ao banheiro — diz ele. — Espero não encontrar vocês aqui quando eu voltar.

Ele sente o coração acelerar enquanto caminha até o banheiro, mas abre um sorriso mesmo assim, porque há pouco tempo aqueles caras *eram* seus amigos. Mas agora ele tem muito mais.

Charles e Teddy continuam chutando a bola.

— Tá tudo bem? — pergunta Charles quando Freddy abre a porta do banheiro com um chute e joga água no rosto quente.

Toby, Seb e Sullivan estão na Casa Holmby neste momento. O que é o bastante para deixá-lo com vontade de incendiar o local, mas ele tenta controlar a raiva.

Quando volta para o quarto, os garotos já se foram. Ele suspira de alívio e termina de fazer a mala. Lembra-se de ter prometido a Spence que mostraria suas fotos de infância, então joga algumas dentro da bolsa no último instante. Horas depois, ele está deixando tudo para trás em um trem para Nova York com sua namorada. Não contou nada para ela sobre a visita de Seb e Toby. Não quer reviver aquilo. Em vez disso, escuta atentamente enquanto Spence descreve Hamptons para ele.

— Então, basicamente, é para onde as pessoas ricas o bastante vão dirigindo para sair de Manhattan no calor, só para serem mordidas por carrapatos e curtirem festas com o Puff Daddy — resume Freddy.

— É mais ou menos isso — responde ela. — Mas não é todo mundo que dirige. Alguns pegam o Jitney.

— O que é um Jootney? — diz ele, só para provocar.

— Jitney — corrige ela. — É um ônibus.

— Vocês andam de *ônibus*? — pergunta ele, incrédulo.

— Cala a boca. — Ela ri.

Quanto mais se afastam de Chandler, mais leve ele se sente. Não se importa mais por não ter as roupas perfeitas para conhecer os pais de Spence. Só está feliz por poder passar o feriado com ela, rindo desse jeito.

Spence pega um álbum de fotos que levou para mostrar o resto da família para ele. É tudo lindo. Fotos de aniversários e dos Diwalis passados. Fotos de Spence e o pai com ternos combinando, e Spence com a mãe e sáris combinando. E também muitas fotos de Spence mais nova ao lado de celebridades. Spence com Iman e Bowie, com Courtney Love, com Tony Kanal do No Doubt.

Ele para numa foto de Spence aos oito anos, no colo da Madonna.

— Sério mesmo, Spence?

— Loucura, né? Isso foi nos bastidores da turnê Blond Ambition em Landover, Maryland. Foi a única data em que o Gaultier conseguiu passes de bastidores para a minha mãe.

— Sua vida é foda — diz ele com um sorriso. Freddy chega numa foto onde Spence está no colo de uma mulher indiana deslumbrante. — E essa, creio eu, deve ser uma estrela superfamosa de Bollywood.

— Não, essa é minha tia — responde Spence com uma risada. — E agora é sua vez. Você prometeu que ia trazer suas fotos de infância também.

Ele enfia a mão na bolsa e tateia em busca das fotos que jogou lá dentro. Tira algumas fotografias, e também um pedaço de papel. De um lado, está o último trabalho de história que Freddy escreveu. Do outro, em letras garrafais, apenas uma palavra: TRAIDOR.

Seu coração para por um momento. Spence encara o papel, confusa.

— O que é isso?

Freddy se lembra de quando estava arrumando a mala. Toby e Seb ficaram sozinhos no quarto enquanto ele foi ao banheiro. Então, sente-se invadido e furioso. Eles não o procuraram porque sentiam saudade da amizade. Foi tudo uma pegadinha idiota.

— Me sinto tão estúpido por ter sido amigo deles — confessa Freddy. — Eu também era assim? As pessoas me viam desse jeito?

Ela apoia a cabeça no ombro dele antes de responder.

— Sinto muito. Agora, por favor, esqueça aqueles babacas.

— Sabe — diz ele, fechando os olhos e aproveitando o som do trem diminuindo a velocidade sobre os trilhos. — A parte mais difícil do salto com vara não é a física, é a mental. É aprender a esquecer os babacas, a pressão e o medo, e se concentrar no momento.

— E como se faz isso? — pergunta ela.

Ele olha para Spence com um sorriso.

— É só encontrar pessoas que fazem você se sentir bem.

George Spencer e Shivani Lal recebem Freddy de braços abertos na casa maravilhosa da família. Nas fotos, eles pareciam intimidadores, mas, pessoalmente, aparentam ser carinhosos.

— Prazer em conhecê-los, sr. Spence e sra. Lal. — Ele estende a mão para um cumprimento, mas, em vez disso, os dois o abraçam.

— Pode nos chamar de George e Shivani. Não somos seus professores — diz o pai de Spence.

Freddy olha espantado enquanto apresentam a casa para ele. Henny e Whistler tinham razão. Todos os banheiros têm bidê.

— É tudo tão diferente de onde eu fui criado. — Freddy encara uma obra de Basquiat, como se não pudesse acreditar que é genuína.

— É diferente de onde eu fui criada também — diz Shivani com delicadeza.

Freddy sorri. Gostou deles. E, diferente dos pais esnobes de sua ex-namorada, eles parecem gostar de Freddy.

A viagem é tão boa que nem Spence nem Freddy querem estragá-la pedindo a George para falar sobre Sullivan com o conselho. Eles vão a museus e a uma estreia de um filme no Ziegfeld. Fazem compras na Barneys. Spence tentar comprar roupas novas para ele, mas Freddy recusa.

Na última noite da viagem, antes do jantar, Freddy caminha pelo corredor, indo do quarto de visitas até o quarto de Spence. Ele ama o quarto dela. As paredes são cobertas por programas de espetáculos da Broadway que ela já assistiu. Ele encontra Spence na cama, lendo a edição mais recente da *Vogue*. Freddy se senta ao lado da namorada.

— Última noite no Palácio da Spence — brinca ele, aproximando-se para beijá-la.

— Foi muito bom, né? — Ela fita Freddy. — Acho que eles aprovaram você.

— Spence — sussurra ele. — Hoje é a última noite para, você sabe...

— Eu sei — afirma ela, fechando a revista.

Ele a beija mais uma vez.

— Você precisa contar para eles.

— Tá bom — diz ela. — Tá bom.

Durante o jantar, eles comem puttanesca, e riem quando Shivani diz que a palavra significa "dama da noite" em italiano.

— Só os italianos mesmo — diz George.

Quando a sobremesa chega, Freddy cutuca Spence por baixo da mesa, e só aí ela levanta o olhar.

— Mãe. Pai. — A voz dela está fraca. — Preciso conversar com vocês sobre uma coisa.

BETH KRAMER

— E aí? Sobre o que devemos conversar? — pergunta Beth.

O dr. Geller sorri. Ele segura uma caneta e apoia um bloco de notas no colo.

— As primeiras sessões podem ser meio estranhas mesmo — avisa ele. — Mas não se sinta pressionada a me contar tudo de uma vez. Podemos começar por onde você preferir. Como está se sentindo hoje?

— Bem, eu acho — responde ela.

— O fim de semana da família está chegando — comenta o dr. Geller. — Como você está se sentindo sobre isso?

— Eba! Fim de semana da família! — A voz de Beth está carregada de ironia.

O dr. Geller sorri.

— Estou percebendo certa dor escondida no humor, Beth?

— Que papo clássico de terapeuta. — Beth não consegue segurar a língua. — E não tem dor nenhuma. Pelo menos não que eu saiba. — Ela sente um desejo enorme de ir embora, mas não vai. Não quer decepcionar Douglas, então tenta desenterrar seus sentimentos. — Quer dizer, vai ser meio esquisito, já que meus pais odeiam este lugar. Eles ficarão putos quando virem a obra do novo laboratório de computação. — Ela coloca a mão sobre a boca. — Foi mal.

— Aqui você tem permissão para falar palavrão — diz Geller, com um sorriso. — A única coisa que eu desaprovo é desonestidade e deflexão.

— Se é assim, imagina se meus pais descobrirem *quanto* o pai do Toby doou para a construção do laboratório. Aí sim eles vão ficar putos pra caralho.

O dr. Geller empurra os óculos até a ponta do nariz.

— Exagerei? — pergunta ela com um sorriso.

Então, Beth olha para o relógio. Ainda restam quarenta minutos pela frente. Sobre o que ela vai falar por quarenta minutos?

— Talvez o fim de semana em família seja uma oportunidade para mudar seu relacionamento com seus pais. Essa ideia faz sentido para você?

Beth dá de ombros.

— Talvez. Quer dizer, sim, até que faz sentido.

— O que *você* pode fazer para tornar o fim de semana da família um sucesso?

Ela consegue pensar em muitas piadas para responder a pergunta, mas não vai fazer isso. Decide pensar por um momento.

— Bem, posso ser receptiva quando eles chegarem e, tipo, não começar já esperando o pior, né?

— É um ótimo começo.

— Posso incluí-los na minha vida — continua ela. — Sabe, apresentá-los aos meus amigos do Círculo. Talvez até contar para eles um pouco do que tem acontecido por aqui.

— Acho que eles adorariam isso — diz Geller.

— Posso trazê-los para uma das nossas sessões de terapia — acrescenta ela. — Principalmente porque minha mãe *sempre* quis que eu buscasse ajuda e está *muito* feliz por eu ter procurado você.

— Por que você acha que sua mãe queria que você buscasse ajuda?

Ela gagueja, nervosa demais para organizar as palavras.

— É que... tipo... às vezes eu fico meio ansiosa, sabe?

— Sei como é — diz ele, gentilmente.

— E ela percebe as coisas que eu faço. Coisas obsessivas. Tipo, eu arranco meu cabelo às vezes. — Ela se sente relaxada. É bom poder finalmente admitir tudo isso. — Mais do que às vezes, na real. Se as pessoas soubessem, me achariam muito estranha.

— Beth, tudo que você está descrevendo é bem mais comum do que imagina. E existem ferramentas para lidar com a ansiedade e com comportamentos compulsivos.

— Que bom — diz ela. — Posso comprar uma dessas ferramentas no mercado? Porque estou pronta.

O dr. Geller não ri. Ele dá apenas um meio sorriso antes de puxá-la de volta para a conversa. Beth se abre, lentamente dando espaço para sua vulnerabilidade. Eles conversam sobre os pais dela, sobre os hábitos compulsivos, sobre o Círculo e sobre como ela odeia o Dia da Comunidade, onde a ideia é que os alunos de Chandler retribuam para a comunidade. Mas a questão é que a família dela *é* a comunidade.

— E é uma merda ver os alunos aparando nossas árvores e limpando nossa neve por um dia, como se estivessem nos *servindo* — avalia ela.

Beth conta muita coisa para Geller, mas não diz nada a respeito de Sullivan. Aquela não lhe parece ser sua verdade para que deva contá-la. Mas ela pensa muito durante a sessão. Beth sabe que, depois que terminam a faculdade, psicólogos ainda precisam de umas *três mil horas* de estágio supervisionado antes de começarem a exercer a profissão, e queria que as exigências fossem as mesmas para se tornar professor. Daí, talvez, os Sullivans do mundo arrumariam outra coisa para fazer.

Na noite de estreia de *Anjos na América*, os alunos do Círculo ocupam a primeira fileira do teatro. Beth torce para que não deem de cara com Sullivan. Tudo está indo bem, e ela não quer que Brunson fuja mais uma vez, assim como fez na noite de Halloween. Mas o professor deve estar nos bastidores, porque não há sinal dele quando o espetáculo começa. A peça inteira é fascinante, desafiadora e interpretada com muita habilidade. Mas ninguém domina o palco como Spence. Perto do fim do espetáculo, todas as luzes se apagam. O público fica em silêncio. Algumas pessoas acham que a peça acabou e começam a aplaudir.

Porém, as luzes voltam, mas não estão iluminando o palco, e sim a plateia, como faróis de um carro se aproximando. Um som arrepiante sai dos alto-falantes. Então, abruptamente, o som para, e um holofote ilumina o centro do palco.

Sob o holofote, está Spence, com asas de anjo enormes emoldurando seu corpo. Numa voz pura que domina o ambiente, ela diz:

— Saudações, Profeta! Que comece o bom trabalho! O Mensageiro chegou!

As luzes se apagam novamente e, quando voltam, todo o elenco se junta a Spence para ser aplaudido de pé. O atores saem do palco e voltam para mais aplausos, dessa vez com Sullivan entre Spence e Whistler. Ele segura a mão das alunas para a reverência final, e Beth consegue ver a expressão de nojo em Spence enquanto ela, sutilmente, se solta dele.

Depois do espetáculo, há um frenesi de conversas no saguão do Centro de Artes Harbor. Spence e seus colegas de elenco são cobertos de elogios quando saem do camarim em direção à multidão. Momentos depois, Spence caminha até Douglas e o Círculo, que estão reunidos em um canto.

— Você se superou! — diz Freddy, puxando-a para um abraço.

— Que performance linda. De verdade — completa Douglas, e Spence aceita os elogios da mentora.

Beth olha ao redor. Muitos olhos estão voltados para eles, provavelmente são pessoas que se perguntam quais segredos o Círculo está confabulando. Ela gosta da sensação de pertencimento. Porém, mais que isso, gosta da sensação de suas partes separadas se juntando em uma coisa só. Ela não é mais uma local. Muito menos uma aluna interna. Ela é Beth.

— Tenho uma notícia de que você vai gostar, Ramin. — Douglas se aproxima do aluno. — Enviei o formulário para receber um Aluno Hóspede, e já fui aprovada. Se você ainda quiser sair do Wilton Blue, pode ir morar comigo antes do feriado de fim de ano.

— Nossa! — diz Ramin. — Quer dizer, obrigado.

— Isso é um sim? — pergunta ela.

— Claro — responde o garoto, fechando os olhos. — Muito obrigado. Eu não... não consigo nem dizer o alívio que será poder dormir sabendo que estou seguro.

— Que comece o bom trabalho! — brinca Beth, e todos riem.

— Professora Douglas — chama Sullivan enquanto se aproxima do grupo —, adoraria ouvir sua crítica sincera sobre nossa pequena produção.

— Foi magnífica! Fiquei especialmente impactada com a performance da Amanda — diz Douglas, sorrindo para Spence.

Quando percebe a expressão de Brunson, Spence olha para o relógio e mente com perfeição.

— Gente, estamos atrasados. — Olhando para os professores com educação, ela completa: — As garotas de Livingston organizaram uma festinha para mim na área comum.

Eles se afastam de Sullivan o mais rápido que conseguem. Quando chegam ao ar fresco da noite, Brunson pergunta:

— Seu pai já falou com o conselho?

— Não — sussurra Spence. — Ele disse que, por conta das festas de fim de ano, fica complicado. Sinto muito. Mas ele jurou que vai contar tudo em breve.

— Em breve quando? — pergunta Brunson, com a voz tensa.

Alguns dias depois, numa noite fria de dezembro, todos ajudam Ramin a empacotar seus pertences. Os olhos de Ramin são pura empolgação quando o grupo termina de guardar tudo em malas e caixas, mas há também uma pontada de tristeza.

— Você está bem? — pergunta Brunson.

Ele assente.

— Estou ótimo — diz Ramin. — Pensei que ficaria preso aqui para sempre.

A energia muda quando Benji chega e olha para a metade vazia do quarto.

— Agora eu tenho um quarto só para mim — anuncia ele. — Maneiro.

— Que bom saber que você está feliz com a minha partida — diz Ramin com um sorriso astuto. Então, olhando para o cartaz de *Reféns* na parede, acrescenta: — Aliás, eu nunca vi o filme da sua mãe, mas nem sei se quero, porque até o pôster é ofensivo.

— Como assim? Por quê? — pergunta Benji enquanto eles saem do quarto.

Ramin não responde. Todos vão embora pela porta lateral. Hiro corre até o amigo.

— Ei! — diz ele. — Sei que isso não é uma despedida, mas, sabe como é, adeus.

— Pode aparecer lá sempre que quiser para jogar pasur — responde Ramin.

— Passo lá amanhã — diz Hiro com um sorriso. — Quanto você já está me devendo mesmo?

Ramin ri.

— Sete milhões de dólares, eu acho.

— Aceito crédito ou débito — brinca Hiro.

Eles se encaram por um longo instante antes de Ramin dizer:

— Tem certeza de que vai ficar bem aqui?

Hiro sorri.

— Ramin, não precisa se preocupar comigo. Se cuida. Prometo que vou me cuidar também.

— Não sei como você consegue — comenta Ramin.

Hiro dá de ombros, mas há tristeza em sua expressão.

— Acho que só quero provar para aqueles babacas que sou melhor do que eles.

— Eu não sou como você. Não consigo mais continuar aqui. Mas sei que nunca teria conseguido ficar por tanto tempo se não fosse por você. Obrigado — diz Ramin.

Hiro sorri.

— Para de falar como se você estivesse de mudança para a Antártida. Você só vai descer a colina.

Naquela noite, eles ajudam Ramin a se acomodar no quarto de hóspedes de Douglas. A professora disse que precisava comparecer a um jantar do corpo docente e que não voltaria para casa até o toque de recolher.

— Que esquisito — diz Beth. — Você morando com a Douglas.

— Esquisito por quê? — pergunta Brunson. — Eu moro com a sra. Song.

— Verdade — responde Spence. — Mas a Song é a Song, e a Douglas, bem, é a Douglas. Ela é meio enigmática, né? Tipo, o quarto dela é ali, não é? — Ela aponta para uma porta fechada.

— É, mas a gente não vai entrar lá — alerta Ramin.

— Eu não disse pra gente fazer isso! — protesta Spence. — Só acho estranho.

— Tudo é estranho até deixar de ser. — Beth pensa em sua jornada em Chandler. — Talvez os seres humanos sejam capazes de se acostumar com qualquer coisa.

Eles se sentam na cama nova de Ramin enquanto ele organiza as roupas meticulosamente dentro de um armário antigo de madeira. Depois de esvaziar a mala, Ramin pega um pedaço de papel e fica paralisado.

— Que foi? — pergunta Beth.

Ramin ergue o papel para que os outros vejam. Apenas uma palavra: TRAIDOR.

— Toby e Seb mexeram na minha mala. — A voz de Ramin estremece. — Eles...

Freddy o interrompe:

— Eles fizeram a mesma coisa comigo.

— Quando fomos visitar meus pais — completa Spence.

— Que tal se formos até o lago? — sugere Ramin, claramente desesperado para deixar de pensar em seus ex-presidentes. — Já terminei de desempacotar tudo.

— Está tão frio — comenta Spence.

— Palavras cruzadas? — sugere Brunson. — Meu dia sempre fica melhor quando eu jogo com a Millie.

— Eu não tenho um tabuleiro aqui — diz Ramin.

— Aposto que Douglas, a rainha das palavras, tem. Vou procurar.

— Brunson sai do quarto.

Desesperada para escapar da tensão repentina no ar, Beth diz:

— Vou com você.

Elas procuram na sala de estar primeiro, mas não encontram jogos de tabuleiro por lá. Depois, vão até o escritório. A porta está aberta, então não parece errado entrar. Elas abrem os armários procurando por jogos, mas tudo que encontram são pastas e mais pastas. Todas cuidadosamente organizadas. Beth para quando vê uma etiquetada como *Cartas de recomendação*.

— Viu só? — diz Brunson, apontando para a pasta. — Douglas escreve cartas de recomendação, *sim*. Com certeza vou pedir uma quando chegar a hora de me inscrever na faculdade.

— Ninguém nunca disse que ela não escreve — comenta Beth. — Só que ela é meio seletiva com isso.

— Bem, vamos ver quantas ela já escreveu. — Brunson abre a pasta e encontra uma pilha relativamente pequena de papéis. — Tá, talvez você esteja certa. Não tem muita coisa aqui.

Brunson tira os papéis da pasta.

— Brunson, acho melhor não...

Brunson fica de queixo caído enquanto folheia as cartas.

— Beth — diz ela, desacreditada.

— Não deveríamos ler as coisas dela — alerta Beth.

— Beth, isso não é uma carta de recomendação para um aluno — diz Brunson. — É uma carta de recomendação para um professor. E não é a única aqui. Tem uma do professor. Ele diz que... — Brunson não consegue terminar a frase.

Ela entrega as cartas para Beth, que não quer pegá-las, mas aceita mesmo assim. Enquanto folheia as cartas, Beth lê em voz alta:

— *Caros diretor Berg e professora Douglas, escrevo para responder as alegações sobre minha conduta na noite de 28 de março. Posso garantir que o episódio durou apenas alguns segundos antes que eu desse um fim ao ocorrido. Eu tinha bebido duas taças de vinho quando ela bateu na minha porta.*

— Para! — implora Brunson. — Já sei o que vem em seguida.

Tudo parece embaçado ao redor de Beth. *Medite*, ela pensa. Então sente Brunson segurar sua mão. Ela fecha os olhos, lutando para fugir da ansiedade.

— Beth, precisamos mostrar isso para os outros.

— Não deveríamos nem ter encontrado isso aqui, para começo de conversa — responde ela.

— Mas encontramos.

Brunson vai na frente, de volta até o quarto do Ramin.

— Vocês não querem nenhum segredo entre nós, certo? — pergunta ela.

Spence assente.

— Se é assim... — Beth espalha as cartas sobre a cama de Ramin. — Leiam essa aqui primeiro — indica ela, apontando para a carta enviada por um professor. Ela observa enquanto Spence, Freddy e Ramin leem.

— Então, basicamente, esse professor *também* assediou alunas? — pergunta Spence.

— Eu nunca ouvi falar dele — diz Freddy.

— É porque ele conseguiu um emprego em outro colégio — explica Beth. — Agora, leiam a próxima.

Ela observa enquanto os amigos pegam a carta seguinte, esta escrita pela professora Douglas. Spence lê em voz alta:

— *Escrevo para recomendar o professor Tumble para uma posição em sua instituição. Como diretora do Departamento de Inglês, pude notar de perto a paixão dele pelo ensino, e sempre fico encantada com seu conhecimento excepcional a respeito de Homero.*

— Não quero continuar lendo isso — diz Ramin, dando as costas para o grupo. — Não sabemos quais eram as circunstâncias.

— Circunstâncias? — pergunta Brunson. — Um professor assediou uma aluna. Admitiu que fez isso. E Douglas escreveu uma carta o recomendando para outro colégio.

— Estou passando mal — diz Spence, pressionando a barriga com as mãos.

— Como ela pôde? — pergunta Freddy. — Simplesmente ajudou o professor a continuar fazendo a mesma coisa com outras alunas?

Brunson se vira para Spence.

— Você precisa entregar isso para o seu pai. Ele precisa mostrar *isso* para o conselho. Porque essas cartas... são a prova de que não é só o Sullivan. O colégio é conivente com esse tipo de coisa desde... sempre.

— Precisamos pensar melhor — responde Spence.

— Não precisamos, não — intervém Ramin. — Douglas... foi ela quem nos uniu. Ela... ela mudou nossas vidas.

— Não podemos esconder isso — diz Brunson. — Se Douglas ficar triste, bem, sinto muito, mas...

— Gente, não precisamos fazer nada hoje — sugere Spence. — Meu pai disse que não dá para resolver esse tipo de coisa do dia para a noite, e talvez ele esteja certo. E se nós... conversássemos com ela?

— Sobre o quê? — questiona Brunson. — Gente, ela é igualzinha ao diretor Berg. Não, ela é *pior*. Ela fingiu estar do nosso lado, mas não estava. Se dependesse dela, o Sullivan só iria, sei lá, para outro colégio e...

— Só estou sugerindo discutirmos todas as opções possíveis — explica Spence.

— Só existe uma opção — protesta Brunson. — Contar a verdade. Eu queria ter sido forte o suficiente para fazer isso antes. Mas agora eu sou. Talvez me decepcionar com a professora Douglas era o que faltava para que eu encontrasse coragem.

Spence parece um animal indefeso. Beth nunca a viu tão incerta. E, por outro lado, nunca viu Brunson tão decidida.

— Vamos dormir e amanhã conversamos sobre isso — diz Freddy.

— O colégio está dormindo há cinquenta anos! — exclama Brunson com urgência, cuspindo cada palavra. — Não dá para continuar dormindo!

— Beleza, mas não precisa gritar com o Freddy — diz Spence. — Ele não é o inimigo.

— Qualquer um que queira acobertar isso é inimigo — diz Brunson num tom desafiador.

— Então é isso que eu sou — anuncia Ramin. — Porque eu jamais trairia a professora Douglas. Se não fosse por ela, eu ainda estaria naquele porão.

Brunson se vira para Beth.

— Você está quieta demais. Por favor, diz que concorda comigo.

Beth acha que concorda com Brunson, mas não se sente pronta para dizer.

— Não estamos contra você, tá? — sussurra ela. — Nós precisamos, sabe, concordar *em grupo*.

— Ela escreveu uma *carta* — diz Ramin. — Só isso. Não foi ela quem machucou os outros. Foi só uma carta. Só palavras num pedaço de papel.

— *Só* — diz Freddy, com tristeza.

— Beth? — chama Brunson.

Beth só quer fugir desta conversa.

— Eu... eu acho que precisamos de um tempo — anuncia ela. — Podemos falar sobre isso amanhã, ou depois ou...

— Se você fizer isso — avisa Ramin —, não conte comigo. E se não se importam, gostaria de ficar sozinho no meu quarto agora. — Ele recolhe os papéis. — Onde você pegou isso?

Beth se sente péssima. Se ela e Brunson não tivessem saído para procurar um jogo de tabuleiro e fuçado no escritório da Douglas, eles ainda estariam unidos.

— No escritório dela. Tem uma pasta com cartas de recomendação — responde ela, arrependida.

Spence se levanta.

— Bem, estou cansada. Pelo menos as reuniões do Círculo só voltam ano que vem, porque não sei se seríamos capazes de olhar para ela do mesmo jeito.

Spence vai embora e Freddy a segue.

— Spence, espera — pede ele, antes de sumir de vista.

Ramin encara Brunson até que ela saia.

Beth é a única que sobrou.

— Sinto muito — diz ela para Ramin. — Não foi nossa intenção encontrar isso.

— Eu sei — sussurra ele.

— Quer que eu vá embora também? Porque, sabe, eu posso ficar se você...

— Quero ficar sozinho — diz ele. — Pode colocar isso onde achou?

— Claro — responde ela.

Antes de sair, ela devolve as cartas, desejando ser capaz de voltar no tempo.

Os sete dias que se seguem são os piores da vida de Beth. O Círculo não se senta junto no refeitório. Eles não vão até o lago. Ela volta a ser invisível, só que dessa vez sabe como é ser vista, o que torna a invisibilidade ainda pior. Quando sua mãe chega para buscá-la e levá-la para casa, ela fica feliz de verdade.

— Beth, telefone para você — anuncia a mãe, batendo à porta com delicadeza.

— Quem é?

— Não sei, ela não se identificou. — A mãe coloca a cabeça para dentro. Ela sabe o que a mãe está pensando. É meio-dia e Beth ainda não saiu da cama. Patética. — É véspera de Natal e eu preparei uma caça ao tesouro que vai colocar todas as outras no chinelo.

— Já vou descer — diz Beth, embora não esteja tão certa disso.

— Quer conversar sobre o que está acontecendo? — pergunta a mãe.

Beth balança a cabeça.

— Talvez mais tarde, mãe.

A mãe ergue o polegar e a deixa sozinha.

Beth respira fundo antes de pegar o telefone.

— Alô?

— Beth, sou eu. Brunson.

Ela se senta na cama, segurando o aparelho com força para ouvir melhor. Não sabia quem poderia ser, mas não esperava que fosse Brunson.

— Como você está? — pergunta a amiga.

— Bem, deixa eu pensar um pouquinho. — Beth espera um segundo. — Péssima pra caralho.

— Pois é, eu também — responde Brunson. — Não consigo parar de pensar em tudo que aconteceu.

— Você conversou com algum deles? — pergunta Beth.

— Não.

Beth congela por um momento. Se Brunson não falou com mais ninguém, Beth é a única para quem ela ligou.

— Mas eu... — Brunson respira fundo antes de continuar. — Bem, eu escrevi uma carta para a professora Douglas. Decidi deixar o Círculo. Só queria que você soubesse.

— Ah — diz ela, surpresa com o quão triste ficou ao ouvir isso. — Você explicou seus motivos?

— Não — responde Brunson.

— Tudo bem. — Beth não sabe o que dizer.

Quando Brunson liga de novo, a conversa é bem mais leve.

— Minha irmã acha que eu sou uma super-heroína — conta Brunson.

— Por quê? — pergunta Beth.

Brunson finge estar ofendida.

— Como assim *por quê*? Porque eu sou foda!

— E muito humilde — diz Beth, sorrindo.

— Mas, sério, é porque eu sou Sarah em casa e Brunson no colégio. Ela diz que eu tenho duas personalidades, tipo Diana Prince e Mulher Maravilha.

— E você tem?

— Acho que não. Quer dizer, espero que não. Acho que só estou... me descobrindo, assim como todo mundo. Mas já escondi muita coisa.

— Tipo a história da sua mãe? — pergunta Beth. — Isso não é esconder. Você só estava mantendo sua vida particular.

— E você? Também se sente como duas pessoas diferentes?

Beth deita na cama, relaxada com a conversa.

— Já fui, por muito tempo. Mas não mais. Agora sou apenas a Beth Kramer, de Connecticut.

Depois disso, elas passaram a se falar pelo telefone todos os dias, às vezes mais de uma vez por dia. Conversas sobre qualquer assunto. É como se a distância da ligação permitisse que elas finalmente se abrissem por completo uma com a outra.

Durante uma conversa, Brunson anuncia:

— Beth, preciso pedir desculpas a você por uma coisa.

— Por favor, não — diz ela. — Seja o que for, já chega de ficar pedindo desculpas.

— Eu sei. — Brunson suspira. — Mas é que... quando eu li seu exemplar do livro da Douglas...

— Ah. Isso. — Beth sente o corpo ficar tenso. — Eu fiz o maior drama mesmo.

— Sim, mas eu só queria te dizer o motivo pelo qual eu fiz aquilo. Não era para invadir a sua privacidade. — Ela faz uma pausa. — É porque eu queria ler, bem, um livro sobre lésbicas. Porque eu gosto de garotas.

— Ah.

— Só isso? — diz Brunson, com uma risada nervosa. — Acabei de me assumir para você e só ganho um *ah*?

— Lembra quando eu disse que não sou mais duas pessoas? — pergunta Beth. — É porque finalmente estou pronta para admitir que também gosto de garotas.

— Ah. — É tudo que Brunson diz, e as duas caem na gargalhada. Tudo está diferente agora.

Quando elas param de rir e recuperam o fôlego, Beth pergunta:

— Ei, você acha que nós tínhamos medo uma da outra porque, no fundo, somos meio parecidas?

— Como assim? Eu não tinha medo de você. Você tinha medo de mim?

Um sorriso toma conta de Beth.

— Sim, um pouquinho. Talvez *medo* seja uma palavra forte. Eu achava que você era uma daquelas garotas que ganha tudo de mão beijada. E isso me assustava. Porque eu não sou assim.

— Obviamente você estava *muito* errada sobre mim. — Brunson ri.

— E eu estava errada sobre você. Mas meio que já desconfiava de que você gostasse de garotas. Recentemente, não no ano passado. Naquela época você era misteriosa demais.

— Bem, estamos aprendendo fatos suplementares muito importantes uma sobre a outra, né? — brinca Beth.

— Com certeza. — Beth consegue ouvir o sorriso na voz dela. — Então, você vai continuar no Círculo? Sabendo o que ela fez? — pergunta Brunson.

Beth faz uma longa pausa antes de responder.

— Não sei. Acho que preciso muito escrever.

— Nós *não precisamos* dela para continuar escrevendo.

— Espero que seja verdade — diz ela.

Beth olha para o teto. A verdade é que ela não escreveu uma palavra sequer durante o feriado, e está com saudade da sensação libertadora da escrita.

De repente, Brunson pergunta:

— Você me perdoou, Beth? Perdoou de verdade?

— Sim — sussurra ela. — Quer dizer, depois de pensar bem, acho que também tive minha parcela de culpa na nossa dinâmica disfuncional, sabe? Tipo, não dá para excluir uma pessoa e depois ficar brava porque ela não me incluiu nas coisas. — Beth olha para todos os panfletos de Chandler em sua parede. Ela se sente tão diferente daquela garota que um dia foi obcecada para entrar naquele colégio. — E você? Me perdoou?

— Claro que sim — responde Brunson. — Eu estava muito errada sobre você, sobre a minha família, sobre tudo. Acabei criando uma narrativa onde eu era a cuidadora. Cuidando da minha mãe doente e da minha irmã mais nova, sabe? Mas, na verdade, elas também estavam cuidando de mim. Enchendo minha vida de amor, assim como vocês todos.

Elas conversam até a mãe de Beth anunciar que é hora do jantar.

E conversam de novo, mais tarde naquela noite. Falam sobre quando perceberam pela primeira vez que eram gays. E sobre suas famílias. E sobre coisas idiotas, tipo suas Spice Girls favoritas.

— *Baby Spice*? — pergunta Brunson, incrédula. — Pode ir se explicando.

— Sei lá — diz Beth. — Ela é fofa, parece legal e ninguém nunca escolhe ela.

Na manhã seguinte, ligam para Beth. Esperando que seja Brunson, ela atende com a voz suave.

— Fã-clube da Baby Spice, em que posso ajudar?

— Beth? — A voz confusa de Ramin ressoa do outro lado da linha.

— Ramin! — Ela está morrendo de vergonha. — Desculpa, pensei que fosse outra pessoa.

— A Brunson? — pergunta ele delicadamente. — Ela me contou que vocês duas estão conversando bastante.

— Ah. — Ela sente o rosto corar. — Vocês conversaram?

— Eu falei com todo mundo.

— Sobre o quê?

Ele faz uma pausa.

— Passar um tempo longe de Chandler me fez perceber que não podemos simplesmente ignorar o que a Douglas fez.

— Mas não foi você quem disse que nunca iria entregá-la?

— Eu sei o que eu disse. — Ao fundo, o pai de Ramin chama o nome dele.

— Como estão as coisas com seus pais? — pergunta Beth.

— No geral, bem — diz ele. — Pelo menos é legal estar em Londres. Meus pais não acharam uma boa ideia eu voltar para o Irã.

— Sempre quis conhecer Londres. — Ela suspira e, depois de um momento, continua: — Mas e a Douglas?

— Certo. Ela precisa saber de tudo, e nós precisamos contar. Foi o que ela nos ensinou. Talvez agora seja a nossa vez de ensinar algo para ela.

— Vamos escrever — sussurra Beth.

— Exatamente. — Uma pausa. — Brunson, Spence e Freddy já concordaram. Vamos escrever nossas histórias. E contar tudo para ela.

Beth começa a assentir.

— E aí? O que me diz? *Veritas vos liberabit?*

Quando Beth retorna ao campus, Brunson está esperando por ela nos degraus da Casa Carlton, segurando dois copos de chocolate quente.

— Oi — diz Brunson, com um sorriso tímido. — Quer dar uma volta?

— Quero. — Beth sente as bochechas ficando vermelhas pela empolgação e pelo frio. — Deixa eu só guardar minhas coisas.

Elas caminham juntas todos os dias. É como as ligações, só que pessoalmente. Num domingo ensolarado de janeiro, vão juntas até a Casa MacMillan. Douglas convocou o grupo e, embora Brunson tenha tecnicamente saído do Círculo, vai aparecer mesmo assim.

No gramado do pátio principal, Connor Emerson canta "Being Alive", em preparação para os testes do musical *Company*.

— *Company* de novo? — diz Beth. — O colégio fez uma montagem desse musical em...

— ... 1988 — Brunson completa a frase.

— Você é tão nerd — diz ela.

— A suja falando da mal lavada.

— Suja? Eu não quero ser a suja! A mal lavada pelo menos *tentou* se lavar! — Beth ri, desconfortável com a própria piada, e os olhos de Brunson não desgrudam dela. — Que foi? Tem alguma coisa no meu dente?

— Não — diz Brunson. — Só queria te beijar, se estiver tudo bem para você.

— Ah.

Por instinto, ela olha ao redor. O tronco de uma árvore grande as esconde das outras pessoas, embora Beth não se importe muito em ser vista. No fim das contas, ser vista é muito bom.

— Sim, eu adoraria — responde Beth.

Brunson se aproxima. Beth também. O tempo corre mais devagar. Ou, talvez, é assim que o tempo deveria correr toda vez, como se cada segundo importasse.

— O Círculo está de volta — diz Freddy, sorrindo, quando Beth e Brunson finalmente chegam e ocupam seus lugares no chão.

— Na verdade, não — anuncia Brunson. — A professora Douglas me chamou aqui, mas é só para ouvir o que ela tem a dizer. Não vou voltar para o grupo.

— Obrigada por ter vindo, Sarah — diz Douglas. — Eu li as histórias de vocês. E se ela quer ou não continuar no grupo, isso não é minha maior preocupação no momento. — Ela encara Brunson. — Entretanto, espero que decida ficar.

— Professora Douglas — interrompe Brunson —, antes de começar, eu gostaria de pedir desculpa por ter mexido nas suas coisas. Isso não é uma parte da história da qual eu sinto orgulho.

Douglas solta um longo suspiro.

— Eu sei. Algumas coisas acontecem por um motivo. E independentemente da situação, quero que vocês me prometam que continuarão sendo amigos. Esse é o maior presente que este lugar pode oferecer. Vocês *são* uma família. Entendem isso?

— Entendo — diz Beth, com os olhos fixos em Brunson e depois em Ramin, Spence e Freddy.

— Muito bem. — Douglas bebe um gole de chá antes de colocar a xícara sobre a mesa. — Estou orgulhosa de vocês.

— Que alívio ouvir isso — diz Ramin com a voz trêmula. — Eu estava com medo de confrontar você sobre o que nós encontramos.

— Antes de nos aprofundarmos nisso, preciso dizer... — começa Douglas. Beth nunca ouviu a professora soar tão vulnerável. — Nada disso é fácil para mim. Sinto que decepcionei vocês profundamente. E decepcionei a mim mesma também. Mas o que preciso dizer é como estou arrependida. Eu notei que havia algo errado com Ramin, e achei estranho não ver o grupo passando tempo junto. Eu deveria ter sido mais inquisitiva. Queria poder ter ajudado vocês, todos vocês.

— O problema é que... — Brunson respira fundo. — Você era parte do problema.

Douglas assente com tristeza.

— Eu sei. E antes de entrarmos nesse assunto, quero deixar bem claro que nunca gostei muito do sr. Sullivan, mas eu não sabia sobre as atitudes dele. E estou profundamente horrorizada com o que ele fez com você, Sarah.

— Da mesma forma que ficou horrorizada com o que aquele outro professor que ganhou uma carta de recomendação fez? — pergunta Beth.

— Eu mereci essa — diz Douglas, fechando os olhos. — Vocês têm o *direito* de estarem furiosos comigo.

— Por que você escreveu aquilo? — pergunta Ramin, mais triste do que furioso.

— Porque eu queria continuar lecionando — diz ela, balançando a cabeça como se soubesse que é uma péssima resposta. — Vivi muitos anos envergonhada por causa daquela carta. Pensei nela todos os dias desde que a escrevi. Sei as palavras de cor. E a pior parte é que eu sei exatamente como é quando um adulto em quem você confia trai sua confiança. Porque já passei por essa situação também. — Ela se perde nas próprias memórias por um momento. — Naquela época, não se falava muito sobre isso. Havia muita vergonha em torno do assunto. Se um homem fizesse qualquer coisa à força com uma mulher, a culpa era dela. Pelo menos era o que minha mãe pensava. Quando contei o que tinha acontecido para ela, minha mãe me disse para nunca mais repetir a história para outra pessoa. E foi isso que eu fiz.

Todos se entreolham em choque, sem saber o que dizer.

— Não estou querendo compaixão ou pena de vocês — diz ela. — Depois de ler o que escreveram, percebi que todas as justificativas que eu dava para o que fiz não passavam de desculpas esfarrapadas.

— Então o que nós devemos fazer? — pergunta Spence com delicadeza.

— Não sei o que vocês vão fazer, mas eu entrarei em contato com o colégio onde aquele professor dá aula para apresentar as alegações contra ele durante seu tempo em Chandler. — Douglas desvia o olhar pela sala. — Não é o bastante e talvez seja tarde demais, mas já é alguma coisa.

— Ainda não entendi — diz Beth. — O que aquela carta tem a ver com você continuar dando aula? Por que você protegeu aquele homem?

— Porque eu tive medo — explica ela. — Amo ensinar mais do que qualquer coisa. Mais do que escrever, até. E esse foi o motivo pelo qual parei de escrever. Junto com a minha vergonha, acho. Eu tinha medo de que se eu transformasse aquelas alegações em um problema... bem, digamos que havia muita pressão vinda de cima para que o problema desaparecesse silenciosamente. — Ela caminha pela sala. — Eu já era a professora lésbica, coisa que, na época, era ainda mais difícil do que agora. E eu não queria ser demitida por causa de uma acusação inútil. Queria um emprego consolidado aqui, porque ensinar é só... bem, é o meu propósito.

— *Só* — diz Freddy com tristeza.

Ela abre um sorriso triste para o grupo.

— Como eu odeio essa palavra.

— Professora Douglas, e o que a gente faz com o Sullivan? — pergunta Brunson. — O pai da Spence não conversou com o conselho até agora.

Spence balança a cabeça, decepcionada.

— Eu sei. Desculpa.

— Acredito que vocês já sabem o que fazer — diz Douglas, estendendo as páginas.

— Acha que devemos mostrar essa história para outras pessoas? — pergunta Beth. — Mesmo com todas as coisas que escrevemos sobre você?

— Não tenho mais medo da verdade — diz ela.

O ar gelado do campus atinge Beth em cheio quando o grupo sai da Casa MacMillan.

— Bem, isso foi esquisito — comenta Brunson. — Vocês acham que ela vai mesmo fazer aquilo? Ligar para o colégio onde aquele professor trabalha?

— Eu acho que sim — diz Freddy. — Ela parecia... diferente.

Spence para.

— Não podemos mais esperar. Amo meu pai e sei que ele vai fazer o que pode. Mas já passou muito tempo. Precisamos de um plano melhor.

Todos encaram Spence.

— Beleza, mas qual é o plano? — pergunta Beth.

Spence olha para o céu por um momento, e depois diretamente para Brunson.

— Você ainda tem as chaves da sala do *Legado*?

— Sim. — Brunson assente, até que a ficha cai. — Você quer publicar nossa história?

— Sim — confirma Spence. — Foi o que Douglas insinuou.

— Mas qual parte? — pergunta Beth.

Agora é Ramin quem se manifesta.

— Tudo. Todas as nossas histórias. Só assim as pessoas vão entender como tudo se conecta. Alunos que abusam de outros alunos, professores que abusam de alunos, professores que acobertam essas situações, e como nem todo aluno é tratado de forma igual. Estou cansado de sentir medo.

Se publicarmos tudo, talvez ainda dê para fazer alguma coisa a respeito do Sullivan, do Seb e do Toby.

Spence continua de onde Ramin parou.

— As pessoas simplesmente aceitam as coisas como elas estão, mas podem mudar de ideia se lerem a história impressa.

— Eu tô dentro, mas todos nós escrevemos — diz Freddy. — Então a decisão precisa ser unânime.

— Eu topo — anuncia Brunson.

Todos olham para Beth, que assente.

Brunson sorri para ela e diz:

— O escritório do *Legado* está vazio agora. Posso acessar meu e-mail, baixar a história e...

— Vamos mesmo fazer isso? — sussurra Beth.

— Vamos, porra! — diz Spence, guiando o grupo até o prédio de Humanas.

Eles entram no escritório do *Legado de Chandler* como se estivessem prestes a realizar um assalto. Beth observa maravilhada enquanto Brunson deleta a reportagem de capa que escrevera durante o feriado sobre a nova cor da casa do diretor — azul sistino — e substitui pela história do grupo. Nenhuma foto. Apenas palavras. Apenas a verdade.

Eles assinam como o Círculo.

Brunson termina de diagramar o jornal, depois dá início à impressão.

— Primeira edição do novo milênio — diz ela com orgulho.

— E se Barman acabar vendo antes? — pergunta Spence. — Ela não poderia impedir a distribuição?

— Tarde demais — responde Brunson. — Os jornais serão distribuídos amanhã de manhã.

Eles observam enquanto a impressora cospe cópias do jornal. Em doze horas, o campus inteiro acordará num novo dia.

— Vai ser um caos — prevê Spence.

Brunson sorri.

— Acho que um pouquinho de caos é necessário quando se está tentando destruir praticamente um século de segredos.

Eles caminham até o lago depois de terminarem de imprimir *O legado* e formam um círculo. Spence segura a mão de Ramin com a esquerda e a de Freddy com a direita. Freddy segura a mão de Beth que, com um sorriso astuto, segura a de Brunson.

— Unidos nadamos — anuncia Freddy.

Spence ri.

— Ninguém vai nadar hoje. Esse lago está puro *ice, ice, baby*.

— Não acredito que você citou Vanilla Ice no meio dessa noite histórica — diz Freddy.

A risada é contagiante. Beth não sabe se eles estão rindo de alegria ou de medo. Provavelmente os dois.

— E se nada mudar? — pergunta ela.

— Vai mudar — diz Freddy com firmeza. — Mesmo se Sullivan não for demitido de imediato. Mesmo se Seb e Toby não forem expulsos amanhã. Tudo será diferente. *Nós* estamos diferentes. Douglas está diferente.

— Então a gente vai perdoá-la? — questiona Beth.

— Talvez não seja uma questão de perdoar o que ela fez. E sim sobre… — A voz de Spence parece ecoar sobre o lago. — Não defini-la pelo pior erro que ela já cometeu. Não definir ninguém pelos seus piores erros.

— Ninguém? — diz Beth. — Nem mesmo Seb e Toby?

— Se eles não enfrentarem as consequências do que fizeram, serão babacas pelo resto da vida — diz Brunson. — Quando o jornal for distribuído, estaremos fazendo um enorme favor a eles. Se forem expulsos, talvez entendam que não podem se safar de tudo, e ainda será cedo o bastante para que isso faça alguma diferença na vida deles. Caso contrário, vão acabar como Sullivan.

— Sim — reflete Beth. — Embora existam pessoas que nunca vão mudar.

Beth olha para o lago e toda a profundidade escondida sob o gelo. Então, ela caminha até a árvore deles, aquela com as iniciais do grupo entalhadas. Passa a mão pelas letras. Letras, palavras, frases, parágrafos, histórias. É assim que eles vão se definir.

Spence se junta a ela, recostando-se na árvore.

— Sabe, desde que eu cheguei em Chandler, todo mundo me chamava de aluna legado só porque meu pai estudou aqui. — Spence passa a mão pelas iniciais enquanto Ramin, Brunson e Freddy se juntam a elas. — Eu nunca parei para pensar por que isso me incomodava. — Ela apoia a cabeça no ombro de Freddy. — Acho que... não, eu *sei* que odeio esse termo porque deixa implícito que um aluno legado sempre será definido pelo passado. Tipo, toda a minha identidade se resume ao fato do meu pai já ter pisado aqui também. Mas isso não me define. Meu legado não é fazer jus ao meu passado e tentar ser perfeita. Tem a ver com o futuro que vou ajudar a construir sendo eu mesma. Nós criamos nosso próprio legado, não é?

Beth sente seus dedos tocando os de Brunson. Um gesto de intimidade tão pequeno que significa tanto para Beth. Isso a faz lembrar que o mundo está cheio de possibilidades infinitas. Esperanças e surpresas infinitas.

— Tem razão — diz ela. — Nós criamos nosso próprio legado.

EPÍLOGO
Janeiro de 2008

Acordo por volta do meio-dia. Há uma caneca de café ao lado da cama com um bilhete do Robbie que diz *Te amo, baby*. Já estamos juntos há seis anos e ele ainda deixa mensagens assim espalhadas por todo o apartamento. Às vezes me belisco para ter certeza de que não estou sonhando. Bebo um gole de café. Já está frio, mas me ajuda a acordar.

Tenho sonhado com Chandler. Em alguns momentos me pergunto se o ensino médio vai me assombrar para sempre. Nunca tinha parado para pensar nisso, mas os livros enfileirados na nossa estante e empilhados no chão deixam o lugar parecido com a casa da Douglas. Talvez, sem perceber, eu tenha recriado o primeiro lugar onde me senti seguro. É claro, tenho exemplares autografados de todos os livros dela, os três romances que escreveu desde que eu me formei e a edição comemorativa de *Fatos suplementares*. Olhar esses livros sempre me leva de volta para lá. Para MacMillan, para a sala de estar de Douglas, ou para o quarto que se tornou minha casa até eu me formar em Chandler.

Abro um novo documento de texto no computador. A página branca me encara, como um desafio. Eu deveria estar escrevendo algum roteiro piloto para TV, algo comercial. Não sai nada.

Às vezes, penso em desistir. Recentemente, essa ideia aparece com uma frequência cada vez maior. Estou exausto de tanta rejeição, e da minha incapacidade de escrever qualquer coisa que reflita minha própria verdade. Dos comentários da emissora me pedindo para tirar todos os personagens gays. Para trocar as famílias iranianas por famílias brancas. Das reuniões em que me dizem que amaram meu roteiro, mas já estão com outro projeto do Oriente Médio em desenvolvimento.

Sinto uma vontade urgente de ver Robbie, então junto minhas coisas e vou até o restaurante dele. Ele vem até mim e me dá um beijo. Robbie está sempre feliz aqui, um lugar que ele criou. Ele me leva até a mesa do canto, onde gosto de escrever. Não preciso do cardápio. Ele sabe o que vou pedir. Amo como ele me conhece tão bem.

Abro o computador e o ligo. A página em branco me encara de novo, mas dessa vez parece mais um convite. Percebo que venho fugindo da única história que realmente quero contar. Sobre os amigos que foram os primeiros a me enxergarem e me amarem. Vou escrever um romance. Não era essa minha maior ambição? Seguir os passos da professora Douglas?

Então, paro mais uma vez. Spence é uma estrela de cinema agora, e está namorando um ator ainda mais famoso. Freddy é um medalhista de ouro. Brunson trabalha com crianças, Beth é terapeuta e elas estão prestes a ter seu primeiro bebê. Será que posso escrever sobre eles? Mas aí, lembro-me de algo que Douglas nos disse: escritores devem aprender a mudar todos os detalhes, e manter toda a verdade.

O cheiro de restaurante me leva de volta a todas aquelas horas de trabalho estudantil que fiz na cozinha de Chandler. Todas as refeições que comi com o Círculo, e aquele almoço de janeiro, quando vimos uma pilha de edições do *Legado de Chandler* sendo colocada ao lado da máquina de suco. Whistler pegou uma cópia casualmente. Madame Ardant pegou outra enquanto conversava com a *señora* Reyes. Hiro e Sabrina leram juntos. Quando terminou a leitura, olhou para mim do outro lado do refeitório e assentiu.

Tudo parecia estar acontecendo em câmera lenta e em velocidade dobrada. Nós observamos enquanto as vozes do refeitório se tornavam um sussurro, e o jornal era passado de um amigo para outro, de professor para professor, até, finalmente, chegar ao diretor. Num determinado momento, todo o refeitório parecia estar olhando para nós. Para o Círculo.

Até o final daquela semana, outras três alunas de Chandler, junto com mais duas ex-alunas, denunciariam histórias horríveis de suas experiências com Sullivan, e ele seria rapidamente demitido e culpado. Até o fim daquele mês, Seb e Toby seriam expulsos, não pelos trotes, mas por roubarem cigarros do Mikey. E Douglas continuaria em Chandler. Está lá até hoje, na verdade. Não importa quantos livros ela escreva, nunca vai parar de ensinar. O Círculo, assim como as estações, continua sempre mudando.

Mas este é o fim da história, não o começo.

Encaro a página em branco e ouço a voz dela, ensinando-me a colocar tudo para fora.

Sinto meus amigos ao meu lado, ajudando-me a aceitar quem sou.

Então, abro os olhos e começo a escrever.

NOTA DO AUTOR

Meu primeiro ano num colégio interno foi o período mais difícil da minha vida. Fui mandado para lá pelos meus pais, que queriam me dar a melhor educação possível. E aquele colégio era o melhor, um lugar que havia educado um presidente.

Era 1990 e fazia apenas quatro anos que eu estava morando nos Estados Unidos. Não havia feito um amigo norte-americano sequer. Cheguei lá no primeiro ano, e me vi diferente dos outros alunos em muitos aspectos. Mais marrom, mais afeminado. O dormitório onde morei, assim como o do Ramin, era um porão escuro. Os trotes que descrevi neste livro são apenas uma versão mais amena do que acontecia lá. A vergonha que experimentei naquele ano me parecia um oceano no qual eu nadava, nadava, mas de onde nunca conseguiria sair. Eu frequentava as aulas, mas, durante boa parte do ano, não saía do quarto. Fui mandado para o terapeuta do colégio, mas não lhe contei nada do que eu sofria. Implorava para que meus pais me deixassem voltar para casa, mas não dava nenhuma pista sobre os motivos. Até hoje, não falei sobre o que aconteceu naquele primeiro ano para ninguém além do meu marido e da família de amigos que fiz no colégio interno. Os detalhes pertencem a mim e, conforme cresci, descobri que escrever ficção é meu método favorito de compreender o mundo real.

Por décadas, acreditei que o que passei naquele primeiro ano de ensino médio fosse uma experiência exclusiva minha. Com o tempo, senti que consegui deixar tudo para trás. E se aquele primeiro ano me despedaçou, os três anos seguintes no colégio interno me reconstruíram. Eles foram, e sempre serão, os melhores anos da minha vida. Foi lá que eu conheci os amigos que, pela primeira vez, me aceitaram e me enxergaram. Continuam sendo meus melhores amigos até hoje, minha família, meu Círculo. Foi no colégio interno que conheci os primeiros mentores adultos que identificaram e apoiaram minha necessidade de criar.

A primeira pessoa para quem eu me assumi foi um professor do colégio interno. Os primeiros amigos para quem eu me assumi foram os amigos que estudavam comigo lá. A pessoa que sou hoje nasceu naquele lugar, e embora uma parte de mim ainda deseje ter podido ir embora de lá para nunca mais pensar naquele primeiro ano, outra parte sabe que muitas coisas boas da minha vida nasceram naquele mesmo campus nos anos seguintes.

Em abril de 2017, quase duas décadas depois de me formar, recebi um e-mail do colégio. Em anexo, um relatório de cinquenta páginas do Conselho de Curadores. Cinquenta páginas que apontavam as décadas de abusos sexuais terríveis que ocorriam no colégio. Doze ex-professores foram acusados ao longo dos anos. Ninguém foi denunciado à polícia. Em alguns casos, o colégio fingia não estar vendo. Em outros, cartas de recomendação eram escritas e os professores eram enviados para outros colégios onde, sem dúvidas, repetiriam o mesmo comportamento. Li as cinquenta páginas me sentindo enojado.

Naquela noite, fui levado de volta à minha família do colégio interno. Trocamos mensagens, e-mails e ligações. Alguns ficaram surpresos com o relatório. Outros, incluindo eu, leram o e-mail com um sentimento familiar de pavor. Lá no fundo, sei que isso fazia parte da cultura do colégio. Muitos de nós sabíamos. Mas não tínhamos as palavras para dar nome, ou questionar, ou enfrentar. Nós nos sentíamos impotentes. Éramos apenas crianças naquela época. Precisávamos de cuidado. Liguei para um dos meus melhores amigos que morou comigo no porão. Conversamos sobre como aquele relatório nem sequer mencionou o abuso entre alunos.

Porque quando os professores e administradores estabelecem um código de conduta, os alunos vão inevitavelmente segui-lo.

Enquanto lia sobre tudo o que aconteceu no colégio, os paralelos de outras instituições de poder eram óbvios. Assim como a Igreja Católica, aquele colégio e muitos outros acobertam abuso sexual. E Hollywood, a indústria na qual venho trabalhando durante toda a minha vida adulta, mostrou-se outra versão da mesma barbaridade. Homens poderosos são protegidos, vítimas são silenciadas e subornadas, e predadores são contratados de novo e de novo. É um problema universal. Acontece em qualquer instituição que acredita ser mais poderosa do que os indivíduos que a formam.

Este livro é o meu jeito de confrontar todas essas emoções complicadas que tenho sobre quatro dos anos mais impactantes da minha vida. Espero que, ao contar esta história, os leitores possam entender que têm muito mais poder do que acreditam. Mas isso não é apenas uma narrativa sobre a escuridão. Ela também nos mostra como a amizade, o amor e a criatividade podem nos curar. E nos libertar.

As estatísticas de abuso sexual e bullying são de partir o coração. Uma a cada nove garotas e um a cada 53 garotos já experienciaram abuso sexual antes dos dezoito anos, cometido por um adulto. Quase metade de todos os alunos que chegam à faculdade já passaram por trotes cruéis. Alunos que sofrem bullying são de dois a nove por cento mais suscetíveis a cometerem suicídio. Esses problemas estão enraizados e por toda parte.

Se você já vivenciou ou está sofrendo abuso de qualquer tipo, existem meios de pedir ajuda, tanto pessoal quanto profissional. A terapia, e também o apoio de amigos, familiares e mentores, além de organizações dedicadas a apoiar você.

Abaixo, há uma lista de organizações que podem ajudar:

- Centro de valorização da vida
  Oferece apoio emocional e prevenção do suicídio.
  Discagem direta e gratuita para todo o território nacional: Disque 188.
  Chat online, e-mail e centros de atendimento presencial disponíveis em: https://www.cvv.org.br/

- Disque Direitos Humanos
  Recebe todas as denúncias de violação de direitos humanos e as encaminha para os órgãos responsáveis.
  Discagem direta e gratuita para todo o território nacional: Disque 100.
  Ouvidoria Online Clique 100:
  http://www.humanizaredes.gov.br/ouvidoria-online/

- SABE – Conhecer, Aprender e Proteger
  Aplicativo do Disque Direitos Humanos voltado para crianças e adolescentes em situação de violência, pode ser baixado gratuitamente na Play Store.

AGRADECIMENTOS

Quando eu era mais novo, adorava escrever. Só nunca imaginei que poderia se tornar uma carreira. Isso começou a mudar no internato, quando um grupo especial de pessoas me ajudou a me enxergar de uma nova maneira. Gostaria de agradecer a todos os amigos e mentores que conheci na Choate na década de 1990. Cheguei como um calouro tímido e deprimido que ficava escondido no quarto. Saí como um formando confiante e ousado, eleito o mais bem-vestido e com a maior probabilidade de ter meu próprio *lounge act* (ainda estou trabalhando nisso).

Eu nunca teria me tornado essa pessoa sem uma longa lista de amigos. E não posso listar todos sem escrever outro livro. Se rimos, choramos ou dançamos juntos em Wallingford entre 1990 e 1994, saiba que eu amo e valorizo você. Agradecimentos especiais pela amizade e pelo apoio que mudaram minha vida a: Lauren Ambrose, Sarah Blodgett, Veronica Bollow, Tom Collins, Jennifer Elia, Stephen Farrell, Amanda Frazer, Ted Huffman, Erica Kraus, Trina Meiser, Amy Rabinowitz, Conley Rollins, Melanie Samarasinghe, Sarah Shetter, Serena Torrey, Sara Upton, Kate Wilson e Lauren Wimmer. Amigos da caixa d'água do segundo ano, Sonia Tribe, e o elenco e a equipe da peça *Baby with the Bathwater*, os momentos com vocês definiram quem eu sou hoje.

Muitas pessoas com quem estudei no internato se foram. Duas em particular — Fred Torres e Natalia Roquette — foram amigos com quem compartilhei experiências impactantes. Levo vocês comigo.

Alessandra Balzer, da Balzer + Bray, é diretamente responsável por este livro e por *Tipo uma história de amor*. Não sei se conseguiria sem você, Alessandra. Obrigado a você e a toda a família Balzer + Bray (Donna Bray, Caitlin Johnson, Michael D'Angelo, Jackie Burke, Patty Rosati, Kattie Dutton, Mimi Rankin, Nicole Moreno, Andrea Pappenheimer, Kerry Moynagh, Kathy Faber, agradeço a todos). E muito obrigado à equipe da BookSparks por fazer parte da minha jornada como autor.

Corina Lupp e Natalie Shaw, obrigado pela linda capa. Ela me leva de volta aos gramados do internato.

John Cusick, da Folio, obrigado por apoiar meu desejo de contar histórias que me desafiem criativamente. Estou muito grato pelo apoio e mal posso esperar para ver o que vem a seguir.

Mitchell Waters, serei eternamente grato por você ter visto algo em mim quando ninguém mais viu. Uma vez agente, sempre amigo.

Brant Rose e Toochis Rose, obrigado por trabalharem arduamente em meu nome e por sempre fazê-lo com carinho e cuidado genuínos.

Fico tão inseguro quando escrevo um novo livro e sou muito grato aos superamigos Susanna Fogel, Ted Huffman, Erica Kraus e Erin Lanahan por terem sido os primeiros leitores deste romance e por me oferecerem orientação e apoio. E muito obrigado a Rashmi Kashyap pelas conversas esclarecedoras.

Tenho muitos amigos para agradecer, mas alguns têm sido especialmente solidários comigo e com minha família: Mojean Aria, Jamie Babbit, Alexa Boland, Jennifer Candipan, Tom Dolby, Jazz Elia, Lauren Frances, Nancy Himmel, Rachel Jackson, Mandy Kaplan, Ronit Kirchman, Ali Meghdadi, Joel Michaely, Julia Othmer, Busy Philipps, Jessica Rhoades, Mark Russ, Joyce Song, Jeremy Tamanini, Amanda Tejeda, James Teel, Lila Azam Zanganeh, e Nora Zehetner. Para todos nas salas de roteiro em que estive, o riso e a camaradagem de construir histórias juntos me ensinaram muito sobre contar narrativas.

Adoro fazer parte da comunidade de escritores e amantes de livros. Obrigado, amigos autores. E um agradecimento especial a Taylor Jenkins Reid por não apenas escrever os melhores livros, mas por ser o melhor ser humano. Suas amáveis palavras sobre minha escrita realmente significam tudo para mim. E um enorme agradecimento a Leah Johnson, Adib Khorram, E. Lockhart e Laura Ruby por sua generosidade em ler o rascunho deste romance e apoiá-lo com suas palavras sempre poderosas.

Eu gostaria de agradecer a todos que expressaram carinho pelo meu livro anterior, *Tipo uma história de amor*. As palavras que troquei com leitores de todo o mundo me emocionaram, me curaram e me fizeram perceber o poder da arte e da comunidade. Durante a pandemia, vocês me ajudaram a me sentir menos sozinho. *E a todos os leitores brasileiros, eu te vejo e te amo. Você não tem ideia de como tocaram profundamente minha alma com seu belo espírito. O amor é nosso legado.*

Obrigado, Tori Amos. Você foi minha musa enquanto escrevia este livro. Sua música me ajuda a navegar pelas emoções mais difíceis da vida. Eu te amo, minha deusa da catarse.

LA FAMILLE DE OURO: Maryam, Luis, Dara, Nina, Mehrdad, Vida, John, Lila, Moh, Brooke, Youssef, Shahla, Hushang, Azar, Djahanshah, Parinaz, Parker, Delilah, Rafa, Santi, Tomio e Kaveh. Aubrys e Kamals! Jude, Susan, Kathy, Zu, Paul, Jamie e companhia. Meus pais Lili e Jahangir, e meu irmão, Al. Eu amo todos vocês.

Minha nova foto de autor foi tirada pela prima da minha mãe, Mandy Vahabzadeh, no Central Park, em um dia de pandemia. Mandy é uma artista brilhante e uma das pessoas que me apresentaram pela primeira vez ao poder da grande arte. Todo adolescente deveria ter alguém em sua família para levá-lo para ver os filmes de Kusturica e Wong Kar-Wai nas telonas (e para o *Saturday Night Live* para assistir à única apresentação de Madonna de "Bad Girl"). Sou muito grato a você, Mandy.

Jonathon Aubry, uma boa forma de saber que você se casou com a pessoa certa é ir direto para a quarentena assim que o casamento e a lua de mel terminam. Você é a pessoa certa, meu melhor amigo e meu parceiro em todos os aspectos da vida. Somos um *match* e tanto. Obrigado por me deixar aproveitar o brilho de sua força vital e por sempre despertar o melhor de mim. Tenho muita sorte de te amar e ser amado por você. Estamos escrevendo nosso próprio legado.

Rumi e Evie, vocês são meu coração, minha alma e meu tudo. Espero que, quando olharem para trás neste período selvagem que ainda estamos vivendo, vocês se lembrem da beleza que encontramos em estarmos isolados juntos: as risadas, as noites de cinema (e às vezes manhãs de cinema), as festas dançantes de Cardi, Megan e Madonna, os jogos de pasur e gamão, Dottie catch e o-nome-do-jogo-é-velocidade, trazendo Disco para casa e o amando, as divisões sem fim, os doces deliciosos que um dia serão vendidos na Right Mama Bakery, as exibições de *RuPaul's Drag Race*, os splits, a ioga, nossa bolonhesa mágica, "Gilda, você está decente?", e sim, às vezes lições de casa de Espanhol e Matemática. Afinal, embora aja como uma criança, eu sou seu pai. Vocês me inspiram muito. Rumi, seu humor e curiosidade são mágicos. Nunca pare de rir e aprender. Evie, sua paixão e empatia são ilimitadas. Vocês sempre brilharam, e eu sei que sempre brilharão, minhas estrelas. Não há amor no mundo maior do que o meu amor por vocês.

Este livro foi impresso pela Cruzado,
em 2022, para a HarperCollins Brasil.
O papel do miolo é pólen soft 70g/m²,
e o da capa é cartão 250g/m².